Im
Schatten der
Begierde

Danksagung:
Auch wenn dieses Buch nicht gerade die richtige Plattform für Sentimentalitäten sein mag, so möchte ich es mir dennoch, keinesfalls nehmen lassen, mich bei all den wunderbaren Menschen in meinem Umfeld zu bedanken, die mir so viel bedeuten und die stets an meiner Seite waren, auch, oder gerade besonders, in schlechten Zeiten.
Mein ganz besonderer Dank gilt aber:
meiner Tochter, Gina, die mein ganzer Stolz und Sonnenschein ist, meinem Lebensgefährten, Bernd, mit dem ich hoffentlich noch viele weitere glückliche Jahre verbringen werde und der mich überhaupt erst auf die Idee gebracht hat, einen Roman zu schreiben und meiner wunderbaren Mutter, die zwar solche Romane, wie diesen, nicht mag und die mich dennoch mein ganzes Leben lang, unterstützt hat, bei all meinen mehr oder weniger verrückten Ideen… ohne wenn und aber…

Danke!

Im Schatten der Begierde

Roman

von
Claudia Brunhorn

Bibliografische Information der Deutschen Nationalbibliothek:
Die Deutsche Nationalbibliothek verzeichnet diese Publikation in der Deutschen Nationalbibliografie; detaillierte bibliografische Daten sind im Internet über http://dnb.dnb.de abrufbar.

TWENTYSIX – Der Self-Publishing-Verlag
Eine Kooperation zwischen der Verlagsgruppe Random House und BoD – Books on Demand

© 2016 Brunhorn, Claudia

Herstellung und Verlag:
BoD – Books on Demand, Norderstedt

ISBN: 9783740715106

Kapitel 1
Hier und dort

Die junge Krankenschwester wollte gerade gehen. Es war Samstag und schon fast Mitternacht. Ihre Schicht, in der Notaufnahme, war bereits seit einer viertel Stunde vorbei. Wenn sie sich beeilte, dann schaffte sie es noch auf die Party ihrer Cousine. Sie war schon umgezogen und wollte gerade auf den Gang hinaustreten. Doch der Anblick dieser Frau, die man gerade einlieferte, ließ sie erschrocken innehalten. So etwas hatte die Schwester noch nicht gesehen. Die Frau sah einfach furchtbar und irgendwie undefinierbar aus. Außerdem schrie sie wie eine Verrückte und schlug wild um sich. Es machte fast den Eindruck, als hätte man sie irgendwo aus dem Moor gefischt. Ihre langen Haare waren voller Matsch und der gesamte Körper schien vor Schlamm und Dreck zu triefen. Die junge Krankenschwester hätte nicht einmal das Alter der Frau schätzen können, denn auch das Gesicht war völlig verdreckt. Bei ihren Ausbrüchen schleuderte sie ihre matschigen Haare um sich und hinterließ überall kleine Schmutzspritzer auf den weißen Kitteln und Laken. Zwar hatte man eine Decke über sie gelegt, aber immer wieder, wenn sie sich aufbäumte, sah man, dass sie völlig nackt zu sein schien. Bei genauerem Hinsehen, war klar, dass nicht alles nur Schmutz auf der Haut war, sondern auch hier und da zumindest etwas Blut. Man wird sie erst komplett abduschen müssen, dachte die junge Schwester, damit man überhaupt die Wunden erkennen kann. Sie hatte schon viel Schlimmes in diesem Krankenhaus gesehen, aber der erbärmliche Zustand dieser Frau, ging ihr besonders nahe. Oh mein Gott, dachte sie, diese Frau muss offensichtlich etwas unglaublich schreckliches erlebt haben. Neugierig spitzte sie die Ohren, um zu erfahren, was der Notarzt, der bei ihrer Einlieferung dabei war, an die Kollegen im Krankenhaus weitergab. Sie konnte nicht alles verstehen, nur die Worte GERADE ZU SICH GEKOMMEN, SCHOCK und VERSUCHTER SUIZID.

Der dicke, schwere Ledersessel in dem sie an diesem Dienstagvormittag kauerte und auf das Eintreffen der Ärztin wartete, erinnerte Belinda an den alten Fernsehsessel ihres Vaters. Wie hatte sie es als Kind geliebt, vor dem schlafen gehen noch eine Weile mit ihm in dem riesen Ding mehr zu liegen, als zu sitzen und Fern zu sehen. Es war fast immer die Mutter, die irgendwann aus der Küche kam und Belinda aufforderte, endlich ins Bett zu gehen. „Es ist höchste Zeit für dich", hatte sie dann gesagt. Wäre es nach ihrem Vater gegangen, hätte er sie wahrscheinlich einfach in seinem Arm einschlafen lassen und irgendwann später ins Bett getragen. Bei diesen Gedanken fiel der siebenunddreißigjährigen auf, wie sehr ihr die Eltern plötzlich fehlten. Fast so, wie in den sechs Wochen, während ihrer Kindheit, als sie zur Kur nach Langeoog musste. Damals hatte sie ebenfalls unglaubliches Heimweh. Nun jedoch, kam sie sich albern vor. Aber immer wieder tauchten all die furchtbaren Bilder der vergangenen Tage, vor ihrem inneren Auge auf und schließlich hätte sie die ganze Sache beinahe nicht überlebt. War es da wirklich so verwunderlich, dass sie nun, selbst als erwachsene Frau, sich nach ihren Eltern sehnte?

Belinda bemerkte, dass das Ticken der antiken Wanduhr, in dem kleinen Sprechzimmer, im Moment eine beruhigende Wirkung auf sie zu haben schien. Es wunderte sie ein wenig, denn normalerweise störten sie solche Geräusche eher. Vielleicht lag es an den Beruhigungsmitteln, die man ihr bis gestern Abend noch verabreicht hatte. Wahrscheinlich stand sie noch immer unter deren Einfluss.

Sie betrachtete die unzähligen Elefanten in allen möglichen Größen, Farben und Materialien, in dem Sprechzimmer. Ihrer Meinung nach, hatte extreme Sammelleiden-

schaft etwas ganz schön Spleeniges. Na ja, dachte sie insgeheim, sagt man nicht, dass alle Psycho Doktoren selber einen an der Marmel haben? Aber wer weiß, vielleicht stammten die Dinger ja auch von Patienten und wurden nur aus Höflichkeit aufbewahrt. Das zumindest würde das bizarre Aussehen der einen oder anderen Figur erklären. Die junge Frau hatte gerade einen ganz bestimmten Elefanten im Visier. Er stand zusammen mit etwa acht Artgenossen verschiedener Größen auf der blitzblanken Marmor Fensterbank und bestand zu etwa achtzig Prozent nur aus Hintern. Belinda konnte sich, selbst in dieser Situation, ein Lachen kaum verkneifen und je genauer sie sich im Raum umblickte, desto mehr dieser Kuriositäten vielen ihr ins Auge. Manche sahen tatsächlich sehr hübsch aus, aber andere waren wiederum völlig deformiert, oder machten gar den Eindruck, als wäre ihnen etwas Furchtbares zugestoßen.

Ihr entging aber auch nicht, dass das Fenster ein Schloss besaß und dass man die Tür des Sprechzimmers offen gelassen hatte. Die Schwester, oder war es in diesem Fall eine Arzthelferin die so fleißig mit ihren langen, roten Nägeln auf die Computertastatur einhämmerte, hatte sie somit die ganze Zeit im Blick. Ihr viel auch auf, dass es hier gar nicht nach Desinfektionsmittel roch, so wie man es sonst aus Krankenhäusern gewohnt war, sondern viel eher nach Möbelpolitur und frischem Bodenreiniger. Die Putzfrau musste wohl gerade erst hier gewesen sein, mutmaßte Belinda.

Es dauerte keine fünf Minuten, als Frau Doktor Länge das Zimmer betrat, die Tür hinter sich schloss und Belinda die Hand entgegen streckte. Dabei betrachtete die Ärztin, ihre Patientin mit einem durchdringenden Blick. Ihr Gesichtsausdruck war ernst und trotz ihrer geringen Körpergröße wirkte sie sehr autoritär. Die zierliche Frau, in dem weißen Kittel schätzte Belinda auf Ende fünfzig. Ihr bereits zur Hälfte ergrautes Haar, trug sie zu einem geflochtenen

Zopf. Kein einziges Haar wagte es, sich aus der strengen Frisur zu lösen. Ganz anders als bei der Patientin, die irgendwie immer etwas wild und unfrisiert wirkte, egal wie viel Mühe sie sich auch gab und für welche Frisur sie sich entschied.
Die Ärztin setzte sich hinter ihren Schreibtisch, schlug eine dünne Akte auf, schien den Inhalt kurz zu überfliegen und sah die Patientin anschließend über ihren dünnen, goldenen Brillenrand hinweg an. Dabei blickte sie ihr mit einer solchen Aufmerksamkeit entgegen als wollte sie ihre Gedanken lesen, oder ihr sonst irgendwie hinter die Stirn blicken.
Nach einigen Sekunden der stillen Beobachtung faltete Frau Doktor die Hände und ließ sie auf den dunklen, schweren Schreibtisch sinken. Er war von solch aufwändigen Schnitzereien umrandet, wie man sie heute kaum noch sah und ebenso blank poliert wie der Aktenschrank und die Regale, die allesamt schon sehr alt, aber offensichtlich liebevoll gepflegt, oder restauriert waren.

„Wie geht es Ihnen denn heute, Frau Marks?" Frau Doktor Länge stellte diese Frage mit ihrer ruhigen Stimme und es klang wirklich nicht nach einer Floskel. Kurz ließ Sie ihren Blick über den, mit etlichen Blessuren übersäten Körper der Patientin schweifen. Dann lächelte sie und plötzlich strahlte ihr eben noch so strenges Gesicht viel Wärme und Fürsorge aus. Ja, fast schon etwas Mütterliches, dachte Belinda.

„Wie soll es mir schon gehen?" erwiderte die Patientin und sah dabei ebenfalls auf die Abschürfungen an ihren Armen, auf denen sich bereits Krusten gebildet hatten. „Ich würde sagen, so wie gestern. Aber ich frage mich noch immer, warum ich hier eingesperrt bin und ob man die Leiche inzwischen gefunden hat."
Die Ärztin rückte noch ein paar Zentimeter näher an den Schreibtisch heran und ließ Belinda dabei keine Sekunde

lang aus den Augen. „Frau Marks - am Sonntag waren sie noch völlig hysterisch. Wir mussten sie sedieren, weshalb ein Gespräch im weiteren Verlauf des Tages leider nicht möglich war." Sie wartete auf Zustimmung der Patientin und ihr entging dabei nicht, dass deren strahlend blaue Augen sich sogleich mit Tränen füllten. Aber Belinda schaffte es, trotz des dicken, schmerzhaften Kloßes in ihrem Hals, die salzigen Tropfen zurück zu halten. Sie durfte jetzt nur nicht blinzeln.

Die Ärztin fuhr fort: „Gestern ging es ihnen schon besser und so hatten wir beide ein sehr ausführliches Gespräch in dem sie mir die Geschehnisse, an die Sie sich noch erinnern, schilderten. Mit ihrem Einverständnis habe ich dieses Gespräch aufgezeichnet." Wieder machte sie eine kurze Pause bis Belinda zur Bestätigung nickte.

„Meine Aufgabe ist es nun herauszufinden, ob die Dinge die sie mir geschildert haben wirklich geschehen sind, oder nur in ihrem Kopf stattgefunden haben. Dass Sie nicht lügen, um es mal platt zu sagen, steht außer Frage. Aber manchmal ist es eben nicht ganz leicht, zwischen Wahn und Realität zu unterscheiden."

„Sie glauben also allen Ernstes, dass ich Wahnvorstellungen habe?" unterbrach Belinda jetzt aufgebracht.

„Beruhigen Sie sich, Frau Marks, das hat ja noch gar keiner gesagt. Aber bevor Sie eine Gefahr für sich oder andere darstellen, müssen wir eben auf Nummer Sicher gehen. Sie dürfen dabei nicht vergessen, in welchem Zustand Sie zu uns gebracht wurden. Abgesehen davon, hat man keine Leiche gefunden und auch niemanden der ihre Aussage bestätigt hätte."

Nun kullerten der Patientin, die mit ihren ein Meter und siebzig, wie ein Häufchen Elend, immer tiefer in die Polster sank, doch die Tränen über beide Wangen. Es war ein leises Weinen der Verzweiflung. Sie kam sich so hilflos und verloren vor, in ihrem grauen, geliehenen Jogginganzug. Norma-

lerweise war sie stets sehr feminin gekleidet, nicht edel, aber chic und im Sommer bevorzugte sie Kleider, die auch schon mal ein wenig sexy sein durften. Jetzt aber, hingen sogar ihre langen, dunkelblonden Haare kraftlos über ihren Schultern und dem Rücken und machten ebenfalls einen deprimierten Eindruck. Pferdehaare hatte ihre Mutter früher immer gesagt, wenn sie versuchte sie zu bändigen. Sie dachte wieder an ihre Eltern und was die wohl sagen würden, wenn sie sie so sehen könnten. Doch der Gedanke machte die Situation nur noch schlimmer. Sie musste jetzt einfach stark sein. Es wird sich schon alles aufklären, dachte sie und schluckte erneut einen dicken Kloß hinunter.

„Frau Marks", unterbrach die Ärztin Belindas Gedanken. „Ich habe Ihren Fall heute Morgen mit meinen Kollegen diskutiert. Es gab unterschiedliche Meinungen dazu, aber das ist natürlich nicht ungewöhnlich. Wenn Sie noch immer auf Ihre Geschichte beharren, dann schlage ich Ihnen folgendes vor, damit wir möglichst zeitnah herausfinden können, was wirklich geschehen ist."
Augenblicklich keimte ein Hoffnungsschimmer in Belinda auf und sie nahm eine aufrechtere Sitzposition ein. Gespannt lauschte sie dem Vorschlag von Frau Doktor Länge.

„Um mir ein möglichst präzises Bild der Geschehnisse, sowie Ihrer Persönlichkeit und Ihrem Umfeld machen zu können, möchte ich Ihnen anbieten, dass sie mir alles aufschreiben, was sich in der letzten Zeit zugetragen hat. Ich bitte Sie darum alles so detailliert wie möglich zu beschreiben. Jede Kleinigkeit, auch wenn sie noch so unwichtig erscheint, könnte von enormer Bedeutung sein. Also lassen sie bitte nichts aus. Schreiben sie auch Ihre Gedanken auf, denn ich möchte mir, wie gesagt, auch ein möglichst präzises Bild von Ihrer Persönlichkeit machen. Das Ganze ist natürlich absolut freiwillig und ich muss gestehen, dass es auch etwas unkonventionell ist, in so einem Fall. Aber ich halte offen gestanden nicht viel davon, Sie hier festzuhal-

ten, was im Moment leider nötig ist, und Sie mit malen und Joga zu beschäftigen und höchstens zweimal am Tag für eine Stunde mit Ihnen Gespräche zu führen. Meiner Meinung nach können Sie die Zeit hier drinnen viel sinnvoller nutzen. Es würde wahrscheinlich außerdem dazu beitragen, dass sie das, was auch immer geschehen sein mag, besser verarbeiten können. Außerdem hege ich die Hoffnung, dass sich auf die Art Ihre Gedächtnislücken schließen werden. Man kann die Erinnerung nicht erzwingen, aber man kann ihr mit verschiedenen Mitteln ein wenig auf die Sprünge helfen. Ein weiterer Schritt in die Richtung wäre natürlich Hypnose. Aber darüber können wir noch in den nächsten Tagen sprechen. Lassen Sie es uns erst einmal auf diese Art versuchen."

„Aufschreiben? klar, das mache ich, wenn es hilft, dass ich hier möglichst schnell wieder raus darf", antwortete Belinda aufgeregt und erweckte den Eindruck, als wolle sie auf der Stelle loslegen. Frau Doktor Länge schien erleichtert, dass sich Belinda auf ihren Vorschlag einlassen wollte und fügte noch hinzu: *„Die täglichen Gespräche finden selbstverständlich trotzdem statt. Außerdem würde ich bei der Gelegenheit das bis dahin geschriebene an mich nehmen und in Ruhe durchgehen. Frau Marks, Ich möchte Ihnen keine falschen Hoffnungen machen. Solange diese ominöse Leiche nicht auftaucht, oder ein Zeuge Ihre Geschichte bestätigt, wird es bestimmt ein wenig dauern bis wir sicher sind, dass wir Sie entlassen können. Nehmen Sie sich also Zeit zum Schreiben und lassen Sie nichts aus",* Frau Doktor schwieg kurz und legte den Kopf leicht schief. Dann fragte sie die Patientin: *„Wollen wir das so machen?"* Sie lächelte Belinda zuversichtlich an und streckte ihr die Hand entgegen, gerade so, als wolle sie die Abmachung per Handschlag besiegeln. Belinda strich sich eine Haarsträhne aus dem Gesicht und packte zu. Sie nahm sich vor, so über-

zeugend zu schreiben, dass man ihr einfach glauben musste.

Im Nachhinein betrachtet begann Belindas schreckliche Geschichte wahrscheinlich vor neun Tagen, also am Sonntag, den 24.Juni. Von dem Zeitpunkt an, wollte sie auch mit der Erzählung ihrer Geschichte beginnen und so ging sie in Gedanken an jenen Tag zurück um sich zu erinnern:
    Die ganze Woche über hatten die Temperaturen schon über fünfundzwanzig Grad gelegen und Belinda war froh, dass sich ihre Arbeit, als Schauspielerin und Sängerin an dem kleinen Theater, im Moment, hauptsächlich auf die Abendstunden beschränkte und sie hatte durchaus Mitleid mit all denen, die dieses Glück nicht teilten und stattdessen den ganzen Tag auf der Arbeit schwitzen mussten.
Sie wurde an jenem Sonntag durch die unüberhörbare Glocke der nahegelegenen Kirche geweckt und es kam ihr vor, als wäre jeder der elf dröhnenden Schläge ein Vorwurf für ihr langes Schlafen. Wer erst gegen Mitternacht von der Arbeit kommt, der braucht auch nicht früh aufstehen, dachte sie als hätte sie es nötig, sich vor sich selbst zu rechtfertigen. Grelles Sonnenlicht durchflutete bereits das Schlafzimmer, da sie nachts nie die Jalousien schloss. Sie mochte es nun mal nicht wenn es stockdunkel war. Normalerweise dunkelte sie das Zimmer immer in den frühen Morgenstunden ab, wenn es draußen hell wurde. Aber an jenem Morgen war sie einfach zu müde gewesen um aufzustehen. Es war also auch bereits sehr warm im Schlafzimmer, trotz der offenen Balkontür. In einem geschlossenen Raum konnte die siebenunddreißig jährige noch nie schlafen. Deshalb ließ sie Sommer wie Winter, die ganze Nacht lang das kleine Fenster oder die Balkontür geöffnet. Obwohl sie ihr Haar, wie immer über Nacht, zu einem Zopf gebunden hatte, spürte sie den Schweiß in ihrem Nacken. Höchste Zeit die Fenster zu schließen und die Außenjalou-

sien herunter zu lassen dachte sie, bevor es hier drinnen noch brütender wird und quälte sich widerwillig aus dem Bett. Etwa eine viertel Stunde später balancierte Belinda, mit einem langen T-Shirt bekleidet, einen randvollen Kaffeebecher in der einen Hand, während sie mit der anderen die schwere Terrassentür im Wohnzimmer aufschob. „Mist!" fluchte sie, als ihr der heiße Kaffee, mit Schwung über die nackten Füße schwappte. Im Sommer schmeckte der Kaffee auf der Terrasse noch besser und half außerdem schneller wach zu werden. Sie stellte den Becher auf dem Terrassentisch ab und drehte den Wasserhahn für den Rasensprenger auf. Sofort hörte man das typisch hektische „pf" „pf" „pf" „pf" „pf" Geräusch der Rasendusche. Vorsichtig pirschte sie sich an den kleinen Gartenhelfer heran, um nur mal eben den Fuß vom klebrigen Kaffee samt Milch und Honig zu befreien. Sie rührte immer einen ordentlichen Löffel voll Honig in ihren Kaffee und hatte sogar stets eine kleine Flasche des süßen Zeugs in ihrer Handtasche, für den Kaffee unterwegs. Seit ihr die klebrige Masse, allerdings mal, in der Handtasche ausgelaufen war und eine entsprechende Sauerrei angerichtet hatte, kam das Fläschchen zusätzlich in einen kleinen Frühstücksbeutel und erst dann in die Handtasche.

Das kühle Wasser das aus dem kleinen Rasensprenger schoss, war eine enorme Wohltat gegen die leichte Verbrennung an Belindas Fuß.

Dort, mitten auf dem Rasen, einige Meter entfernt von der, noch schattigen Terrasse, brannte die Sonne bereits erbarmungslos. Gut, dass Mama und Papa den Garten zurzeit nicht sehen können, dachte sie mit schlechtem Gewissen als sie den bräunlichen Rasen und die halb vertrockneten Büsche, die unter anderem um die gesamte Terrasse herum gepflanzt waren, begutachtete. Dazwischen gedieh das Unkraut hervorragend. Der Garten war sehr groß und als ihre Eltern noch hier lebten, war er ihr ganzer Stolz. Sie

hatte das Haus in dem sie aufgewachsen war von ihren Eltern gemietet als diese nach Spanien auswanderten und ihnen versprochen, dass sie immer alles in Ordnung halten würde. Nach langem hin und her konnte sie sich mit ihrer Mutter darauf einigen, den Garten ein wenig pflegeleichter zu gestalten und einige der kunstvoll angelegten Blumenbeete in Rasenfläche oder Büsche umzuwandeln. Schweren Herzens trennte sie sich auch von dem kleinen Fischteich, der der ganze Stolz ihres Vaters gewesen war. Aber letztendlich sahen auch ihre Eltern ein, dass sie alleine, als berufstätige Frau niemals die Zeit für all die Pflege, die dieses kleine Paradies nun mal benötigte, würde aufbringen können. Selbst in diesem „pflegeleichten" Zustand musste man noch etliche Zeit investieren, um alles ordentlich zu halten. Dennoch bereute Belinda es keinen Moment lang dieses schöne Haus mit dem großen Garten gemietet zu haben. Es war nun mal ihr zu Hause, ihr kleines Reich in dem sie sich wohlfühlte. Unter normalen Umständen hätte sie sich so etwas Großes und noch dazu in diesem Stadtteil gar nicht leisten können. Die Eltern waren da wirklich mehr als großzügig.
Irgendwann wird gewiss auch diese Hitzeperiode mal vorbei sein und dann werde ich den Garten wieder in einen ansehnlichen Zustand bringen. Das zumindest, nahm sich Belinda an jenem Sonntag ganz fest vor.
Ihr Blick viel auf die vier Kiefern am Ende des Grundstücks. Sie liebte diese Bäume, denn sie erinnerten sie an die Urlaube während ihrer Kindheit, im Süden. Dahinter trennte die Mannshohe Hecke, mit der kleinen, grünen Pforte, das Grundstück von der Straße, die ebenso ruhig war, wie die auf der Vorderseite des Hauses. Es kamen nicht viele Autos hier vorbei, denn in der Gegend gab es nur Einfamilienhäuser mit recht großen Grundstücken. Die meisten Nachbarn in dem Viertel waren schon älter, etwa wie Belindas Eltern. Fast alle hatten ihre Häuser in den Siebzigern gebaut und

wohnten noch immer dort. Von den seitlichen Nachbarn war ihr Grundstück durch hohe, komplett zugewachsene Sichtschutzzäune getrennt. Zum Glück hatte ihr Vater schon vor vielen Jahren Drainagen rund um das gesamte Grundstück, entlang der bewachsenen Zäune und der Hecke gelegt. So brauchte sie nur regelmäßig das Wasser aufzudrehen und wenigstens bestand die Umrandung des Grundstücks, im Gegensatz zum übrigen Garten, noch aus vielen verschiedenen Grüntönen.
Sie erschrak, als ein paar dicke, kalte Wasserspritzer sie am Oberschenkel trafen. Der Rasensprenger hatte inzwischen eine andere Richtung eingeschlagen.

Nachdem Belinda auch den zweiten Becher Kaffee geleert hatte, bemerkte sie den kleinen Ameisentrupp, der sich bereits Zugang zu ihrem Wohnzimmer verschafft hatte. Ziel ihres Arbeitsausflugs schien die kleine Kaffeepfütze zu sein. Hätte nicht gedacht, dass die so schnell sind, wunderte sich die junge Frau, während sie sich aufmachte um einen Eimer Wasser und einen Lappen zu holen. Ob Kaffee bei Ameisen wohl den gleichen Effekt hatte wie bei Menschen, überlegte sie und beobachtete das kleine Völkchen bevor sie es mit dem Lappen vom Boden aufwischte und im Putzeimer ertränkte. Irgendwie taten ihr diese kleinen Kreaturen Leid. Es waren so interessante, kleine Geschöpfe und so unglaublich stark und fleißig. Und wenn schon, riss sie sich aus ihren Gedanken. Im Haus haben sie nun mal nichts zu suchen. Sollen sie doch draußen fleißig sein und ihrer Arbeit nachgehen.
Apropos Arbeit, unwillkürlich musste Belinda an ihre eigene Arbeit denken. Nur noch zwei Spieltage, dann war endlich Sommerpause. Für sie bedeutete das vier Wochen Urlaub, bevor es dann mit den umfangreichen Proben, für die neue Saison, losgehen würde. Die gestrige Vorstellung lief sehr gut und war natürlich ausverkauft. Aber so musste

es an einem Samstagabend auch sein. Alles andere wäre schon fast eine Katastrophe. Belinda hatte das Gefühl, dass die allgemeine Stimmung, auf der Bühne und auch dahinter, deutlich lockerer war, als in den Wochen zuvor. Wahrscheinlich lag es daran, dass sich alle auf die vier Wochen Pause freuten und froh waren, dass dieses mäßig erfolgreiche Stück damit endlich abgesetzt wurde. Selbst für den kommenden Mittwoch, dem vorletzten Spieltag, waren noch ein paar restliche Karten zu bekommen. Dies war ebenfalls ein Zeichen dafür, dass man mit diesem Stück hinter den Erwartungen lag. Von der Gage, die sie als Schauspielerin und Sängerin, an dem kleinen Theater bekam, konnte sie gerade so über die Runden kommen. Große Sprünge waren nicht drin. So kam es ab und an vor, dass Belinda sich außerhalb des Theaters noch ein paar Euro, mit kleinen Jobs, als Sängerin hinzu verdiente. Dies ging aber natürlich nur, wenn ihr die Arbeit am Theater Zeit dafür ließ. Der Aufwand für solche Aufträge war meistens nicht sehr groß. Dafür waren die Gagen umso besser. Wenn sie dagegen rechnete was sie in ihrem eigentlichen Beruf verdiente und wie groß der Zeitaufwand dafür war, schlich sich der Gedanke ein, dass sie sich bei der Berufswahl vielleicht doch falsch entschieden hatte. Auf der anderen Seite aber liebte sie ihren Beruf und hatte immer davon geträumt diesen einmal ausüben und davon leben zu können. Ja, ja, „des Künstlers Brot ist der Applaus". Diesen Spruch hatte sie schon so oft gehört und dessen Wahrheitsgehalt war leider nicht von der Hand zu weisen.

Es war bereits halb eins, an diesem heißen Sonntag, als Belinda Marks beschloss, dass sie heute mal nicht, wie so oft, zu Hause bleiben und auf den Anruf von Carlos Donato warten wollte. So schön wie es auch war in ihrem kleinen Reich. Aber zu oft endeten solche Tage damit, dass sie vergeblich auf das Klingeln hoffte, oder dass der erwartete

Anruf zwar kam, aber nicht so verlief, wie sie es sich wünschte. Dann sagte Carlos ihr nämlich nur, dass er sich aus irgendeinem wichtigen Grund nicht von zu Hause loseisen konnte. Er war leider verheiratet, mit Stella. Natürlich existierte die Ehe nur noch auf dem Papier und wäre da nicht das große Haus und so weiter, dann hätten sie sich längst getrennt. Schließlich hatten sie seit über einem Jahr auch schon getrennte Schlafzimmer… Das jedenfalls, war es, was er Belinda immer wieder erzählte.

Glücklich war sie mit dieser Situation natürlich nicht. Nein, inzwischen war sie nicht einmal mehr zufrieden damit. Vor fast einem Jahr war sie ihrem Schauspieler Kollegen verfallen. Am Anfang hatte sie noch immer versucht sich gegen seine Anziehungskraft zu wehren. Er war ihr natürlich sofort aufgefallen, als er neu an das Theater kam. Mit seinem südländischem Aussehen und dessen Charme, er war Spanier, war er ein echter Hingucker. Sie hatte sich sogleich nach ihm erkundigt und als sie erfuhr, dass er verheiratet war, hat sie versucht, so gut es nur ging, Abstand zu ihm zu halten und ihn möglichst zu ignorieren. Wie gesagt, sie tat dies so gut es eben ging. An einem so kleinen Theater allerdings, mit einem ebenso kleinen Ensemble, ist das jedoch alles andere als leicht. Man hatte ständig miteinander zu tun. Oft hockte man den ganzen Tag, bei den Proben, auf engstem Raum zusammen. Sie schaffte es also nicht, lange Stand zu halten. Auch er hatte sehr schnell ein Auge auf sie geworfen und im Gegensatz zu ihr schien es ihm auch gar nichts auszumachen, dass bereits eine Frau Donato existierte. Er suchte Belindas Nähe, wann immer es ihm möglich war, machte ihr Komplimente und stellte sich wenig später auch noch als ein fantastischer Liebhaber heraus. Nie würde sie das erste mal vergessen, als sie sich körperlich näher kamen. Sie hatten in einem Drama einen sehr langen und schwierigen Dialog miteinander. Um diesen zu üben, ohne dabei die Zeit der restlichen Truppe zu vergeuden, blieben sie am Ende der regulären Probe einfach noch länger im Theater. Sie probten dort, noch fast zwei Stunden, ganz allein. Anschließend kamen sie auch privat ins Gespräch. Er begleitete sie noch in die Garderobe, als sie ihre Sachen holen wollte. Dann ging alles sehr schnell. Er wusste genau was er wollte und so küsste er sie leidenschaftlich und ging sofort aufs Ganze. Er liebte sie so heftig und fordernd, dass ihr ganz schwindlig wurde. Sie betrachteten sich dabei in den großen Garderobenspiegeln. Egal wo sie hinblickten, konnten sie ihr eigenes Liebesspiel beobachten und das machte es für beide noch lustvoller.

Nach diesem ersten mal hatte Belinda ein sehr schlechtes Gewissen, auch wenn es Carlos war, der den Anfang machte. Sie hielt das Ganze, zu diesem Zeitpunkt, noch für einen einmaligen Ausrutscher. Zwar war es eine absolut fantastische Erfahrung und sie konnte kaum aufhören daran zu denken, aber es war in jedem Fall nicht richtig und so dürfe es auch keine Wiederholung geben.

Um es kurz zu machen: aus den guten Vorsätzen wurde leider nichts. Carlos ließ einfach nicht locker. Belinda hingegen hatte sich schon zu sehr in ihn verschossen, als dass Sie lange hätte standhaft bleiben können.

Besonders war sie in seinen leichten spanischen Akzent vernarrt, der im Normalfall fast gar nicht auffiel. Aber je aufgeregter Carlos war, umso deutlicher stach er heraus und wenn sie sich liebten lispelte er ihr erotische Dinge ins Ohr und verfiel manchmal sogar komplett ins Spanische. Meistens erregte es sie, aber manchmal musste sie sich auch einfach nur halbtot lachen über dieses typische Lispeln.

Trotz alledem befand sie sich seit fast zehn Monaten in einer Situation und lebte ein Leben, das sie auf keinen Fall jemals beabsichtigte. Man konnte es drehen und wenden wie man wollte, aber sie hatte nun mal ein Verhältnis mit einem verheirateten Mann. Was für ein Dilemma! Aber gut, schließlich war es ja nur eine Frage der Zeit, bis er sich von seiner Frau trennen würde…

Es klopfte an der Tür und ohne eine Antwort abzuwarten betrat Frau Doktor Länge Belindas Patientenzimmer. Auf dieser Station gab es nur ein- oder zwei Bett Zimmer. Belinda hatte zum Glück eines für sich allein.

„Hallo Frau Marks, eigentlich sehen wir es ja lieber, wenn die Türen der Zimmer offen stehen."

„Ich weiß, das hat Schwester Birgit auch schon gesagt", antwortete Belinda schnell. „Aber dann kommen dauernd andere Patienten herein und sind furchtbar neugierig."

„Hat sie einer der Patienten irgendwie belästigt?" wollte die Ärztin wissen.

„Nein, aber manche fassen alles an und stellen zu viele Fragen. Das lenkt mich natürlich vom Schreiben ab. Deshalb hat Schwester Birgit gesagt, dass sie mal ein Auge zudrückt und ich die Tür schließen darf. Dafür kommt sie allerdings nun selber, gefühlt alle paar Minuten herein um nach mir zu sehen."

„Ich verstehe". Die Ärztin trat nun näher an Belinda heran, die an einem kleinen Tisch saß und mit einem Kugelschreiber in der Hand über einem dünnen Stapel Papier lehnte.

„Ich sehe, Sie waren schon sehr fleißig in den letzten paar Stunden", dabei sah sie der Patientin über die Schulter. „Ich mache gleich Feierabend und wollte nur mal sehen, ob Sie mir vielleicht schon etwas mitgeben können."
Belinda raffte ein paar Blätter Papier zusammen, die komplett mit Kugelschreiber vollgeschrieben waren und reichte sie der Ärztin. Die Schrift war nicht besonders schön, aber durchaus leserlich. Sie hatte in der Schule immer andere, meist waren es Mitschülerinnen, beneidet, die eine deutlich schönere Handschrift hatten.

Frau Doktor Länge nahm das Geschriebene entgegen und warf einen Blick darauf. Belinda fiel auf, dass sie kurz stockte und dann interessiert einen Abschnitt las. Voller Spannung wartete sie auf eine Reaktion der Ärztin. Einen Moment später ließ diese die Lektüre sinken und sah die Patientin, mit leicht hochgezogenen Augenbrauen, an. „Sehr schön. Da haben Sie sich ja richtig Mühe gegeben" dann lächelte sie und fragte Belinda gerade heraus: „Was empfinden Sie, wenn sie all dies aufschreiben?"

„Ich schreibe sehr gerne. Ich merke, dass es mich entspannt und ein wenig von meiner Situation hier drinnen ablenkt."

„Sonst nichts?" hakte die Ärztin nach.
„Nein. Ich denke, das ist im Moment alles. Außer natürlich, dass mir inzwischen schon die Hand weh tut. Ich kann mich nicht erinnern, wann ich das letzte mal handschriftlich so viel zu Papier gebracht habe."

Die Ärztin lachte auf. „Das kann ich verstehen. Aber da können wir Abhilfe schaffen. Ich habe zu Hause noch ein altes Notebook das an sich nur noch zum Einsatz kommt wenn meine Enkelin mal zu Besuch ist. Das werde ich Ihnen später zukommen lassen. Dann können Sie weiterhin so fleißig schreiben."

„Danke, das wäre natürlich eine Enorme Hilfe."
Dann nahm das Gesicht der Ärztin einen deutlich ernsteren Ausdruck an und die Patientin wartete besorgt die nächsten Sekunden ab, bis Doktor Länge mit der Sprache heraus rückte. „Ich habe leider auch eine schlechte Nachricht für Sie, Frau Marks."

„Was ist passiert?" fragte Belinda und ihre Besorgnis wurde noch größer.

„Die Polizei hat mit ein paar ihrer Kolleginnen oder Kollegen am Theater gesprochen."

Das ist doch positiv, schoss es Belinda sofort in den Kopf. Schließlich mag man mich dort. Das kann doch nur zu meinem Vorteil sein. „Und?" entgegnete sie daher verwundert. Die Ärztin fuhr fort: „Nach den Aussagen Ihrer Kolleginnen, hat sich der Verdacht auf einen von Ihnen versuchten Suizid erhärtet."

„Was!?" stieß die Patientin ungläubig hervor.

„Ja, am Theater hat man der Polizei von ein paar Vorkommnissen der letzten Woche, speziell wohl vom vergangenen Freitag berichtet, wenn ich das richtig verstanden habe. Diese Ereignisse gäben zumindest eine gute Erklärung dafür ab, warum Sie vielleicht versucht haben sich das Leben zu nehmen."

„Das ist nicht wahr!" brauste Belinda nun auf und sprang dabei aus dem Sessel. „Das ist doch verrückt. Sowas würde ich nie tun." Tränen vor Wut schossen ihr dabei in die Augen und Frau Doktor Länge brauchte ein paar Minuten um ihre Patientin wieder zu beruhigen. Am Ende gelang es ihr einigermaßen und sie einigten sich darauf, dass sie weitere Untersuchungsergebnisse abwarten und Belinda wie besprochen, alles möglichst detailliert aufschreiben würde. Die Ärztin sprach ihrer Patientin Mut zu und diese vertraute letztendlich darauf, dass sich schon alles aufklären würde. Dann verabschiedeten sie sich. Etwa zweieinhalb Stunden später kam Schwester Andrea herein und überbrachte ein altes Notebook welches Frau Doktor geschickt hatte und so fuhr Belinda mit ihrer Geschichte fort.

In Gedanken ging Belinda wieder zurück zu jenem Sonntag vor neun Tagen und versuchte sich an alles so genau wie möglich zu erinnern:

Sie packte gerade ihre große Badetasche im Schlafzimmer, als irgendwo im Haus das Telefon klingelte. Sofort ließ sie alles fallen und versuchte das Geräusch zu orten. Es kam von unten. Sie hastete die Treppe hinunter und blickte sich

suchend im Wohnzimmer um. Doch da war kein Telefon. Sie lief weiter dem Klingeln nach und fand das Gerät schließlich auf dem Gäste WC. Dorthin hatte sie es mitgenommen, als sie vorhin nach dem zweiten Becher Kaffee keine Lust hatte nach oben ins Bad zu gehen und auf keinen Fall Carlos' Anruf verpassen wollte.
Mit der Befürchtung, dass der Anrufer gerade jetzt das Klingeln aufgab, meldete sie sich hastig mit:

„Marks?" Sofort kreischte Belinda die Stimme ihrer Mutter ins Ohr:

„Ach Liebes, da haben wir ja Glück dass wir dich erreichen. Du hast dich ja schon so lange nicht mehr gemeldet." Nicht dass Belinda sich nicht hin und wieder darüber freute, die Stimmen ihrer Eltern zu hören. Aber in diesem Moment ließ sie einfach nur völlig enttäuscht die Schultern hängen. „Hallo Mama, ich weiß. Tut mir leid. Hatte einfach zu viel Arbeit".

„Aber jetzt ist doch Sommerpause, oder?"

„Nein, Mama. Eine Woche noch. Dann haben wir's geschafft."

„Wann kommst du uns denn besuchen, Liebes?"

„Ach Mama, ich weiß doch noch gar nicht, ob ich es in diesem Sommer überhaupt schaffe."
Einen Moment lang war es still in der Leitung und Belinda wusste, dass sie ihre Mutter gerade sehr enttäuscht hatte. Es war in den letzten Jahren schon fast selbstverständlich geworden, dass sie ihre Eltern während der Sommerpause in deren Wahlheimat besuchte, auch wenn es nur für ein paar Tage war. Für ihre Eltern war dies stets der Höhepunkt des Jahres, abgesehen von deren eigener Reise nach Deutschland, die meist zur Weihnachtszeit stattfand. Auch Belinda genoss die Zeit in Spanien immer sehr. Ihre Mutter verwöhnte sie rund um die Uhr mit bestem Essen und ihr Vater plante einfach tolle Ausflüge. Sie wäre nur zu gerne auch in diesem Jahr zu ihren Eltern gereist. Aber derlei

Extras konnte sie sich momentan einfach nicht leisten. Sie hoffte viel mehr, dass sie während der Sommerpause den einen oder anderen Euro als Sängerin dazu verdienen konnte. Am lukrativsten war es für sie wenn sie mit einer Band auf Hochzeiten oder anderen Anlässen auftrat. Das war schon öfter vorgekommen. Das Repertoire das sich Belinda im Laufe der Jahre für solche Anlässe drauf geschafft hatte, war inzwischen ziemlich umfangreich und wurde ständig erweitert. Sie sang Stücke aus den Bereichen Rock, Pop und Schlager. Eben alles was auf Partys oder stimmungsvollen Familienfeiern gefragt war. Es war schnell verdientes Geld und Spaß machte es ihr obendrein. Nicht selten bekam sie außerdem Anfragen, ob sie anlässlich einer Hochzeit das Ave Maria oder dergleichen in der Kirche singen würde. Auch damit hatte sie schon häufiger etwas Geld dazu verdient. Sie wollte diesbezüglich längst ihre Fühler ausgestreckt haben, kam aber bisher noch nicht dazu und wollte es nun unbedingt, in den nächsten Tagen, in Angriff nehmen. Sie kannte eine Menge Musiker und so war es bisher nie ein Problem gewesen etwas Lukratives zu finden.

„Geht es dir nicht gut, mein Schatz?" fragte Belindas Mutter nun etwas besorgt.

„Doch, doch!" versuchte Belinda ihre Mutter schnell zu beruhigen. „Alles ist bestens. Ich habe nur so wahnsinnig viel um die Ohren."

„Hast du endlich jemanden kennengelernt?" japste ihre Mutter sogleich ganz aufgeregt und hoffnungsvoll. Belinda antwortete mit einem langen, genervten „nein Mama! Auch dafür habe ich keine Zeit. Ich muss arbeiten. Das bedeutet viel üben und Texte lernen. Außerdem erzähle ich dir lieber gar nicht erst wie der Garten im Moment aussieht. Auch dafür werde ich in den nächsten Wochen viel Zeit benötigen."

„Hilft Onkel Günther dir denn gar nicht?" Belindas Mutter klang leicht säuerlich.

„Doch, schon", erwiderte Belinda schnell und hatte im selben Moment die Befürchtung, dass ihre Mutter nach diesem Gespräch sofort den armen, alten Onkel anrufen und ihm Vorwürfe machen würde. „Onkel Günther war vor etwa zwei Wochen hier und hat die ganze Hecke geschnitten und um das Grünzeug entlang der Zäune hat er sich auch gekümmert. Er hat sogar die ganzen Abfälle entsorgt. Aber er ist auch nicht mehr der Jüngste, Mama, vergiss das bitte nicht und zurzeit herrschen hier echt tropische Temperatuten."

„Ja, das haben wir auch schon gehört. Aber so schlimm kann das mit dem Garten doch gar nicht sein. Da wirst du doch wohl wenigstens ein paar Tage für uns Zeit haben, oder Liebes?"

Ihre Mutter ließ nicht locker und es tat Belinda in der Seele weh, dass sie ihr noch weitere Ausreden auftischen musste. Aber die Wahrheit würde sie ihren Eltern auf keinen Fall eingestehen. Ihr war völlig klar, dass ihre Eltern sofort Geld und am besten noch gleich ein Flugticket schicken würden, wenn sie den wahren Grund kennen würden. Aber eben genau das wollte Belinda auf keinen Fall. Zum einen war sie zu stolz um Geld von ihren Eltern anzunehmen und zum anderen würde das auch zur Folge haben, dass ihre Eltern künftig ständig die Sorge hätten, dass sie nicht genug Geld verdiente und sich am Ende vielleicht nicht einmal etwas anständiges zu Essen würde leisten können. Nein, weder wollte sie sich die Blöße geben und noch weniger wollte sie ihre Eltern unnötig beunruhigen. Sie selber war ja auch einigermaßen zufrieden mit dem was sie hatte. Es war immer alles da was sie brauchte. Sie konnte sich eben nur keine Extras wie diesen Urlaub zum Beispiel leisten.

Während Belinda ihrer Mutter eine Ausrede nach der anderen auftischte, warum sie nicht nach Spanien fliegen konnte, und dabei war sie äußerst kreativ, packte sie weiter ihre Strandtasche für den geplanten Ausflug.

„Dein Vater wird sehr enttäuscht sein wenn du uns nicht besuchst. Ich hoffe, du überlegst es dir nochmal", flehte die Mutter.

„Ja, sicher. Das mache ich", gab Belinda zurück, in der Hoffnung, dass das leidige Thema damit erstmal vom Tisch war. „Wie geht es denn Papa?" ergriff sie die Gelegenheit um nun gänzlich davon abzulenken.

„Warte Schatz, ich gebe ihn dir mal. Dann kannst du ihn selber fragen" und ihre Stimme klang dabei schon wieder deutlich heiterer.

Belinda plauderte ein Weilchen mit ihrem Vater, dann nochmal mit ihrer Mutter. Anschließend kam die übliche, ausgedehnte Verabschiedung von beiden, natürlich nicht ohne, dass sie abermals auf sie einredeten, sie unbedingt besuchen zu müssen. Am Ende waren der Mutter deutlich die unterdrückten Tränen anzuhören, wie immer und auch der Vater räusperte sich verdächtig oft.

So sehr wie Belinda ihre Eltern auch liebte und oft vermisste, aber diese Telefonate und besonders die Abschiedsszenen, waren immer sehr anstrengend. Sie war erleichtert, als das Gespräch endlich beendet war.

Zwar hatte sie die Anklopffunktion am Telefon eingestellt, dennoch blickte sie enttäuscht auf das Display, als sie feststellte, dass darauf kein weiterer Anruf angezeigt wurde. Carlos hatte also noch immer nicht versucht sie zu erreichen.

Kapitel 2
Der Ausflug

Etwa zwanzig Kilometer außerhalb der Stadt lag ein schöner, großer Badesee. Es wurde aber höchstens ein Viertel des Ufers von Badegästen genutzt. Nur an der Stirnseite des langgezogenen Sees gab es eine Liegewiese und einen kleinen Sandstrand. Dort befanden sich auch ein kleines Lokal und die Rettungsstation der DLRG. Das übrige Ufer war dicht bewachsen und wurde so gut wie gar nicht genutzt. Als Belinda und Carlos anfingen sich heimlich zu treffen, sind sie auch ein paar mal hier rausgefahren um möglichst unbeobachtet spazieren zu gehen. Natürlich mieden sie den Strand und die Liegewiese, sondern spazierten auf einem winzigen Trampelpfad, der sich versteckt durch die Bäume und Büsche schlängelte. Er führte fast das komplette, bewachsene Ufer entlang um den See herum. Gleich bei ihrem ersten Spaziergang entdeckten sie, ebenfalls sehr versteckt, eine winzige Liegebucht, direkt am Ufer. Es war eine der ganz wenigen Stellen, auf dieser Seite des Sees, an der man direkt bis ans Wasser kam. Sonst war es überall zugewachsen. Allerdings war das Wasser hier auch sofort sehr tief. Diese kleine Liegebucht wurde für Belinda und Carlos, zumindest an warmen Tagen, zu ihrem heimlichen, idyllischen Liebesnest. Man hatte, durch die Büsche hindurch, einen herrlichen Ausblick auf den See und war doch selber für alle anderen, sowieso weit entfernten Badegäste, gänzlich unsichtbar. Sie genossen es, möglichst oft, sich an dieser Stelle völlig nackt zu sonnen und ihrer Lust und Leidenschaft freien Lauf zu lassen. Nachdem sie sich geliebt hatten blickten sie oft noch lange über den See und bewunderten das Glitzern der Sonne auf dem Wasser. Als sie zum dritten mal dort waren brachte Carlos ein dickes Seil mit, in das er mehrere Knoten gemacht hatte. Er band das Seil an einen der Bäume, direkt am Ufer, fest. Nun konnten sie sich, von hier aus, in das tiefe Wasser gleiten lassen. Vorher hätte man zwar hineinspringen können, wäre aber vielleicht in Schwierigkeiten geraten, bei dem Versuch wieder heraus zu kommen. Jetzt konnte man sich am Seil festhalten. Zugegeben, man brauchte schon etwas Kraft. Aber beide waren recht sportlich und so war es für sie ein Leichtes. Von nun an gingen sie fast immer nach ihrem innigen Liebesspiel, gemeinsam nackt schwimmen. Es war einfach herrlich.

Den ganzen Herbst und Winter über, hatte Belinda dieses schöne Fleckchen sehr vermisst. Und im Frühjahr wollte sie gleich die ersten Sonnenstrahlen nutzen um sich wieder hier, mit Carlos, zu treffen. Es hatte sich allerdings, während der Wintermonate, so eingeschlichen, dass sie sich fast nur noch bei Belinda zu Hause trafen. Für Carlos war es sicherer und außerdem wohl auch bequemer.

Belinda war es langsam Leid sich ewig verstecken zu müssen und daher kaum noch aus dem Haus zu kommen und so fasste sie an diesem Sonntag den Entschluss einfach alleine an den See zu fahren. Sie würde es sich dort so schön wie möglich machen und ganz einfach die Idylle genießen. Falls Carlos es tatsächlich noch schaffen sollte, sich von zu Hause loszueisen, dann könnte er sie schließlich auch auf dem Handy erreichen und einfach nachkommen.

Zwar liebte Belinda es, mehrmals die Woche auf der Bühne zu stehen, sich dem Publikum zu präsentieren und viele Menschen um sich zu haben, aber zum Ausgleich dazu, suchte sie privat eher die Ruhe und Einsam- beziehungsweise Zweisamkeit.

Als sie in ihrem Wagen saß war die Hitze kaum noch auszuhalten. Ihr altes Auto besaß leider keine Klimaanlage und so spürte sie wie ihr der Schweiß den Rücken hinunter lief. Sie hatte vorsorglich ein großes, buntes Strandtuch über den Fahrersitz gelegt und dennoch konnte sie spüren, wie die Hitze des Sitzes an ihren Schenkeln brannte. Sie öffnete alle Fenster und band ihr langes Haar zu einem Pferdeschwanz, damit es nicht allzu sehr im Fahrtwind umherwehte. Dann legte sie ihre Lieblings CD ein und sobald sie aus der Stadt heraus war sang sie aus Leibeskräften mit. Sie hatte damals, an der Schauspielschule, natürlich auch eine gute Gesangsausbildung genossen. Aber in diesem Fall sang sie mal nicht besonders schön, sondern einfach nur möglichst laut. Das vertreibt die bösen Geister und macht gute Laune, hatte ihre Oma früher immer schon gesagt. Und sie hatte Recht!

Auf dem Weg zum See, freute sie sich schon sehr auf ihren Lieblingsplatz und war gespannt, ob noch alles so sein würde wie beim letzten mal, als sie sich dort mit Carlos getroffen hatte. Sie hatte natürlich auch alles für ein kleines Picknick eingepackt. Am Ziel angekommen, parkte sie ihren Wagen, wie üblich, an dem kleinen Feldweg, von wo aus man den Trampelpfad, der fast um den ganzen See herum führte, erreichen konnte. Weit und breit war kein anderes Auto zu sehen. Sie stapfte mit ihrer schweren Tasche, schon einige Minuten, den Pfad entlang, als ihr plötzlich bewusst wurde, dass sie wohl schon an der gesuchten Stelle vorbei gelaufen sein musste. So weit war es doch sonst gar nicht, oder? Langsam ging sie zurück und spähte dabei aufmerksam durch die Büsche, um irgendwo den Zugang zu ihrer kleinen Liegebucht zu entdecken. Tatsächlich war sie bereits seit vielen Metern daran vorbei und war erstaunt, als sie den Zugang endlich fand, dass er inzwischen noch mehr bewachsen war, als im letzten Jahr. Egal! Sie war glücklich und ihre blauen Augen leuchteten auf, als sie endlich ihre kleine Liegebucht entdeckte. Sie sah das graue Seil, das sich, noch immer festgeknotet, am Baum befand und musste lächeln.

Belinda breitete das große Strandtuch aus und streifte ihr hell blaues Kleid mit den dünnen Trägern ab. Darunter trug sie ihren dunkelblauen Bikini mit den hübschen Perlen. Ihr

Haar knotete sie zu einem Dutt zusammen, damit sie im Nacken nicht so schwitzte und um die Sonne auch an ihren schönen, schlanken Hals zu lassen. Sie trank einen Becher Kaffee und aß ein paar der leckeren Kekse, die Frau Janosch, ihre Nachbarin, gestern erst gebacken und ihr herüber gebracht hatte. Es war so herrlich hier! Wie kann es nur angehen, dass wir in diesem Jahr noch kein einziges mal hier waren?! Dachte sie bei sich und wurde fast ein wenig wütend auf Carlos, der sich immer nur noch mit ihr, in ihrem Haus treffen wollte. Auf das alles hatte sie seinetwegen in den ganzen letzten Monaten verzichtet und das obwohl sie sich schon so lange danach gesehnt hatte, mal wieder hier her zu kommen. Sie lauschte den Vögeln und den Grillen. Sehen konnte sie aber weder die einen, noch die anderen in dem dichten Grün das sie umgab. Hin und wieder tauchten ein paar Libellen vor ihr, dicht über der Wasseroberfläche auf. Es sah aus, als würden sie fangen spielen und jagten einander blitzschnell hinterher.

Nach einer knappen Stunde konnte sie die Hitze kaum noch aushalten. Sie stand auf und prüfte das Seil mit den Knoten auf seine Stabilität. Es wirkte ein wenig verwittert, aber schien noch in Ordnung zu sein. Sie überlegte kurz und legte dann das Oberteil ihres Bikinis ab. Warum sollte sie es unnötig nass machen.

Es war ja eh niemand hier. Das Höschen allerdings behielt sie an. Ganz allein und dann Splitternackt, der Gedanke war ihr doch nicht ganz geheuer. Als sie ihr Oberteil ablegte sah sie, dass man bereits deutliche Abdrücke erkennen konnte. Im letzten Jahr, mit Carlos, hatten sie sich immer komplett nackt gesonnt und somit war sie stets nahtlos braun gewesen. Die Abzeichnungen ihres Oberteils gefielen ihr nun gar nicht und sie beschloss, dass sie es heute auch nicht wieder anziehen würde. Sie griff sich das Seil und ließ sich langsam in das kühle Nass hinein gleiten. So aufgeheizt von der Sonne, erschien ihr das Wasser eiskalt. Ihr Herz begann zu rasen und sie musste einen kleinen Aufschrei unterdrücken. Sie atmete hastig und versuchte mit der Kälte klar zu kommen. Fast schon bereute sie ihren Entschluss schwimmen gehen zu wollen. Aber dann, nachdem sie erst einmal komplett eingetaucht war und ein paar schnelle Schwimmzüge gemacht hatte, gewöhnte sich ihr Körper endlich an das kühle Wasser und sie genoss es unendlich. In diesem Moment verspürte sie fast ein kleines Glücksgefühl und es kam ihr vor, als wäre sie im Urlaub, weit weg vom Alltag und allen Sorgen, die dieser so mit sich brachte. Der See strahlte eine solche Ruhe aus, genau das, was sie so dringend als Kontrast zu ihrem Berufsleben brauchte.

Sie schwamm ein paar kurze Bahnen hin und her. Zu weit wollte sie sich von ihrer kleinen Bucht lieber nicht entfernen. Plötzlich verspürte sie einen kleinen stechenden Schmerz an ihrem Schambein. Sie erschrak so heftig, dass sie fast vergaß Arme und Beine zu bewegen, um sich über Wasser zu halten und sich kurz daran verschluckte. Etwas hatte sie gebissen! Nein! Es knabberte noch immer an ihr und zog an ihrem Höschen. Obwohl das Wasser selbst, zwar sehr klar war, konnte man auf Grund der Tiefe und des schwarzen Bodens, den dieser See nun mal überall aufwies, nichts mehr erkennen, was sich weiter als etwa fünfzig Zentimeter unterhalb der Wasseroberfläche befand. Schon gar nicht, wenn man in Bewegung war und wild um sich schlug. Da sie nicht sehen konnte wer oder was da an ihr knabberte und an ihrem Höschen zog, machten sich sofort die schrecklichsten Bilder von bösartigen Fischen und „untoten" Wasserleichen, in ihrem Kopf breit. Wahrscheinlich hatte sie in jungen Jahren zu viele Horrorfilme gesehen, um in einer solchen Situation besonnen zu reagieren. Sie war schon dabei in Panik zu geraten, als sie verwundert etwas wahrnahm, das ein Stückchen vor ihr, über dem Wasser schwebte. Es war ein kleines leuchtendes etwas. Es schwebte allerdings wohl doch nicht, sondern schien an einer ganz dünnen Schnur befestigt zu sein. Bei angestrengtem Hinsehen konnte sie diese nun auch erkennen und sah, dass sie nur ein kleines Stückchen vor ihr, im Wasser verschwand. Aha, dachte sie, eine Angelschnur. Es war anzunehmen, dass sich am Ende dieser Schnur ein Angelhaken befand und dass dieser sich scheinbar in ihrem Höschen verfangen hatte. Über diese Erkenntnis war sie erst einmal unglaublich erleichtert. Es war also, zum Glück, weder ein bösartiger Fisch, noch irgendeine andere schreckliche Kreatur, die da an ihr zerrte. Ihre Erleichterung hielt allerdings nur sehr kurz an. Dann wurde ihr mit einem erneuten Schrecken bewusst, dass sich am anderen Ende der Angelschnur höchstwahrscheinlich ein Angler befand. Der Gedanke an einen Angler war zwar nicht ganz so grauenhaft wie der, an „das Böse aus der Tiefe", dennoch hatte sie Mühe, nicht erneut in Panik zu geraten.

Belinda befand sich nur wenige Meter vom Ufer entfernt, so dass sie, wenn sie der Angelschnur mit den Augen folgte, nur Bäume und Büsche sah, in denen die Schnur irgendwo zu verschwinden schien. Sie war überhaupt so dünn, dass Belinda sie nur wenige Meter weit verfolgen konnte. Dann löste sich die Angelschnur vor dem grünen Hintergrund auf. Natürlich versuchte sie sich fortwährend vom Haken zu befreien. Es klappte aber nicht. Schließlich musste sie die ganze Zeit mit Armen und Beinen in Bewegung bleiben um nicht unterzutauchen und zwei mal hatte sie sich nun auch schon, bei dem Versuch den Haken zu lösen, in die Finger gestochen.

Was sollte sie nun tun? Scheinbar versuchte der Angler gerade seine „Beute" einzuholen. Sie versuchte sich mit dem Gedanken zu beruhigen, dass es ja vielleicht nur Kinder waren, die dort angelten, oder eine nette Frau. Allerdings wusste sie auch, dass beide Varianten ziemlich unwahrscheinlich waren, denn der See befand sich weit draußen und man konnte ihn fast nur mit dem Auto erreichen. Also, was mussten das für gedankenlose Eltern sein, die ihre Kinder hier allein und unbeaufsichtigt angeln ließen?! Das war doch viel zu gefährlich. Außerdem musste sie sich weiter eingestehen, dass sie noch nie von angelnden Frauen gehört hatte. Sicher gab es diese irgendwo auf der Welt. Aber das Glück zu haben, dass ausgerechnet eine dieser seltenen Spezies, gerade heute, hier an diesem Ufer sitzen würde, war wohl sehr gering.

Sie wäre natürlich am liebsten zu ihrer kleinen Bucht zurückgeschwommen und hätte sich dann in Ruhe um das Problem gekümmert. Die Bucht war auch nur wenige Meter entfernt, aber jemand zog so heftig an der Schnur und der Stoff ihrer Bikinihose war offensichtlich so stabil, dass sie es nicht schaffte eine andere Richtung einzuschlagen. Dass es sich dabei um den unteren Teil ihres neuen und liebsten Bikinis handelte, war ihr dabei schon egal. Sie überlegte, sich einfach von dem Stück Stoff zu trennen. Aber der Gedanke, dass sie sich dann tatsächlich, splitterfasernackt, nur wenige Meter entfernt von einem fremden Mann befinden würde und das auch noch hier draußen, wo weit und breit kein anderer Mensch zu sehen war…. Nein, das kam auch nicht in Frage.

Es nützte nichts, sie musste den Fremden bitten, die Schnur zu zerschneiden. Dann würde sie zu ihrem Platz zurück schwimmen und am besten möglichst schnell mit samt Bikini und Angelhaken von hier verschwinden.

Zaghaft brachte sie ein „Hallo, ist da jemand?" hervor und dachte sogleich, dass dies eine dumme Frage war. Sie wartete einen Moment und als keine Antwort kam sagte sie erneut: „hallo, hören Sie mich?"

Sie horchte auf eine Antwort, aber alles was sie vernahm war ein Murmeln und etwas, das sich wie leises Fluchen anhörte. Wahrscheinlich eher zu sich selbst, als an sie gerichtet. Zwar war sie neugierig, aber die Angst vor dem

Fremden, in dieser Situation, war natürlich noch viel größer.
Sie versuchte den Abstand zum Ufer etwas zu vergrößern, um einen Blick hinter die nächste Grünformation werfen zu können. Da sich dadurch die Schnur verkürzte, blieb ihr nichts weiter übrig, als auch weiter in Richtung des Anglers zu schwimmen. Das Gemurmel hatte sehr nahe geklungen und so musste sie damit rechnen, jeden Moment, hinter dem nächsten Busch jemanden sehen zu können. Und tatsächlich! Nun war sie praktisch genau auf seiner Höhe und hatte den Abstand zum Ufer so weit vergrößert, wie es die Angelschnur zuließ. Sie war erstaunt dass sich nur so wenige Meter von ihrer heißgeliebten, kleinen Badebucht, noch eine weitere befand. Vom Trampelpfad aus, hatte sie gar keinen, weiteren Zugang zum See, entdecken können. Sie sah auch den Mann. Er war total konzentriert und blickte nur auf die Angel in seiner Hand. Wie er daran herumwerkelte und an ihr zog und dabei leise vor sich hin fluchte, hatte er fast etwas Komisches an sich. Wäre sie selber nicht so verzweifelt gewesen hätte sie wahrscheinlich lachen müssen. Er machte jedenfalls, zum Glück, keinen angsteinflößenden Eindruck. Im Gegenteil! Er sah sogar sehr gut aus. Ein großer Mann, Mitte vierzig, vorzeigbarer Körper, mit dunklen, etwa schulterlangen Haaren. Er trug das Haar zu einem kleinen Zopf zusammen gebunden und selbst aus dieser Entfernung konnte sie die kleinen Locken erkennen, die sich in den Haarlängen bildeten. Mit all dem wilden Grün um ihn herum musste sie unwillkürlich an Tarzan denken. Sie konnte sich ein Lächeln kaum verkneifen. An seinem ansehnlich gebräunten Körper trug er nur eine Badehose und ob Belinda wollte, oder nicht, das Muskelspiel seines Oberkörpers fiel ihr sofort ins Auge und war durchaus hübsch anzusehen. Dann blickte er abrupt auf und sah sie ebenfalls. Sie fühlte sich ertappt, wie sie ihn so beobachtete und sein Äußeres bewunderte.

Sehr erstaunt blickte er zu ihr herüber. „Was machen sie da mit meiner Angel?"

„Sie hängt fest."

Nun machte er einen langen Hals und sagte: „woran, zum Teufel, hängt sie denn fest? Sie haben doch gar nichts an." Klar, er konnte ihre nackten Schultern sehen und ihre Brüste, direkt unter der Wasseroberfläche, mit Sicherheit auch. Diese Erkenntnis war ihr unwahrscheinlich peinlich und so entgegnete sie, völlig entrüstet: „was fällt ihnen ein?! Natürlich habe ich etwas an."

„Tja, das hätten Sie dann wohl besser gelassen." Er setzte ein breites, schelmisches Grinsen auf.

„Frechheit! Bestimmt ist angeln hier sowieso verboten" entgegnete sie empört.

„Ja, bestimmt genauso wie baden und nun hätte ich gerne meinen Haken mit samt Blinker und Pose zurück."

„Fein! Dann schneiden Sie doch endlich die Schnur durch."

„Was?! Durchschneiden?" Rief er ungläubig, als würde sie etwas völlig absurdes von ihm verlangen.

„Ja! Sie werden doch wohl eine Schere dabei haben."

Er lachte laut auf. „Eine Schere! Ich bin nicht zum Basteln hier, sondern zum Angeln."

„Sie haben nichts zum Schneiden dabei? Dann beißen sie die Angelschnur meinetwegen durch." In dem Moment als sie dies ausgesprochen hatte, ärgerte sie sich auch schon, dass sie dies nicht selber versucht hatte. Aber dafür war die Sehne wahrscheinlich auch zu sehr auf Spannung. Er setzte eine betont gelassene Mine auf „junge Frau, ich bin Angler. Selbstverständlich habe ich ein Messer dabei. Wie soll ich denn sonst die Fische ausnehmen?" Er kramte in seinem Anglerkasten herum und wurde offensichtlich nicht fündig.

„Mist! Das habe ich wohl vergessen. Egal! Ich hätte die Schnur sowieso nicht durchgeschnitten."

„Was? Warum nicht?" Fragte sie erstaunt.
Er druckste einen Moment lang herum und schien nach einer passenden Antwort zu suchen.

„Ach was soll's?!" brachte er dann etwas missmutig hervor und ließ beide Hände, die noch immer mit der Angel zu kämpfen schienen, sinken. „Die Angel gehört einem Kollegen und ich möchte alles gerne heil wieder abliefern."

„Was haben Sie denn mit ihrer eigenen Angel gefangen, dass Sie sie nicht mehr benutzen können? War es ebenfalls ein Mensch, oder vielleicht ein altes Fahrrad?" Sie bemühte sich ernst zu bleiben. Er lachte kurz auf und gestand dann etwas verlegen: „nein, ich war noch nie angeln und habe daher auch keine eigene Ausrüstung. Mein Kollege hat es mir empfohlen, um ein wenig zur Ruhe zu kommen. Er meinte, es würde mir gut tun. Er hat mit mir nur ein paar Trockenübungen gemacht."

Nun konnte sie sich ein Lachen nicht mehr verkneifen. Sie prustete laut los, vergaß dabei in Bewegung zu bleiben und verschluckte sich erneut am kalten Wasser. Der Mann fragte sie besorgt, ob alles okay sei. „Alles gut." Antwortete sie mit bibbernden Lippen, als der Husten nachließ. Auch der Fremde sah, dass ihr schon ziemlich kalt sein musste. Ihre Lippen waren ganz blau und sie zitterte furchtbar. „Sie sollten jetzt wirklich, endlich aus dem Wasser kommen. Sonst bekommen Sie noch eine Unterkühlung oder Wadenkrämpfe und dergleichen. Damit ist nicht zu spaßen." Sie wusste, dass er Recht hatte und sehnte sich nach Wärme. Ihre Fingerkuppen waren schon ganz schrumpelig. Ebenfalls ein Zeichen dafür, dass sie schon viel zu lange im Wasser war.

„Ich tu Ihnen schon nichts. Versprochen!" Er reckte drei Finger in die Luft, wie bei einem Schwur. Dabei machte er ein betont unschuldiges Gesicht und wieder musste sie über ihn lächeln. Belinda zögerte nicht lange, sondern schwamm jetzt Richtung Ufer, direkt auf den attraktiven

Fremden zu. Er ging in die Hocke, streckte ihr eine Hand entgegen und half ihr aus dem Wasser. Sie zitterte nun heftig am ganzen Körper.
Ihre Zähne klapperten aufeinander und sie presste den Mund zu, damit man es nicht hören konnte. Ihre Arme hielt sie verschränkt vor ihren nackten Brüsten, wobei sie die Kälte, im Moment schlimmer empfand, als die Scham. Er bückte sich und hob ein großes Handtuch auf, das er hinter seinem Anglerstuhl, auf dem Boden, ausgebreitet hatte. Scheinbar wollte er dort liegen und sich sonnen. Ihr fiel auch der mit Wasser gefüllte Eimer, neben dem Stuhl auf. Es schwamm aber kein einziger Fisch darin. Der Mann legte ihr das warme Handtuch um die Schultern und sie war ihm sehr dankbar dafür. Obwohl das Handtuch von der Sonne schön aufgewärmt war, konnte sie nicht aufhören zu zittern. Hatte sie schon jemals so gefroren? Der Fremde beobachtete sie mit sorgenvoller Miene. Dann sagte er energisch: „Ach, kommen Sie! So wird das nichts." Mit diesen Worten zog er sie an sich, umschloss ihren Oberkörper mit seinen starken Armen und Rubbelte was das Zeug hielt. Etwa zwei Minuten lang rubbelte er ihr den Rücken und die Arme dabei schüttelte er sie regelrecht durch, so dass sie leicht ins Schwanken geriet. Am Ende wurden seine Bewegungen immer langsamer, bis seine Arme schließlich in einer festen Umarmung verharrten. Sie spürte seine Wärme. Er drückte sie fest an seine Brust und sie konnte nun auch deutlich seinen Herzschlag wahrnehmen. Es war einfach toll. Auf einmal fühlte sie sich so warm und geborgen, dass ihr eigenes Herz ebenfalls ein paar kräftige Hüpfer machte. Ganz automatisch, als wäre es die normalste Sache der Welt, legte sie ihren Kopf an seine Brust und glitt ganz sanft mit ihrer Wange darüber. Er fuhr mit seinen Händen über ihren Rücken, erst sanft, dann immer kräftiger. Noch immer hatte sie das Handtuch um die Schultern und hielt es mit beiden Händen, unter ihrem Kinn fest. Sie

spürte, dass sich ihre Hände regelrecht darin verkrampft hatten und nun hatte sie das Gefühl, als würde sie auftauen, entspannen und alles los lassen können. Sie ließ tatsächlich los. Das Handtuch viel zu Boden. Mit ihren Armen umschlang sie nun auch seinen Oberkörper. Dabei wurden ihre, noch immer kalten Brüste, auf seine, von der Sonne aufgeheizte Brust gedrückt. Seine heiße Haut auf ihrer nackten Brust zu spüren erregte sie sehr. Es schien, als sei ihr Kopf komplett ausgeschaltet und ihr Körper würde einfach das tun wonach er gerade verlangte. Der Mann schien ebenfalls erregt, denn sie konnte hören, wie er immer schneller und schwerer atmete. Er begann ihre Schultern, den Hals und die Ohrläppchen zu küssen. Sanft knabberte er daran und tastete sich mit seinen Lippen weiter, über ihre Wangen, bis hin zu ihrem Mund. Fast zaghaft berührten seine Lippen die ihren und sie hatte das Gefühl, als würde man Strom durch ihren Körper leiten. Sie öffnete leicht den Mund und als sie seine Zunge spürte, durchfuhr es sie noch heftiger. Jeder Muskel und jeder Nerv in ihrem Körper, schien davon berührt. Sie spürte seine Erregung auch unterhalb der Gürtellinie und das löste in ihr noch mehr Lust aus. Doch plötzlich: „Autsch!" Da war ja noch was. Beide blickten hinunter, auf den Angelhaken, der noch immer an derselben Stelle festhing und mussten lachen.

„Ich glaube da hilft nur eins" sagte er und blickte ihr aus seinen braunen Augen entgegen.
Sie begriff sofort. Dann zögerte sie kurz und fragte: „Bist du eigentlich verheiratet?"
Etwas verdutzt entgegnete er: „warum? Willst du mir jetzt einen Antrag machen?" dabei zwinkerte er ihr zu.
„Nein, im Ernst. Bist du verheiratet?"
„Nein, du schöne Badenixe. Ich bin Single."
Sie lächelte und befreite sich von der Bikini Hose samt Angelhaken.

Sie hatten leidenschaftlichen Sex und genossen einander sehr. Um sich herum nahmen sie nichts mehr wahr und keiner der beiden hätte anschließend sagen können, wie viel Zeit wohl vergangen sein mochte. Hinterher lagen sie noch ein Weilchen nebeneinander, auf dem Handtuch, ohne etwas zu sagen. Wieder wurde Belinda diese unglaubliche Ruhe bewusst, die dieser Ort ausstrahlte. So langsam allerdings, das Gefühl hatte sie zumindest, schaltete sich aber auch ihr Gehirn wieder ein. Sie erschrak ein wenig als er plötzlich etwas in die Stille hinein sagte: „Ich heiße übrigens Georg" und mit einem leichten Zögern „und du?"
Du meine Güte, dachte sie. Nicht einmal unsere Namen haben wir voneinander gewusst. Wie konnte ich nur?! Was zum Teufel ist in mich gefahren?! Noch immer war sie ihm eine Antwort schuldig. „Tina" log sie entschlossen.

„Du bist eine wundervolle Frau, Tina und ich würde dich sehr gerne wiedersehen."
Leichte Panik stieg in Belinda auf und ein unglaubliches Wirrwarr von Gedanken und Gefühlen machten sich in ihr breit. Plötzlich hatte sie es sehr eilig. Sie sprang auf und griff sich ihre Bikini Hose. Dann riss sie mit voller Gewalt an dem Angelhaken. Sie schaffte es auch diesen zu lösen, allerdings hinterließ er ein großes Loch und einige der hübschen, blauen Perlen, ihres neuen Bikinis, vielen zu Boden. Während sie sich hastig das kaputte Stückchen Stoff überstreifte, murmelte sie etwas wie „keine gute Idee", „sowieso keine Zeit" und noch ein paar andere kurze, unverständliche Teilsätze und noch ehe der Mann, der sich mit Georg vorgestellt hatte, begriff was sie vorhatte, war Belinda auch schon mit einem Kopfsprung im kalten Wasser abgetaucht.

Belinda hatte den See praktisch fluchtartig verlassen. Sie hörte zwar, wie der Fremde ihr nachrief und sie aufforderte noch kurz zu warten, aber sie antwortete nicht. Stattdessen schwamm sie mit großen Zügen zu ihrem Platz zurück, raffte hektisch all ihre Sachen zusammen, Zog in Windeseile ihr Strandkleid über ihren, noch nassen, Körper und hastete dann, so schnell sie konnte, zu ihrem Auto.

Zu Hause angekommen stellte sie sich erst einmal für eine ganze Zeit unter die Heiße Dusche, wusch das Haar und machte sogar noch eine fünf Minuten Kur. Sie bereute zutiefst, was heute Nachmittag geschehen war, auch wenn es noch so schön war und sie lange nicht solche intensiven Gefühle verspürt hatte. Aber sie hätten natürlich niemals so weit gehen dürfen. Es war einfach nur dumm, leichtsinnig und im Nachhinein wahnsinnig peinlich.

Sie zog ihren dünnen Morgenmantel über, machte sich noch eine Kleinigkeit zu Essen und setzte sich damit vor den Fernseher. Immer wieder sah sie zum Telefon hinüber und auf das kleine Lämpchen des Anrufbeantworters, das zwar leuchtete, aber leider nicht blinkte. Auch ihr Handy nahm sie immer wieder in die Hand und die Hoffnung, dass es doch noch klingeln würde, schwand so langsam dahin. Dafür machte sich ein schweres Gefühl von Enttäuschung in ihr breit. Es war Sonntag und Carlos hatte sich nicht gemeldet. Er hatte ihr nicht einmal Bescheid gesagt, dass er heute keine Zeit für sie haben würde. Dabei wusste er doch, dass sie mit ihm rechnete.

Belinda ging früh zu Bett. Sie lauschte noch eine Zeit lang ihrem Hörbuch und fiel dann in einen unruhigen Schlaf.

Kapitel 3
Zweifel und Enttäuschung

Am Montagmorgen wachte Belinda gegen acht Uhr auf. Sie fühlte sich wie gerädert und alles andere als ausgeschlafen. Sofort hatte sie einige Bilder und kurze Szenen im Kopf, die sie in der vergangenen Nacht geträumt hatte. Es war eine furchtbare Nacht mit vielen, meist unangenehmen Träumen gewesen. Tatsächlich hatte sie das Gefühl, die ganze Nacht lang unterwegs gewesen zu sein und etliches erlebt zu haben. Nein, von Erholung konnte man da wirklich nicht reden. Dann mischten sich ein paar Bilder des gestrigen Tages in ihre Gedanken und im ersten Moment hielt sie auch diese nur für Traumszenen. Doch so langsam wurde sie immer wacher und ihr Gehirn fing an, all die Bilder zu sortieren und zuzuordnen. Plötzlich war alles wieder da. Es war tatsächlich geschehen. Sie erinnerte sich ganz deutlich an ihre Begegnung mit Georg. Verärgert über sich selbst, konnte und wollte sie es noch immer nicht glauben, dass sie gestern, einfach so, mit einem wildfremden Mann Sex hatte. Das sah ihr nun wirklich nicht ähnlich. Zugegeben, auch das Verhältnis mit Carlos passte eigentlich nicht zu ihr. Aber das gestern, das konnte sie doch nicht wirklich getan haben. Auch wenn dieser Georg noch so gut aussah, aber so etwas hätte sie sich selber niemals zugetraut. Es hätte ja auch, wer weiß was, passieren können. Nein, sie kam über ihr eigenes Verhalten nicht hinweg und suchte fieberhaft nach einer Entschuldigung für sich selbst.
Im Grunde war das wahrscheinlich alles nur wegen Carlos passiert, versuchte sie es sich zu erklären. Zwar versicherte er Belinda dauernd, dass ja zwischen ihm und seiner Frau, Stella, nichts mehr lief, aber Belinda kamen, was das anging, regelmäßig Zweifel. Erzählt das nicht jeder verheiratete Mann? Würde er Belinda tatsächlich auf die Nase bin-

den, wenn er Sex mit seiner Ehefrau hatte und dadurch riskieren, dass Belinda das Verhältnis beenden könnte? Wohl kaum. Also musste sie damit rechnen, von ihrem Freund betrogen zu werden und das war natürlich ein mieses Gefühl. Vielleicht hatte sie ja nur deshalb mit diesem fremden Mann geschlafen, um, so zu sagen, ein Gleichgewicht herzustellen. Nun hatte sie es Carlos praktisch gleich getan und das schwächte das schlechte Gefühl, betrogen zu werden doch etwas ab, oder?
Derlei Gedanken hing Belinda noch eine ganze Weile nach, bis sie endlich den Entschluss fasste, die gestrige Sache, am See, einfach zu vergessen und sich mit möglichst angenehmen Dingen abzulenken. Letztendlich war es ja nun auch egal. Ungeschehen machen, konnte sie das ganze nun nicht mehr, auch wenn sie es sich noch so sehr wünschte. Außerdem hat am Ende auch keiner Schaden dadurch erlitten. Sie ist heil da raus gekommen. Carlos würde nichts von der Sache erfahren und diesen Georg würde sie sowieso nie wieder sehen. Also, ein für alle Mal: Schwamm drüber!

Belinda klopfte etwas zaghaft an die Tür. Auf dem Schild daneben stand in Druckbuchstaben: -Dr. Länge- Nachdem sie ein freundliches „Herein" vernahm, öffnete sie die Tür.

„Hallo Frau Marks, ich sehe Sie haben wieder etwas für mich", begrüßte Frau Doktor Länge ihre Patientin und deutete dabei auf das Papier in Belindas Hand.

„Ja, bitte", antwortete diese und reichte der Ärztin das Geschriebene. „Schwester Birgit hat es für mich ausgedruckt."

Die Ärztin nahm die Lektüre mit den Worten „da bin ich ja mal gespannt wie es weitergeht", entgegen und legte sie, mit einem flüchtigen Blick darauf, in Belindas Akte, die sich vor ihr auf dem Schreibtisch befand. Nach einem kurzen Gespräch über das heutige Befinden der Patientin wechselte Frau Doktor Länge das Thema: „Frau Marks, die Polizei hat ihr Auto gefunden. Sagten Sie nicht es sei gestohlen worden?"

„Nein, ich habe Ihnen erzählt, dass meine Tasche weg war, nachdem man mich niedergeschlagen hatte und dass sich darin meine Autoschlüssel befanden und ich deshalb den Wagen nicht für den Rückweg nutzen konnte." Belinda wunderte sich, dass die Ärztin ihr unterstellte. Sie hätte angegeben ihr Auto sei gestohlen worden. So etwas hatte sie nie gesagt. War das vielleicht nur ein Test um zu sehen, ob sie bei ihrer Aussage blieb?

„Ach ja", erinnerte sich Frau Doktor Länge und für Belinda erhärtete sich der Verdacht, dass es nur ein Test war. „Und Sie hatten nicht vielleicht doch einen Unfall?" hakte die Ärztin nach.

„Nein, es war so wie ich es erzählt habe."

„Nun ja", fuhr Doktor Länge fort „Ihr Wagen wurde jedenfalls in einem kleinen Waldstückchen, nicht allzu weit von der alten Schleuse gefunden."

„Dann muss ihn jemand dort hinein gefahren haben. Ich war es jedenfalls nicht", erklärte Belinda bestimmt. „Hätte man die Gegend sofort vernünftig abgesucht, dann hätte man bestimmt mehr Beweise gefunden und wahrscheinlich sogar die Leiche." Belinda klang verärgert.

„Die Polizei hat gleich am Sonntag alles abgesucht", verteidigte die Ärztin die Arbeit der Polizei. Belinda antwortete mit einem sarkastischen „Ha! Dann waren sie wohl nicht gründlich genug, wenn sie nicht mal meinen Wagen entdeckt haben. Außerdem war Sonntag auch schon ein Tag zu spät. Das hätte sofort passieren müssen und heute ist bereits Mittwoch".

„Aber Frau Marks", versuchte Doktor Länge zu beschwichtigen, „im Dunkeln hätte man sicher auch nicht viel gefunden. Außerdem haben Sie, in der Nacht als man Sie fand, auch keine klare Aussage gemacht soweit ich weiß."

Belinda schwieg. Wahrscheinlich hatte die Ärztin sogar Recht. Ärgerlich war sie trotzdem, auch wenn sie nicht einmal hätte sagen können auf wen oder was eigentlich. Vielleicht auf die Polizei, oder vielleicht auch auf sich selbst. Aber am ehesten wahrscheinlich auf diesen Irren, der das alles zu verantworten hatte. Diese Wut verspürte sie noch eine ganze Weile. Auch nachdem sie sich bereits von Frau Doktor Länge verabschiedet hatte und wieder auf der Station, in ihrem kleinen Zimmerchen saß und sich wieder ans Schreiben machte.

Sie saß nun schon seit einer Stunde wieder vor dem Notebook und versuchte alle Geschehnisse der vergangenen Woche aufzuschreiben. Sie war selber erstaunt, dass sie sich an so viele Details erinnern konnte und andererseits waren da diese Gedächtnislücken. Besonders was Samstagnacht anging konnte sie sich nur sehr schwer erinnern. Aber auch Mittwochnacht war ihr doch schon seltsam vorgekommen. Sie hatte doch schon gleich am Donnerstag gemerkt, dass da etwas mit ihrer Erinnerung nicht stimmte. Hatte sie am Ende vielleicht doch ein schwerwiegendes, psychisches Problem? Die leichten Zweifel am eigenen Verstand, die in ihr aufkamen wischte Belinda sofort bei Seite. Sie schüttelte sich, atmete tief durch und sagte sich, wieder mal, dass sich schon alles aufklären würde. Alles schön der Reihe nach. Vielleicht fällt mir alles beim Schreiben wieder ein. Sie las das, was sie gerade geschrieben hatte noch einmal laut durch:

„Nachdem ich also am vergangen Montag aufgestanden war frühstückte ich ausgiebig und machte mich auf den Weg in die City um ein paar Dinge zu erledigen und einzukaufen. Ich achtete darauf, dass sich mein Handy stets in Hörweite befand und nahm es mindestens alle halbe Stunde trotzdem in die Hand und sah auf das Display, um mich zu vergewissern, nicht vielleicht doch einen Anruf oder eine

Nachricht verpasst zu haben. Den ganzen Montag wartete ich auf eine Nachricht von Carlos. Doch leider vergebens."
Belinda war zufrieden mit dem was sie bisher zu Papier gebracht hatte, auch wenn es ihr bisher viel zu wenig war. Jetzt musste sie leider erst mal unterbrechen, denn es war Zeit fürs Mittagessen. Anschließend würde sie sich aber gleich wieder „an die Arbeit" machen.

Am Dienstag, den 26. Juni hatte Belinda seit den frühen Morgenstunden das Haus von oben bis unten geputzt und auch endlich mal den Rasen gemäht, besser gesagt, das was davon übrig war. Sie wischte und saugte sogar Staub in den Räumen, in der zweiten Etage, die sie gar nicht nutzte. Dort befand sich das Gästezimmer, welches früher ihr Kinderzimmer war, ein kleines Bad und ein kleiner Hauswirtschaftsraum. Ihr jetziges Schlafzimmer lag im ersten Stock und hatte einen hübschen, kleinen Balkon. Dieser war auch ausschlaggebend dafür, dass sie ihr Schlafzimmer in das ehemalige Elternschlafzimmer verlegt hatte. Selbstverständlich mit ihren eigenen Möbeln. In der ersten Etage gab es außerdem ein größeres Bad und ein kleines Arbeitszimmer. Im Erdgeschoss befand sich ein großzügiges Gäste WC, eine geräumige Küche und das große Wohnzimmer. Nach etwa sieben Stunden Hausarbeit war sie völlig geschafft. Warum hatte sie ausgerechnet bei dieser Hitze einen solchen Anfall von Arbeitswut bekommen müssen?! Aber als sie früh morgens damit anfing war es noch angenehm kühl im Haus und später hatte sie sich wohl so richtig in Rage geputzt. Schließlich brauchte sie dringend Beschäftigung um nicht dauernd auf dieses verfluchte Telefon zu starren. Carlos hatte sich noch immer nicht gemeldet. Mittlerweile war Belinda stinkwütend auf ihn und es ärgerte sie, dass auch immer wieder die Sorge in ihr aufstieg, dass Carlos etwas passiert sein könnte. Denn wenn dies einmal der Fall sein würde, das war ihr völlig klar, würde sie natür-

lich niemand darüber informieren. Diese Ungewissheit machte sie völlig fertig. Was allerdings ebenso schlimm war, war der Gedanke, dass es ihm gut ging und sie ihn heute Abend bei der Probe, im Theater, sehen und dann so zu tun müsste, als wäre alles völlig in Ordnung. Wenn sie sich vorstellte, dass er sie heute Abend, ganz normal, mit seinem charmanten, selbstbewussten Lächeln begrüßen würde und ihr dabei, wie immer, wenn andere Leute dabei waren, einen Kuss auf die Wange geben würde, dann drehte sich ihr der Magen um. Nein, sie konnte ihm heute Abend nicht einfach so entgegen treten. Dafür war ihr Innerstes inzwischen viel zu aufgewühlt. Sowieso konnte sie sich im Moment auch gar nicht auf ihre Arbeit konzentrieren. Eigentlich hätte sie sich heute auf die Probe für die Abschlussgala vorbereiten müssen. Aber immer wieder ertappte sie sich dabei, dass sie an Carlos dachte und sich gefühlte hundert Möglichkeiten ausmalte, was wohl passiert sein könnte und was ihn davon abhielt sich bei ihr zu melden. War er am Ende vielleicht doch, Sonntag, am See gewesen und hatte sie dort gesehen? Quatsch! Sie schob den Gedanken ganz schnell bei Seite. Sicher hätte er dann vorher angerufen und selbst wenn nicht, dann hätte er sich bestimmt bemerkbar gemacht und wäre wahrscheinlich ausgerastet. Nein, diese Möglichkeit war völlig absurd.
Da war es doch viel wahrscheinlicher, dass er sich mit seiner Frau ausgesöhnt hatte und dass sie sich ein paar schöne, gemeinsame Tage machten. Aber warum hatte er sich dann nicht wenigstens kurz bei ihr gemeldet und gesagt, dass es zurzeit nicht passt? Außerdem hatte Carlos Belinda unzählige male versichert, dass er sie liebte und dass sie die einzige Frau sei, die ihm etwas bedeutete.
Gegen sechzehn Uhr fasste Belinda einen Entschluss, der ebenfalls nicht ihrem Naturell entsprach und sehr untypisch für sie war. Sie rief im Theater an und meldete sich für die heutige Probe krank. Sie wusste, dass dies Ärger

geben konnte, denn die Anwesenheit, beziehungsweise Teilnahme, an dieser Probe war selbstverständlich ebenso Pflicht, wie bei jeder anderen Probe. Der Intendant hatte extra darauf hingewiesen, dass jeder, auch wenn seine Rolle noch so klein war, während der gesamten Probe anwesend zu sein hatte.

Sie probten für die große Gala am Samstag. Dieser Abend war der wichtige Abschluss der laufenden Saison und somit eine einmalige Vorstellung. Es wurden ausgewählte Szenen aus Stücken dieser Saison gespielt und natürlich auch die erfolgreichsten Lieder gesungen. Außerdem wurden noch zusätzlich, kleine Sketche eingebaut. Es war also ein sehr bunter und beim Theaterpublikum, sehr beliebter Abend, mit einem etwa drei stündigem Programm. Die Karten hierfür waren, wie auch in den Jahren zuvor, heiß begehrt und immer sofort ausverkauft. An diesem besonderen und letzten Abend, ließ es sich der Intendant nicht nehmen, das Publikum, selber, als Moderator, durch das bunte Programm zu führen. Er legte außerdem großen Wert darauf, dass wirklich jeder, der irgendwie am Theater beschäftigt war, an diesem Abend, in irgendeiner Form, als Darsteller, oder wenigstens als Komparse eingebunden wurde und somit zum Abschluss der Saison seinen Applaus erntete. Lediglich drei der Techniker war es, wie auch schon in den Jahren zuvor, gelungen, sich vor diesem Auftritt zu drücken. Sie konnten ja schließlich nicht ihre eigentliche Arbeit einfach so unterbrechen. Dann würde ja nichts mehr funktionieren. Der Intendant gab ihnen, wie jedes Jahr, mit knirschenden Zähnen, nach. Selbst aber die Garderobieren hatten nacheinander ihre kurzen Auftritte, ebenso wie der Hausmeister, die übrigen Techniker, Kulissenschieber und alle anderen Mitarbeiter des kleinen Theaters.

Belinda riskierte den Ärger dennoch. Wenn sie heute nicht zur Probe gehen würde, dann blieb ihr immerhin noch die Generalprobe am Donnerstag. Am Mittwoch und am Freitag führten sie zum letzten mal das aktuelle Stück auf und alle hofften, dass wenigstens diese letzten beiden Vorstellungen doch noch ausverkauft sein würden.

Inzwischen war es siebzehn Uhr. Belinda saß auf der großen Couch im Wohnzimmer mit dem schnurlosen Telefon am Ohr.

„Was ist denn das für ein Lärm bei dir im Hintergrund?"

„Ja, Belinda, es tut mir schrecklich leid, aber ich muss wohl auflegen und mal nachsehen. Tobias spielt mit den Nachbarsjungen und meistens kommt leider nicht Gutes dabei heraus."

Belinda musste schmunzeln. „Hat er die Unschuldsmine auch schon so gut drauf, wie du früher?" Sie konnte sich noch zu gut daran erinnern, dass sie Clarissa immer um diese Gabe beneidet hatte. Die Freundin konnte stets den größten Unfug anstellen und wurde so gut wie nie dafür zur Rechenschaft gezogen. Mit ihren großen blauen Augen und den hellblonden Locken sah sie aus wie ein kleiner Engel, so dass ihre Eltern und selbst die Lehrer ihr wirklich jede Geschichte abkauften.

Clarissa knurrte scherzhaft am anderen Ende der Leitung: „Ja, das Talent scheint er geerbt zu haben. Aber ehrlich, ich muss nun auflegen. Ich verspreche, dass ich in den nächsten Tagen anrufen und dann mehr Zeit haben werde. Fühl' dich fest umarmt und mach' dir, um Himmels Willen, nicht so viele Gedanken um diesen Carlos. Wahrscheinlich ist er es gar nicht wert."

„Hm, ja, wahrscheinlich hast du Recht" entgegnete Belinda zögerlich und mit den Worten, „ich umarme dich auch. Bis bald Clarissa, " legte sie auf.

Es war schön, mal wieder die Stimme ihrer besten Freundin gehört zu haben, auch wenn das Gespräch nur ein paar Minuten dauerte. Schon so oft hatte Clarissa, in den letzten

Jahren, das Gespräch ganz abrupt beendet. Natürlich nicht ohne sich zu entschuldigen und ihr ehrliches Bedauern darüber auszudrücken. In fast jedem ihrer Gespräche versicherte Clarissa, dass sie sich demnächst unbedingt mehr Zeit für sich selbst nehmen würde und auch, dass sie sich danach sehnte mal wieder einen ihrer unvergesslichen Mädels Abende mit Belinda zu verbringen. Belinda und Clarissa kannten sich schon seit ihrer Kindheit und hatten gemeinsam so einige Abenteuer erlebt. Unzählige male hatten sie sich während ihrer Jugendzeit gegenseitig über Liebeskummer und andere weltbewegende Probleme hinweg getröstet. Sie waren später auch gemeinsam nach München gezogen und wurden dort beide an der Schauspielschule angenommen. So weit weg von der Heimat, in Norddeutschland, waren sie einander eine große Stütze. Umso trauriger war Belinda, als Clarissa nach nur einem Jahr die Schauspielschule wieder verließ und zurück in die Heimat zog. Belinda vermisste Clarissa damals sehr. Aber sie telefonierten häufig und stets sehr ausgiebig und hielten sich gegenseitig über alles auf dem Laufenden. Belinda verbrachte noch zwei weitere Jahre in München und zog dann ebenfalls zurück in ihre Heimatstadt. Weit weg von zu Hause wollte sie zwar nicht mehr arbeiten, aber natürlich wäre sie lieber an ein größeres Theater in Norddeutschland gegangen. So hatte sie sich unter anderem auch in Hamburg, Bremen und Bremerhaven beworben. Aber dafür war sie wohl nicht gut genug. Jedenfalls bekam sie dort kein Engagement.
Belinda und Clarissa waren damals Mitte zwanzig und genossen gemeinsam eine wilde Zeit. Zwei Jahre lang lebten die beiden jungen Frauen zusammen, in einer kleinen drei Zimmer Wohnung. Sie fuhren auch gemeinsam in den Urlaub und hatten immer viel Spaß.
Natürlich gab es da auch schon mal den einen oder anderen jungen Mann im Leben der beiden attraktiven Frauen.

Zum Glück hatten sie, was Männer anging einen sehr unterschiedlichen Geschmack und kamen sich, niemals in die Quere.
Als sie achtundzwanzig Jahre alt waren, änderte sich das Leben der beiden Frauen schlagartig. Sie lernten damals gemeinsam, während eines Kurzurlaubs, Andreas kennen. Belinda und Clarissa verbrachten drei Tage in Hamburg, während des Hafenfestes. Natürlich waren sie hauptsächlich zum Feiern dort. Sie wollten einfach mal wieder raus, etwas erleben, tolle Musik hören, tanzen, neue Menschen kennenlernen, die Schiffe und das ganze Spektakel erleben. Andreas war ebenfalls übers Wochenende, mit zwei weiteren Freunden in Hamburg. Die fünf jungen Leute trafen aufeinander, als sie völlig begeistert, derselben Band zujubelten. Alles war ganz unkompliziert. Man war einander sympathisch und verbrachte diesen und auch den folgenden Abend miteinander. Es stellte sich heraus, dass die drei Männer nur eine halbe Stunde von Belindas und Clarissas Heimatort entfernt wohnten. Als das lange Wochenende vorbei war und alle wieder nach Hause fuhren, wurden natürlich noch die Telefonnummern ausgetauscht. Vielleicht könnte man sich ja irgendwann wieder mal auf einer großen Party treffen. Schließlich hatten sie gemeinsam viel Spaß und immerhin auch den gleichen Musikgeschmack.
Belinda glaubte damals, dass Andreas ein Auge auf sie geworfen hatte und auch wenn er sehr nett war, ihr Typ war er eindeutig nicht. Viel zu fad und durchschnittlich erschien ihr dieser neue Bekannte. Er sah durchschnittlich aus, war durchschnittlich groß, ja, selbst sein Name erschien treffend durchschnittlich. Er hieß Andreas Müller. Nur ein paar Tage nach ihrem gemeinsamen Wochenende in Hamburg, rief Andreas bei Belinda an. Offensichtlich wollte er sie wiedersehen. Aber Belinda nahm ihm gleich zu Anfang des Gespräches den Wind aus den Segeln und stellte klar, dass sie keinerlei Interesse an ihm hatte. Cla-

rissa erzählte sie nichts davon, da diese ihr gestanden hatte, den Durchschnittsmann, wie Belinda ihn bezeichnete, ganz süß zu finden. Sie wollte ihre Gefühle nicht unnötig verletzen.
Für Belinda hatte das alles auch keine weitere Bedeutung und schon ein paar Tage später dachte sie gar nicht mehr daran. Umso erstaunter war sie dann allerdings, als Clarissa ihr etwa drei Wochen später erzählte, dass sie sich in der Zwischenzeit schon ein paarmal mit Andreas getroffen hatte und dass sie furchtbar verliebt waren ineinander.
Belinda konnte diese Neuigkeiten kaum fassen und wusste anfangs gar nicht so recht, wie sie damit umgehen sollte. Plötzlich war es ihr sehr unangenehm, dass sie Clarissa, vor ein paar Wochen, nichts von Andreas' Anruf erzählt hatte. Sie überlegte hin und her, ob sie dies nun nachholen sollte, kam aber letztendlich zu dem Entschluss, dass es wohl besser wäre, für ihre Freundschaft, wenn sie nichts sagte. Das unangenehme Gefühl blieb allerdings. Warum hatte Clarissa ihr auch nicht eher von ihren Treffen mit Andreas erzählt?! Schließlich erzählten sie sich doch sonst auch immer alles, oder? Sie wohnten doch sogar zusammen.
Für Belinda stand dann, als sie merkte, dass Clarissa wirklich bis über beide Ohren verliebt war, fest, dass sie sich, so bald wie möglich, eine eigene Wohnung suchen musste. Dabei hatte sie großes Glück. Ihre Eltern waren zu der Zeit gerade im Begriff nach Spanien auszuwandern. Sie waren schon fast komplett umgezogen und hatten in Deutschland jetzt nur noch das Problem, ihr Haus verkaufen zu müssen. So war zumindest der ursprüngliche Plan. Belindas Mutter bekam zwar noch keine Rente, aber die fette Pension ihres Vaters reichte locker für beide. Die Mutter hatte in Deutschland sowieso immer nur ein paar Stunden die Woche gearbeitet und nun wollten sie sich beide komplett zur Ruhe setzen, in ihrem liebsten Urlaubsland.

Als Belinda verkündete, dass sie eine eigene Wohnung suchte, dauerte es nicht lange, bis ihre Eltern den Vorschlag machten, das Haus, zu einem unschlagbar günstigen Preis, an sie zu vermieten. Voraussetzung hierfür war nur, dass sie alles, auch den Garten, stets in Ordnung halten musste und dass sie ein Gästezimmer für ihre Eltern parat hielt, falls diese zu Besuch nach Deutschland kämen. Belinda war überglücklich, über dieses großzügige Angebot und nahm es dankbar an. Sie liebte dieses Haus. Schließlich hatte sie ihre ganze Kindheit und Jugend darin verbracht. Ihre Eltern waren mit dieser Regelung ebenfalls sehr zufrieden und besonders ihre Mutter war erleichtert darüber, dass sie sich nun doch nicht, für immer, von dem Haus trennen mussten.

Clarissa und Andreas heirateten nur knapp zwei Jahre später und zogen ein paar Kilometer weiter, in einen kleineren Ort. Kurze Zeit später kam auch schon ihr Sohn, Tobias, zur Welt. Er war mittlerweile sieben Jahre alt. Zwar brach der Kontakt zwischen Belinda und Clarissa nie ab und noch immer hielten sie sich so einigermaßen auf dem Laufenden, über alle wichtigen Dinge in ihrem Leben, aber das Verhältnis war trotzdem, seit Andreas in ihr Leben getreten war, nicht mehr das selbe.
Belinda hatte Clarissa auch von ihrem Verhältnis mit Carlos berichtet. Allerdings erst, als es bereits seit vier Monaten lief. Von der Geschichte mit Georg, die sie am vergangenen Sonntag erlebt hatte, würde sie Clarissa sicher niemals etwas erzählen. Erstens war es Belinda selber viel zu unangenehm und zweitens hätte die Freundin auch niemals Verständnis für ein solches Handeln. Da war sich Belinda sicher. Das konnte sie Clarissa auch nicht einmal verübeln, denn schließlich hatte Belinda ja selber kein Verständnis für ihr Verhalten am See.

Auch nach all den Jahren fühlte sich Belinda noch immer unwohl wenn sie auf Andreas traf. Wahrscheinlich bildete sie es sich nur ein, aber sie hatte das Gefühl, dass eine Spur zu viel Interesse in seinen Augen lag, wenn sie auftauchte.
Clarissa war nach wie vor ihre beste Freundin und allein der Verdacht, dass ihr Ehemann sie betrügen könnte, wenn er die Gelegenheit hätte, oder sich überhaupt zu sehr für andere Frauen interessierte, machte ihn für Belinda unsympathisch.
Natürlich litt die Beziehung der beiden Frauen unter dieser Abneigung zu Andreas, denn Belinda traf sich nach Möglichkeit nur mit ihrer Freundin, wenn Andreas nicht dabei sein konnte. Lediglich bei Familienfeiern musste Belinda ihn auch mal für ein paar Stunden in Kauf nehmen. Ansonsten beschränkten sich ihre Begegnungen meist darauf, dass sie sich zufällig irgendwo in der Stadt über den Weg liefen, oder wenn Belinda ihre Freundin mal von zu Hause abholte. Dann ließ sich eine Begegnung mit Andreas manchmal leider auch nicht vermeiden. Clarissa schien nie etwas von Belindas Antipathie gegen ihren Ehemann zu bemerken, oder wenn doch, dann ließ sie es sich jedenfalls nicht anmerken und sprach Belinda auch nie darauf an.

Als Belinda nach dem Gespräch mit Clarissa das Telefon zur Seite legte, viel ihr Blick auf die Uhr und ihre Gedanken wanderten zur Probe, an der sie eigentlich hätte teilnehmen sollen und die inzwischen auch begonnen haben musste. Mittlerweile war sicher allen aufgefallen, dass sie fehlte. Auch Carlos musste dies bemerkt haben. Sie rechnete fest damit, dass er sich gleich nach der Probe bei ihr melden würde und dann würde sie ihm erstmal erzählen, dass sie es sehr rücksichtslos von ihm fand, sich seit Samstag nicht bei ihr gemeldet zu haben. Natürlich wäre das alles gar kein Problem gewesen, wäre er nicht verheiratet. Dann hätte sie ihn ganz selbstverständlich selber angerufen und gefragt, ob er Zeit für sie hätte, oder nicht. Aber Carlos hatte sie darum gebeten ihn weder anzurufen, noch ihm irgendwelche Nachrichten zu schicken. Seine Frau hatte wohl schon öfter mal sein Handy kontrolliert und schien ziemlich eifersüchtig zu sein. Na ja, gut, man konnte es ihr nicht verübeln, Schließlich hatte sie ja auch allen Grund dazu.

Am späteren Abend machte Belinda es sich auf der Couch im Wohnzimmer gemütlich. Sie versuchte fern zu sehen, aber irgendwie konnte sie sich nicht auf das konzentrieren was dort vor ihr herum flimmerte. Stattdessen wanderte ihr Blick den ganzen Abend über immer wieder zu der großen Wanduhr, schräg links über dem Fernseher und sie versuchte sich auszurechnen, wann die Probe wohl zu Ende sein musste und Carlos anrufen würde.

Als ihr Handy endlich, gegen 22.30 Uhr klingelte, erschrak sie trotzdem und zuckte regelrecht zusammen, bevor sie den Arm ausstreckte und zu dem kleinen Gerät auf dem Couchtisch griff. Auf dem Display sah sie sofort seinen Namen und so meldete sie sich daher mit:

„hallo Carlos".

„Hallo meine Schöne. Wo warst du heute? Du bist doch nicht etwa krank?" Er klang charmant und locker wie immer, eventuell mit einer winzigen Spur Besorgnis in der Stimme. Aber die bildete sich Belinda vielleicht auch nur ein, weil sie sich natürlich insgeheim wünschte, dass er sich Sorgen um sie machte.

„Nein, " sagte sie erst einmal um ihn zu beruhigen, „aber es geht mir nicht so gut."

„Ja, mir geht es auch nicht so gut. Diese vielen Proben… und das bei der Hitze…"

Das war wieder so typisch für ihn, dachte Belinda. Anstatt zu fragen warum es ihr nicht gut ging, ergriff er mal wieder sofort die Gelegenheit von sich selbst zu erzählen. Ärgerlich entgegnete sie: „Es tut mir leid Carlos, dass es dir nicht gut geht und auch, dass es dich scheinbar nicht sonderlich interessiert, warum ich nicht bei der Probe war."

„Was ist denn mit dir, mi amor, ist etwas passiert?" fragte er nun sehr erstaunt über den ungewohnt scharfen Ton Belindas. Sie hingegen spürte Wut in sich aufsteigen, dabei hatte sie sich fest vorgenommen nicht emotional, sondern ganz sachlich, in diesem Gespräch zu bleiben. Sie wollte ihm, ohne große Gefühlsausbrüche klar machen, wie es in ihr aussah und was ihr an seinem Verhalten nicht passte. Als sie aber merkte, dass er scheinbar nicht einmal auf die Idee kam, dass ihr Unwohlsein etwas mit ihm zu tun haben könnte, frustrierte sie diese Erkenntnis noch mehr und sie konnte sich nur schwer beherrschen.

„Du hast dich seit Samstag nicht gemeldet. Mittlerweile haben wir Dienstagabend. Kannst du dir wirklich gar nicht vorstellen, wie es in mir aussieht? Was ich mir wohl für Gedanken gemacht habe?"

„Aber Belinda", fiel er ihr ins Wort, „du weißt doch dass ich dich liebe, dass ich nur dich liebe und dass ich dich natürlich angerufen hätte, wenn eine Gelegenheit gewesen wäre. Aber es ging leider nicht. Stellas Mutter war zu Besuch und die hat ihre Augen und Ohren überall.

Komm Belleza, sei nicht sauer", sagte er sanft.
Sie mochte es, wenn er sie so nannte aber fand, dass er ein wenig zu theatralisch klang, allerdings war die Begründung nicht schlecht. Sie dachte kurz darüber nach. Dann entgegnete sie: „du weißt doch aber, dass ich mir auch Sorgen mache. Es hätte dir ja auch irgendwas passiert sein können. Woher soll ich das wissen? Würde Stella mich etwa benachrichtigen wenn du nach einem Unfall, schwer verletzt im Krankenhaus liegen würdest? Wohl kaum! Und aus dem Krankenhaus würde mich auch niemand informieren. So geht es einfach nicht, Carlos. Nicht schon schlimm genug, dass ich ständig meine Zeit damit vertrödele auf dich zu warten und mir gar nichts anderes mehr vornehmen mag,

immer in der Hoffnung, dass du vielleicht Zeit für mich hast. Nein, dann muss ich mir auch noch solche Sorgen machen. Das darfst du mir einfach nicht antun. Mir ist ganz egal, wer oder was dich gerade besucht und was es dir für Umstände bereitet. Ich erwarte einfach, dass du alles daran setzt, mich nicht derart in der Luft hängen zu lassen. Und ich bin mir völlig sicher, dass es dir auch gelingen wird. Vorausgesetzt natürlich, dass ich dir überhaupt wichtig genug bin."

„Aber Schatz", hakte er sofort ein „du weißt doch, dass du mir das wichtigste bist".

„Wohl kaum, lieber Carlos, denn dann würden wir diese Diskussion, am Telefon, jetzt gar nicht führen. Wäre ich dir das wichtigste, dann hättest du dich längst von deiner Frau getrennt und dann würden wir jetzt zusammen in unserem gemeinsamen Heim sitzen und uns noch einen schönen Abend machen."

„Das werden wir auch bald tun, mi amor. Ich brauche nur noch etwas mehr Zeit. Du weißt doch, es ist alles nicht so einfach mit dem großen Haus. Ich möchte nun mal einfach nicht den Rest meines Lebens völlig verarmt und hoch verschuldet verbringen. Verstehst du das nicht?"

„Doch, das kann ich schon verstehen. Auch wenn es mir nicht gefällt. Aber darum ging es heute ja auch gar nicht, sondern darum, dass du wenigstens alles versuchen solltest, damit ich mich in dieser Beziehung nicht total schlecht und unwichtig fühle." Ihre Stimme klang nun nicht mehr wütend, aber verletzt und auch ein wenig traurig.

„Liebes, ich verspreche dir, dass ich immer alles dafür tun werde, damit du glücklich bist und dich mit mir wohl fühlst." Er klang aufrichtig, auch als er sagte: „Mi amor, du kannst dir gar nicht vorstellen, wie sehr ich mir wünsche dich jetzt in die Arme zu nehmen und dich ganz fest an mich zu drücken. Ich vermisse dich".

„Dann komm doch noch vorbei. Ich vermisse dich auch" sagte sie und spürte, wie ein Gefühl von Hoffnung in ihr aufstieg.

„Belinda, hast du mal zur Uhr gesehen? Es ist schon viel zu spät. Ich fürchte, dass ich mir gleich sowieso schon einiges anhören muss, weil es so spät geworden ist. Sorry, meine Süße, aber heute geht es wirklich nicht mehr. Ich melde mich morgen wieder und morgen Abend sehen wir uns ja in jedem Fall vor der Vorstellung, im Theater. Mach dich darauf gefasst, dass du dir was anhören musst, wenn du auf den Big Boss triffst. Er war sehr sauer weil du nicht da warst und als sich gleich zu Anfang der Probe noch jemand der Anwesenden krank melden wollte, da ist er fast ausgerastet und hat sie nicht gehen lassen."
Belinda war natürlich alles andere als erfreut darüber, dies zu hören, aber sie entgegnete mutig: „Ach, keine Sorge, mit dem werde ich schon fertig. Ich freue mich darauf dich zu sehen und das lass ich mir von ihm nicht kaputt machen."

„Okay Belleza, dann bis morgen. Und nun schlaf gut." Er schickte ihr noch einen Kuss durchs Telefon.

„Gute Nacht, mein Schatz", antwortete sie und hauchte einen Kuss zurück.
Ein Bisschen ärgerte sich Belinda nun doch darüber, dass sie heute nicht bei der Probe war. Zum einen hätte sie sich dann keinen Ärger eingehandelt und zum anderen freute sie sich schon sehr auf die Abschlussgala und tat normalerweise immer alles dafür, um möglichst gut vorbereitet zu sein. Sie konnte zu diesem Zeitpunkt ja auch noch nicht wissen, dass sie sowieso nicht an dem bunten Abend teilnehmen würde und dass sie stattdessen damit beschäftigt sein würde, ihr Leben zu retten...

Nach dem Gespräch mit Carlos, fiel Belinda auf, dass sie heute Abend ja noch gar nichts gegessen hatte. Komisch eigentlich hätte sie doch schon vor Stunden Hunger haben müssen. Erst jetzt fing ihr Magen aber an zu knurren und so schmierte sie sich, obwohl es schon fast Mitternacht war, zwei Scheiben Brot, schnappte sich eine Banane und setzte sich mit ihrer Mahlzeit nochmal kurz vor den Fernseher, ins Wohnzimmer. Sie trug nur ihren hauchdünnen, seidenen Morgenmantel der nicht einmal bis zu den Knien reichte und den sie nur mit einem lockeren Knoten im schmalen Gürtel, zusammen hielt. Trotzdem war ihr noch sehr warm und das obwohl sie, wie an jedem Abend bei diesen Temperaturen, die Terrassentür offen gelassen hatte. Der Nachbarshund bellte und Belinda wunderte sich, dass er scheinbar gar nicht wieder aufhören wollte. Das war ungewöhnlich. Normalerweise hatte er ein sehr ruhiges Gemüt und vermittelte eher den Eindruck als hätte er am liebsten seine Ruhe und jegliche Aktivität wäre ihm zuwider. Inzwischen war es komplett dunkel draußen und so konnte Belinda auch nicht sehen, dass jemand in ihrem Garten, ganz hinten zwischen der Hecke, die die Grenze zur Straße bildete und den Kiefern, die sich auf den letzten Metern des Grundstücks befanden, kauerte und sie beobachtete. Sie hatte den Fernseher und zwei Stehlampen eingeschaltet, so dass sie selbst aus dieser Entfernung, von draußen, gut zu erkennen war.

Als sie ihren Mitternachtssnack beendet hatte, brachte sie ihr Geschirr in die Küche und stellte alles in die Spülmaschine. Oh, die ist ja auch schon wieder voll, bemerkte sie und drückte die entsprechenden Knöpfe, um diese über Nacht arbeiten zu lassen. Sie ging zurück ins Wohnzimmer und hörte gleich darauf ein Geräusch. Sie war sich nicht sicher. Kam es von der Terrasse, oder hatte sie sich getäuscht? War es vielleicht doch nur die Spülmaschine? Das Rauschen und Gluckern des, schon in die Jahre gekommenen, Küchenhelfers war jedenfalls laut zu hören. Außerdem bellte der Hund noch immer und schien sich gar nicht mehr beruhigen zu wollen. Unwillkürlich wurde ihr ein wenig

mulmig und sie griff nach dem dünnen Gürtel ihres Morgenmantels um ihn fester zu schließen. Belinda ging auf die offene Terrassentür zu. Mit der linken Hand hielt sie dabei ihren dünnen Morgenmantel über dem Dekolleté geschlossen, die rechte Hand streckte sie vor sich aus, um der Terrassentür jetzt möglichst schnell den nötigen Schups zu geben damit sie zu schwang.
Rums! Machte es und die Tür war zu. Leider hatte sich aber die dünne Gardine, die eben noch leicht im Wind wehte, eingeklemmt. Belinda öffnete die Tür erneut und brauchte nun beide Hände, um die Gardine von der Öffnung fernzuhalten.

Atemberaubend! dachte der Schatten, der sich mittlerweile nur noch etwa vier Meter vor ihr, hinter den Sträuchern, die die Terrasse umgaben geduckt hielt. Was für tolle Brüste und erotische Schenkel. Ich möchte dich so gerne berühren und dir ganz nahe sein.
Das Licht im Hintergrund ließ den dünnen Stoff ihres Morgenmantels fast durchsichtig erscheinen. Man brauchte jedenfalls nicht viel Phantasie um zu erkennen, dass ihr Körper wohlproportioniert war. Auch wenn sie sich selber, um die Hüften herum, als zu dick empfand. Sie ahnte nicht, dass jemand, in diesem Moment, fast verrückt wurde, vor Erregung und verlangen nach ihr.
Schließlich hatte sie es geschafft, die Terrassentür zu schließen, ohne dabei die Gardine erneut einzuklemmen. Sie legte die Verriegelung um und überprüfte anschließend noch alle weiteren Fenster und Türen, im Erdgeschoss, ob diese auch wirklich verschlossen waren. Anschließend löschte sie alle Lichter und schlüpfte endlich in ihr Bett. Sie lauschte noch kurz den Geräuschen der Spülmaschine, die sie selbst hier oben noch leise hörte. Dann viel sie in einen tiefen, traumlosen Schlaf.

Kapitel 4
Rosen der Liebe

Am Mittwoch freute sich Belinda tatsächlich sehr auf die abendliche Vorstellung. Zum einen löste der Gedanke, dass es die vorletzte Aufführung dieses Stückes sein würde, gute Laune in ihr aus, aber noch entscheidender war der Gedanke, dass sie Carlos heute endlich wiedersehen würde. Sie freute sich sehr auf ihn. Sie dachte auch an die Begegnung mit Georg und überlegte, ob sie Carlos überhaupt noch ganz unbefangen entgegen treten könnte. Würde er ihr vielleicht anmerken, dass sie ihn betrogen hatte? Würde er ihr das schlechte Gewissen ansehen? Ziemlich erstaunt viel Belinda auf, dass sie Carlos gegenüber eigentlich gar kein schlechtes Gewissen hatte. Das war doch nicht normal, oder? Musste man nach einer solchen Tat nicht ein schlechtes Gewissen haben? Warum empfand sie nicht so? Nach wie vor bereute sie ihr Handeln am See. Aber das lag nicht an Carlos. Ihm gegenüber bereute sie es nicht. Belinda wunderte sich mal wieder über sich selbst. Was stimmt nicht mit mir, fragte sie sich. Wie kann ich mich einerseits so auf Carlos freuen, aber nicht bereuen, dass ich ihn betrogen habe? Das passt doch nicht. Liebe ich Carlos doch nicht wirklich?

Außerdem musste sie sich eingestehen, dass sie viel zu oft an diesen Georg dachte. Aber diesen Umstand versuchte sie ganz einfach damit zu erklären, dass sie noch immer nicht fassen konnte, wie schnell sie sich auf ihn eingelassen hatte.

Belinda merkte wie sie in ihren Gedanken feststeckte und das ärgerte sie. Sie beschloss, sich erst einmal nicht mehr den Kopf zu zerbrechen, über diese Beziehung, sondern die Dinge so zu nehmen wie sie nun einmal waren. Sie wollte alles Positive daran genießen und erst gar keine negativen Gedanken aufkommen lassen.

Als Belinda gerade zur Haustür raus wollte, um sich auf den Weg ins Theater zu machen, klingelte ihr Festnetztelefon. Sie überlegte kurz, ob sie es einfach klingeln lassen sollte. Dann kam ihr aber der Gedanke, dass es vielleicht doch etwas Wichtiges sei. Sie schloss die Tür also wieder, stellte ihre Tasche im Flur ab und ging zurück ins Wohnzimmer. Als sie den Anruf entgegen nahm und die Stimme am anderen Ende der Leitung erkannte, bedauerte sie sofort, dass sie das Klingeln nicht doch einfach ignoriert hatte. Es war Andreas, der Ehemann ihrer besten Freundin Clarissa.

„Hallo Belinda, wie geht es dir?"

„Hallo Andreas, was gibt's denn? Ist irgendwas mit Clarissa, oder Tobias?"

„Nein, denen geht es gut. Das heißt, ich hoffe es zumindest." Er lachte auf, sprach sehr ruhig und für Belindas Geschmack deutlich zu langsam. Mann, hat der die Ruhe weg, dachte sie.

„Andreas, was soll das heißen, du hoffst, dass es ihnen gut geht?" Die Ungeduld in Belindas Stimme war nun deutlich zu hören.

Ohne sich antreiben zu lassen fuhr Andreas fort: „Deshalb rufe ich dich ja an, meine schöne Belinda. Ich wollte dich fragen, ob die beiden bei dir sind. Clarissa hat mir keine Nachricht hinterlassen."

„Wie lange sind sie denn schon weg" wollte Belinda wissen.

„Keine Ahnung. Ich bin ja gerade erst nach Hause gekommen."

Belinda musste sich zusammenreißen um nicht fies zu werden, also antwortete sie betont ruhig: „Lieber Andreas, ich habe es gerade sehr eilig. Ich muss nämlich zur Arbeit. Deine Frau wird sicher nur mal kurz weg sein. Vielleicht einkaufen, oder Tobias irgendwo hin kutschieren. Hätte sie etwas Größeres geplant, dann hätte sie es dir, wie ich sie kenne, sicherlich mitgeteilt. Du solltest dich vielleicht einfach nur ein wenig in Geduld üben. Du wirst sehen, dann wird alles gut. Aber jetzt muss ich wirklich los." Ob er den Sarkasmus überhaupt versteht? fragte sie sich.

„Ach das ist aber schade. Ich hatte gehofft, wir könnten noch ein wenig klönen, bis Clarissa wieder da ist." Seine Stimme klang tatsächlich enttäuscht. Belinda schüttelte den Kopf und konnte es nicht fassen, dass er nicht bemerkte wie sie ihm ständig auswich und dass sie ihn nicht mochte.

„Soll ich Clarissa vielleicht was von dir ausrichten?" versuchte er das Gespräch am Laufen zu halten. Wieder schüttelte Belinda, ohne dass es jemand sah, verständnislos den Kopf „Nein, Andreas. Wenn ich Clarissa etwas mitteilen möchte, dann rufe ich sie an. Und nun mach's gut. Schönen Abend noch." Mit den Worten legte sie einfach auf.

Wäre ich doch bloß nicht an das blöde Telefon gegangen! Diese Zeitverschwendung! Der hat sie doch nicht alle! Ärgerte sie sich noch den ganzen Weg, bis zu ihrem Auto.

Die Vorstellung sollte um 19.30 beginnen. Zwei Stunden vorher musste sie sich immer im Theater einfinden, doch heute war sie sogar noch eine halbe Stunde eher dort. Carlos hatte ihr am Nachmittag eine Kurznachricht geschickt: VERSUCHE HEUTE ETWAS FRÜHER DA ZU SEIN. FREUE MICH AUF DICH.

Zwar mussten sie sich im Theater immer sehr zusammen reißen, denn gerade hier sollte, um Himmels Willen, keiner etwas von ihrem Verhältnis erfahren, aber wenigstens noch kurz einen Kaffee zusammen trinken und sich etwas unterhalten, das war doch auch schon was.

Gegen siebzehn Uhr brachte Belinda also erstmal ihre Tasche in die Garderobe. Dann ging sie zum Kaffeeautomaten und zog sich einen Cappuccino. Mit dem heißen Getränk schlenderte sie durch die Gänge, hielt hier und da ein kleines Schwätzchen mit den Kollegen die ebenfalls schon so zeitig dort waren und sah sich natürlich dauernd nach allen Seiten um, in der Hoffnung Carlos endlich zu entdecken. Aber erst als sie bereits ihren zweiten Cappuccino ausgetrunken hatte und sich auf den Weg in ihre Garderobe machte, es war Zeit für die Maske, kam ihr Carlos entgegen. Er umarmte sie flüchtig und hauchte ihr einen Kuss auf die Wange, ganz so, wie er es immer tat, wenn sie nicht allein waren. Er blickte sich etwas verschwörerisch um und als er feststellte, dass alle anderen außer Hörweite waren, sagte er leise: „Es tut mir furchtbar leid. Ich wollte unbedingt früher hier sein, aber dann kam doch leider noch etwas dazwischen."

Belinda war erfreut und enttäuscht zu gleich. Natürlich war es schön ihn zu sehen und jede seiner Berührungen, auch wenn sie noch so flüchtig waren, genoss sie sehr. Doch hatte er sich mal wieder nicht an seine eigenen Worte gehalten. Sie hatte sich extra beeilt um früh hier zu sein und hatte sich sehr auf ihn gefreut und nun war doch alles wieder umsonst und was ihr blieb, war die Enttäuschung und das Gefühl, dass andere Dinge, wie immer, wichtiger waren. Da sie sich aber ganz fest vorgenommen hatte nur noch positiv zu denken, lächelte sie ihn an und antwortete: „Schön dich zu sehen. Ich muss in die Maske. Wir sehen uns später." Dann zwinkerte sie ihm noch heimlich zu und setzte ihren Weg in Richtung Garderobe fort. Zur Zeit teilte sie sich eine Garderobe mit Mara, Nicole und Sandra. Als sie die kleine Garderobe betrat saßen bereits alle drei an ihren Plätzen vor den großen Spiegeln, an ihren Schminktischchen. Nicole und Sandra waren sogar schon fertig geschminkt. Nicoles blonde und Sandras rötliche Haare steckten nun unter schwarzen Perücken. Jetzt war Mara an der Reihe. Die flinke Maskenbildnerin wuselte um sie herum und betonte gerade Maras große braune Augen mit sehr viel Lidschatten, Kajal und künstlichen Wimpern wodurch diese noch größer und tiefgründiger wirkten, als schon von Natur aus. Normalerweise trug Mara einen Pagenkopf, doch für die Aufführung hatte man ihre dunklen, fast schwarzen Haare, bereits sehr streng zurück gelegt. Allein die Frisur machte aus ihr einen völlig anderen Typ. Sie wirkte damit sehr kalt und dominant, während sie sonst eigentlich immer eher einen zarten, verletzlichen Eindruck machte, trotz ihrer Größe und der breiten Schultern. Sie brachte es immerhin auf knapp einen Meter achtzig. Man sah ihr noch immer deutlich an, dass sie früher unwahrscheinlich viel Sport getrieben haben musste. Belinda mochte die junge hübsche Frau, die erst vor knapp einem Jahr an dieses Theater gewechselt war. Sie kam ursprünglich aus Düsseldorf. Eine rheinische Frohnatur war sie dennoch ganz und gar nicht. Im Gegenteil, Mara wirkte eher ein wenig verschlossen und schüchtern. Es hatte schon ein Weilchen gedauert, bis die beiden Frauen so nach und nach warm miteinander wurden. Aber als Mara dann endlich vertrauen zu Belinda gefasst hatte, war sie auch gern in ihrer Nähe und freute sich über die Zeit die sie zusammen verbrachten. In diesem knappen Jahr hatte Mara scheinbar nicht viele Menschen außerhalb des Theaters kennengelernt und erst recht keine großartigen Freundschaften geschlossen. Wahrscheinlich war sie einfach zu schüchtern, vermutete Belinda. Sie hatte Mara ein paar mal mit in einen der angesagten Clubs geschleppt. Sie konnte es einfach nicht fassen, dass eine so attraktive Frau schon so lange Single war und an den Reaktionen der Männer konnte man eindeutig erkennen, dass dies auch nicht so bleiben musste. Ihr Interesse für die sportliche Schöne war unverkennbar. Mara allerdings, machten solche Begegnungen, mit fremden Männern, eher verlegen. Wenn Belinda ihr dann gut zusprach, um ihr die Schüchternheit zu nehmen, dann hatte sie immer etwas an den Herren auszusetzen. Mal waren sie zu klein, oder zu dünn, oder zu dick oder zu sehr von sich eingenommen oder wiesen einfach unzählige andere „Mängel" auf. Inzwischen hatte Belinda es aufgegeben Mara verkuppeln zu wollen. Wenn sie jetzt mal zusammen ausgingen, was selten genug vorkam, da Belinda sich ja ständig für Carlos frei hielt, dann genoss sie einfach nur die Gespräche mit der Kollegin. Mittlerweile hatte sich zwischen ihnen ja schließlich auch schon so etwas wie Freundschaft entwickelt. Außerdem machte es großen Spaß hin und wieder über die Kollegen und besonders über die Vorgesetzten zu lästern. Ob es nun der Musikdirektor war, oder der Chorleiter, die Regisseure, der Chef Choreograph, oder der Intendant, sie bekamen alle ihr Fett weg, wenn sich die beiden Schauspielerinnen erst einmal so richtig in Rage geredet hatten. Es tat einfach gut, sich wenigstens alle paar Wochen mal den Frust der Arbeit von der Seele reden zu können. Mit Carlos konnte Belinda nicht wirklich über solche Dinge sprechen. Zum einen hatten sie viel zu wenig gemeinsame Zeit, um diese auch noch mit Gesprächen über die Arbeit zu verschwenden und zum anderen stellte Belinda auch immer wieder fest, dass Carlos die Dinge meistens völlig anders sah und nur wenig Verständnis für ihren Ärger hatte.

Belinda begrüßte die vier Frauen als sie die Garderobe betrat und alle grüßten heiter zurück. Die Stimmung schien ausgezeichnet. Der bevorstehende Urlaub stand allen ins Gesicht geschrieben. Nicole und Sandra wirkten leicht überdreht, aber das war bei ihnen schon fast der Normalzustand. Die Maskenbildnerin sah nur kurz auf, als sie Belinda lächelnd begrüßte und unterbrach dabei ihre Arbeit für höchstens zwei Sekunden. Mara saß mit dem Rücken zu Belinda und durfte sich natürlich nicht bewegen. Sie strahlte ihr aber im Spiegel entgegen und sagte dann: „Da bist du ja endlich Belinda, ich habe deine Tasche gesehen und mich gewundert, wo du die ganze Zeit steckst. Du warst doch nicht etwa so lange auf dem Klo? Hast du etwa auch diesen Virus?"

„Nein, alles gut", lächelte Belinda zurück „ich habe nur noch einen Kaffee getrunken.

„Das muss wohl eher eine ganze Kanne gewesen sein und dann wunderst du dich, dass du während der Aufführung zur Toilette musst. Na ja, du wirst schon wissen was du tust."

„Ja Mutti, du hast ja Recht. Ich gelobe Besserung", scherzte Belinda.

„Ach, und das wichtigste hätte ich fast vergessen." Mara machte nun ein zerknirschtes Gesicht. „Du sollst nach der Vorstellung noch beim Big Boss antanzen. Ich fürchte du bekommst Ärger weil du gestern nicht da warst."

„Ja, ich habe auch mit nichts anderem gerechnet."

„Was war denn nun gestern eigentlich?" Mara blickte, noch immer durch den Spiegel, fragend in Belindas Richtung. Dieser entging nicht, dass plötzlich auch die anderen drei Frauen interessiert aufhorchten.

„Ich war krank", brachte Belinda ganz selbstverständlich hervor. Als sie sah, dass Mara sie noch immer fragend anblickte, fügte sie rasch hinzu: „ich erzähle es dir später. Ich muss mich nun auch endlich umziehen."
Mara nickte und blinzelte ihr verständnisvoll zu. Natürlich würde sie Mara nicht erzählen, dass sie die Probe wegen Carlos geschwänzt hatte. Da musste sie sich schon etwas anderes einfallen lassen. Aber das sollte kein Problem sein.

Etwa zwei Stunden später stand Belinda auf der Bühne. Alles lief planmäßig und man konnte den Kolleginnen und Kollegen die Erleichterung anmerken, dass auch die übrigen Karten für diese Aufführung, an der Abendkasse, restlos verkauft worden waren. Nun würden sie alle etwas erleichterter in die Sommerpause gehen können. Die letzte Vorstellung, am Freitag, war bereits ebenfalls ausverkauft

und für die Abschlussgala, am Samstag, hätten sie wahrscheinlich doppelt so viele Karten verkaufen können. Aber eine Abschlussgala war nun einmal eine Abschlussgala und so gab es, auch wenn die Nachfrage noch so groß war, nur eine Vorstellung.
Belinda war ebenso erleichtert wie ihre Kollegen, über das volle Haus und überhaupt hatte sie heute ein besonders gutes Gefühl. Es war einer dieser Momente, in dem sie ein wenig stolz und glücklich war ihren Traumberuf ausüben zu dürfen und vor all diesen Menschen zu stehen um sie an ihrem Können teilhaben zu lassen und dafür bewundert zu werden.
Sie war gerade mitten im Text, als sie ihren Blick durch die ersten paar Zuschauerreihen schweifen ließ. Die Szene sah vor, dass sie ihren Kopf, an dieser Stelle, betont langsam von rechts nach links drehte. Als ihre Augen nun den, von ihr aus gesehenen, linken Rand der Zuschauerreihen erfassten, stockte ihr einen Moment lang der Atem und sie hakte kurz in ihrem Text. Sie war Profi und lange genug in diesem Geschäft, um sich, wenn es hart auf hart kam, zusammenreißen zu können und sich möglichst nichts anmerken zu lassen. Aber ihr Herz hatte kurz ausgesetzt und schlug nun umso heftiger. Es kostete sie gewaltige Mühe in ihrer Rolle zu bleiben und sich auf ihr Spiel und den ganzen Text zu konzentrieren. Sie versuchte sich damit zu beruhigen, dass sie sich wahrscheinlich sowieso getäuscht hatte. Ihr Gehirn hatte ihr sicher nur einen Streich gespielt. Es war ganz bestimmt nicht Georg, der da links außen, in der vierten, oder fünften Reihe saß. Das wäre ja ein riesiger Zufall. So einen großen Zufall konnte es doch gar nicht geben. Schließlich hatte sie ihm nicht ihren Namen genannt und er hatte sie mit Sicherheit auch nicht gekannt. Wenn sie doch bloß nochmal einen genaueren Blick in die Richtung werfen könnte, dann hätte sie sofort die Gewissheit, dass er es nicht war und könnte ganz gelassen weiter-

spielen. Aber die Rolle ließ es gerade nicht zu, den linken Rand unter die Lupe zu nehmen. Ihr Gesprächspartner stand nun einmal rechts von ihr. Sie stand also leicht nach rechts gewandt und sprach dabei mittig in Richtung Publikum. Sie hatte dadurch einen guten Blick auf die rechte Seite der Zuschauerränge, bis hin zur Mitte. Würde sie jetzt versuchen den linken Zuschauerbereich auszuspähen, dann würde ihr das in jedem Fall Ärger mit dem Regisseur einbringen und auf diesen zusätzlichen Ärger konnte sie gerade heute gut verzichten. Sie hatte später ja sowieso noch eine Standpauke vor sich.

Nach diesem langen Dialog kam, zum Glück, etwas mehr Bewegung in die Szene. Die Darsteller wechselten mehrfach die Positionen. Bei jeder noch so kleinen Gelegenheit versuchte Belinda einen Blick auf den Mann zu erhaschen, den sie Minuten zuvor für Georg gehalten hatte. Es gelang ihr aber nicht. Allenfalls konnte sie ein paar Schatten an der Stelle ausmachen. Die Scheinwerfer blendeten einfach zu sehr. Sie konnte mal gerade, mit Mühe, die Zuschauer in der ersten Reihe erkennen. So ein Mist, dachte sie und konnte es nicht abwarten endlich die Bühne zu verlassen. Nach einer gefühlten Ewigkeit war es dann so weit. Sie verließ die Bühne. Allerdings planmäßig, nach Regieanweisung, zur rechten Seite. Kaum war sie unten, an der Treppe angekommen, fing sie an zu rennen. Sie öffnete die Tür zum Gang, der hinter der Bühne, parallel dazu verlief und auf dem sich die Garderoben befanden. Sie flitzte den Gang entlang, vorbei an ihrer eigenen Garderobe. Mara war gerade herausgetreten und kam ihr entgegen. Sie musste auf die Bühne, hatte es aber nicht sonderlich eilig. „Meine Güte Belinda, was rennst du denn so? Du hast doch noch eine knappe viertel Stunde Zeit bis du wieder dran bist. Da kannst du doch ganz in Ruhe zum Klo. Hab' dir ja gleich gesagt, dass du vorher nicht so viel Kaffee trinken solltest."

Belinda stürmte an Mara vorbei und rief dabei nur „ja, hattest Recht."
Mara schüttelte den Kopf, blickte der Kollegin noch kurz hinterher und ging weiter Richtung Bühnenaufgang. Belinda lief weiter, öffnete auf der anderen Seite des langen Korridors die Tür und ging nun etwas langsamer. An beiden Seiten, rechts und links neben der Bühne, befand sich eine kleine Tür, durch die man direkt in den Zuschauerraum gelangen konnte. Sie dienten unter anderem als Notausgänge. Es waren zwar kleine beleuchtete Schilder darüber angebracht, trotzdem konnte man die Türen selbst, vom Zuschauerraum aus, nicht sehen, da sie ebenfalls von schweren dunkelroten Samtvorhängen verdeckt wurden. Diese Vorhänge waren so zu sagen die Ausläufer des Bühnenvorhangs. Dadurch wirkte die Bühne noch breiter.
Belinda atmete noch einmal tief durch, bevor sie die Tür zum Zuschauerraum so leise wie möglich öffnete. Zum Glück quietscht sie nicht, dachte sie währenddessen. Vorsichtig tastete sie nach dem Spalt im Vorhang um einen Blick hindurch zu werfen. Es dauerte einen Moment bis sie ihn gefunden hatte. Man durfte sie auf keinen Fall sehen. Das wäre gar nicht gut. Sie lugte durch den Vorhang und sofort viel ihr Blick auf den Platz ganz außen, in der fünften Reihe. Er war leer.

Den Rest der Aufführung brachte Belinda irgendwie hinter sich. Von den Glücksgefühlen, die sie noch zu Anfang des Stückes empfand, war jedenfalls keine Spur mehr. Sie fühlte sich abgelenkt und unsicher. Die Szenen mit Carlos vielen ihr besonders schwer. Sie merkte, wie ihre Gedanken dauernd versuchten sich zu verselbstständigen, sobald sie ihn ansah. Es kostete sie enorme Kraft sich bis zum Schluss zu konzentrieren und als endlich der letzte Vorhang fiel, war sie so erleichtert, wie selten zuvor. Sie wollte nur noch so schnell wie möglich nach Hause und machte sich daher sofort auf den Weg in die Garderobe. Von den anderen drei Frauen war zum Glück noch keine da. Die freuten sich bestimmte noch mit all den anderen hinter der Bühne, dass der Abend gut gelaufen war. Normalerweise blieb Belinda ja auch immer noch eine ganze Weile dort, aber heute war ihr einfach nicht danach zu Mute. Als sie die Tür zur Garderobe öffnete, fiel ihr Blick sofort auf den riesigen Strauß roter Rosen, auf ihrem Garderobentisch. Daneben Stand eine Flasche Wein. Das könnte ja auch von Carlos sein. Versuchte Belinda sich einzureden um nicht in Panik zu geraten. Denn ihr erster Gedanke galt bei dem Anblick natürlich sofort Georg. Aber das wollte sie sich lieber nicht vorstellen. Sollte das vielleicht eine Entschuldigung von Carlos sein? Sie trat näher an den Tisch heran und entdeckte nun auch die Karte, die in den Blumen steckte. Sie griff danach, nahm die Karte aus dem Umschlag und las: „Für eine besonders schöne und talentierte Frau" und dann auch noch „In Liebe". Das war alles. Belinda blieb der Mund offen stehen. Sie war erstaunt und etwas ängstlich. Das waren niemals Carlos' Worte und das war mit absoluter Sicherheit auch nicht seine Handschrift. Seine Handschrift war krakelig und fast unleserlich. Diese Schrift war so fein und schön geschwungen. Sie wirkte fast künstlerisch. Vielleicht hatte er die Floristin gebeten die Karte zu schreiben. Der Text passte allerdings auch nicht zu ihm. Sie brauchte unbedingt sofort Gewissheit. Wenn dies alles nicht von Carlos war, dann kam wohl nur ein anderer Kandidat in Frage und das bereitete ihr großes Unbehagen. Sie stürmte zur Tür hinaus um sich auf die Suche nach Carlos zu machen und prallte dabei fast mit ihm zusammen. Er wollte gerade an ihre Tür klopfen und als er in ihr Gesicht sah, bemerkte er sofort, dass etwas nicht stimmte. Verstohlen blickten sie sich um, ob jemand in der Nähe war, der sie beobachtete, oder sie hören konnte. Sie blieben in der offenen Tür stehen. Das wirkte weniger verdächtig, als wenn ihn später jemand aus ihrer Garderobe würde kommen sehen. Außerdem mussten Nicole, Sandra und Mara ja auch bald auftauchen.

„Was ist mit dir Belinda? Du wirkst irgendwie - aufgeregt."

„Ich wollte dich gerade suchen gehen".

„Ich könnte gleich noch kurz bei dir vorbei kommen".

„Nein, das geht nicht. Ich muss gleich noch zum Big Boss rein und mir meine Standpauke abholen. Ich hoffe zwar dass es nicht allzu lange dauern wird, aber man weiß ja nie. Dann wird es sicher schon wieder zu spät für dich sein, oder?" Ohne eine Antwort abzuwarten sprach sie schnell weiter und behielt dabei ständig den Gang im Auge, aus Angst mit Carlos gesehen zu werden, beziehungsweise auf irgendjemanden den Eindruck zu machen, als würde zwischen ihnen etwas laufen.

„Ich wollte dich nur kurz etwas fragen, Carlos."

„Was denn Belleza?"

„Sind die Blumen von dir?"

„Welche Blumen?" Carlos machte ein verdutztes Gesicht und reckte den Hals um einen Blick in Belindas Garderobe werfen zu können. „Woher hast du…" weiter kam er nicht. Belinda schob ihn auf den Gang und sagte rasch: „Ach, völlig unwichtig. Du musst jetzt schnell gehen. Die anderen werden gleich hier sein." Sie selber verschwand in der Garderobe und schloss die Tür. Carlos blieb etwas verdattert zurück und machte sich dann ebenfalls auf den Weg in seine Garderobe.

Belinda ging zurück zu ihrem Tischchen und begutachtete erneut die Rosen und den Wein. Es war ein sehr teurer Rotwein. Das erkannte sie sofort. Sie las abermals die Karte und untersuchte alles nach weiteren Hinweisen auf den Absender. Doch da war nichts. Sie stand regungslos da, die Karte noch in der Hand. Ihr war äußerst unwohl. Das konnte nur von Georg sein. Er muss es vorhin doch gewesen sein, den sie in der fünften Reihe hatte sitzen sehen. Aber wie zum Teufel hatte er sie ausfindig gemacht und wenn ihm dies gelungen ist, wie weit würde er vielleicht noch gehen? Sie hatte ihm doch gesagt, dass sie ihn nicht wiedersehen wollte. Warum akzeptierte er das nicht? Nicht auszudenken, was das alles noch für Konsequenzen haben könnte. Was wäre, wenn er hier am Theater herum erzählen würde, was sie getan hatte. Das würde ihren guten Ruf ruinieren und mit Carlos wäre es dann auch vorbei.

Nervös drehte und wendete sie abermals die Karte, als Mara plötzlich zur Tür herein kam mit den Worten: „du hast also schon die…" sie brach mitten im Satz ab als sie Belinda so irritiert vor ihrem Tischchen stehen sah und fragte stattdessen interessiert: „was ist denn los? Warum bist du so blass?" „Ach Mara!" Belinda sank auf ihren Stuhl und blickte zu Boden. Sie raufte sich die Haare und versuchte sich zu beruhigen. Aber ihre Stimme klang verzweifelt als sie der Freundin gestand: „Ich habe einen schrecklich großen Fehler gemacht. Ich weiß nicht wie mir das passieren konnte und was in mich gefahren ist. Ich wünschte so sehr, dass ich es ungeschehen machen könnte." Dann erzählte sie Mara vom vergangenen Sonntag, am See. Sie schämte sich zwar aber sie hatte auch Angst und es tat einfach gut mit jemandem darüber zu sprechen. Sie war sich außerdem sicher, dass Mara ihr Geheimnis für sich bewahren und auf keinen Fall damit hausieren gehen würde. Das war einfach nicht ihre Art.

Als sie mit ihrer Geschichte fertig war, hatte sie den Eindruck, dass es Mara ein wenig unangenehm war, diese intimen Geständnisse der Kollegin gehört zu haben und sie wusste wohl auch gar nicht so recht was sie dazu sagen sollte. Schon bereute Belinda ihren spontanen Ausbruch und den Entschluss sich Mara anzuvertrauen. Aber dann lächelte Mara sie schüchtern an, umarmte Belinda und sagte leise: „Wir machen alle mal Fehler. Sei ganz beruhigt.

Der Mistkerl wird dir schon nichts tun." Dann fügte sie noch hinzu: „vielleicht sind die Blumen ja gar nicht von ihm, sondern von einem anderen, lieben Menschen, der dich bewundert."

Belinda war dankbar für diese Geste aber etwas erschrocken war sie auch darüber, dass Mara Georg sogleich als „Mistkerl" bezeichnete. Schließlich hatte er bisher ja noch gar nichts Schlimmes getan. Belinda hatte ja einfach nur die Befürchtung, dass er vielleicht etwas tun könnte. Er hatte einen wirklich tollen Eindruck auf sie gemacht. Sie wollte eben nur nicht gestalkt werden, oder ihren Ruf ruinieren lassen.

Belinda löste sich langsam, mit einem zaghaften Lächeln aus Maras Umarmung. Sie bedankte sich für deren Zuspruch und meinte abschließend: „es tut mir leid, ich habe bestimmt überreagiert. Ich sollte tatsächlich erst einmal abwarten was da noch kommt. Eigentlich war er viel zu nett um mir etwas Böses zu wollen. Wenn ich ihm nochmal ganz klar sage, dass ich kein Interesse daran habe ihn wiederzusehen, dann lässt er mich sicher in Ruhe."

„Warum hast du eigentlich kein Interesse daran ihn weiter zu treffen? Ist er nicht dein Typ?"

„ Ha, nicht mein Typ?" Belinda stieß ein kurzes Lachen aus. „Rein äußerlich ist er total mein Typ. Er sieht einfach umwerfend aus. Aber was soll man mit so einem, der sicher weiß, wie die Frauen auf ihn fliegen. Ich dumme Kuh bin ihm ja selber voll auf den Leim gegangen und dir ist ja wohl klar, dass aus einer Beziehung, die auf diese Weise beginnt, einfach nichts Vernünftiges werden kann. Das würde sich doch höchstens zu einer reinen Bettgeschichte entwickeln und wahrscheinlich nur so lange halten, bis die nächste Dumme auf sein tolles Aussehen hereinfällt."

„Hm" machte Mara. „Wenn das so ist, warum sollte er dir dann nachlaufen und dich hier aufsuchen?"

„Keine Ahnung. Wahrscheinlich habe ich einfach sein Ego verletzt als ich sagte, dass ich ihn nicht wieder treffen will. Vielleicht ist es ja gerade das was ihn reizt… oder was weiß ich. Ich möchte jetzt auch gar nicht weiter darüber nachdenken. Vielleicht hast du ja auch Recht und diese Sachen sind von einem ganz anderen, harmlosen Spinner. Wir werden einfach abwarten." Belinda gab sich nun betont unbekümmert und versuchte ein heiteres Gesicht zu machen. Dann nahm sie schwungvoll den Strauß Rosen vom Tisch und drückte ihn Mara in die Arme, mit den Worten: „Nimm du sie. Du magst doch sicher Rosen." Die Karte warf sie in den Mülleimer. Anschließend griff sie sich die Flasche Wein und erklärte Mara augenzwinkernd, dass diese Flasche ihr gerade recht kam. Sie würde ihr heute Abend helfen, die schlimmen Dinge des Tages zu vergessen, ganz besonders natürlich die Standpauke, die ihr noch bevor stand. Mara lachte ein wenig zaghaft. Sie schien sich nicht besonders über die Blumen zu freuen. „Dann drücke ich dir mal die Daumen, dass das Gespräch mit dem „Big Boss" nicht allzu schlimm wird. Wir könnten danach auch noch gemeinsam etwas trinken gehen, oder ich komme mit zu dir. Dann brauchst du die Flasche nicht alleine Leeren."
Belinda war inzwischen fertig umgezogen und stand bereits, mit ihrer gepackten Tasche, an der Tür. „Ach nein, Mara, lass mal. Mir geht's gut und ich bin eigentlich nur noch müde und kaputt. Ich werde sicher bald schlafen gehen. Wir sehen uns dann morgen bei der Probe."
Mara machte ein paar Schritte auf Belinda zu, drückte diese kurz und wünschte ihr dann noch eine gute Nacht.

Glück muss man haben, dachte Belinda, als sie nur wenige Minuten später das Theater durch den Hinterausgang verließ und zu ihrem alten Auto ging. Es stand, wie immer, auf dem Theater eigenen Parkplatz, der nur für Personal vorgesehen war und selbst für diese meistens nicht ausreichte.

Für die Besucher gab es einen großen Parkplatz auf der anderen Seite des Gebäudes. Dieser Platz wurde Montags, Mittwochs und Samstags jeweils vormittags für den Wochenmarkt genutzt, ansonsten stand er den Kunden der umliegenden Geschäfte zur Verfügung und abends parkten dort eben hauptsächlich Besucher des Theaters.

Sie war noch keine Minute im Büro des Intendanten als sein Handy klingelte. Ein Blick auf das Display genügte ihm scheinbar um zu wissen, dass es sich um etwas Wichtiges handelte. Er wimmelte Belinda sogleich ab. Natürlich machte er dabei ein besonders ernstes Gesicht und murmelte etwas wie „ das dürfe nicht wieder vorkommen, sonst hätte es Konsequenzen". Dann schob er sie aus seinem Büro, mit den Worten „und nun schönen Feierabend. Bis morgen."

Das War alles. Belinda war sehr erleichtert und stieg deutlich besser gelaunt, als noch vor einer halben Stunde, in ihr Auto. Als sie vom kleinen Parkplatz herunter fuhr und links in die kleine Seitenstraße hinter dem Theater einbog, bemerkte sie nicht, dass auf der anderen Straßenseite jemand in seinem dunkelgrünen Kombi saß und die Parkplatzausfahrt beobachtete. Als er Belinda sah, war er zwar wieder fasziniert von ihrem Anblick, aber er rutschte etwas tiefer auf seinem Sitz, damit sie ihn nicht sehen konnte. Gleich darauf verließ ein weiteres Auto den kleinen Parkplatz und der Beobachter fuhr ebenfalls los.

Kapitel 5
Tiefschlaf

Als Belinda die Haustür öffnete schlug ihr sogleich die warme abgestandene Luft des vergangenen Tages entgegen. Es war schon kurz nach dreiundzwanzig Uhr. Zwar war es schon dunkel und natürlich nicht mehr so heiß wie am Tage, aber von einer deutlichen Abkühlung konnte wirklich keine Rede sein. Noch immer war es draußen recht warm. Das Mauerwerk ihres Hauses hatte so richtig schön die Hitze gespeichert. Man brauchte die Außenwände nicht einmal berühren. Man spürte schon, wenn man auf wenige Zentimeter heran kam, dass sie kräftig Wärme abstrahlten.

Belinda stellte ihre Tasche im Flur ab und ging erstmal durchs Haus. Sie öffnete das Küchenfenster und die Terrassentür im Wohnzimmer. Dann ging sie nach oben und öffnete dort die Balkontür ihres Schlafzimmers und das Fenster im Bad. Eigentlich wollte sie auf die Art ein wenig Durchzug im Haus schaffen. Aber draußen war es komplett windstill und so brachten auch die vielen offenen Fenster nicht sehr viel. Sie wusch ihre Hände und streifte die verschwitzten Kleider ab. Vor dem schlafen gehen würde sie noch kurz duschen, nahm sie sich vor, aber jetzt knurrte ihr der Magen. Dagegen musste sie dringend etwas tun. Sie zog nur ihren dünnen Morgenmantel über und band den Gürtel zu da sie nichts mehr darunter trug. Dann ging sie wieder hinunter, nahm die Flasche Rotwein aus ihrer Tasche und öffnete sie in der Küche. Sie schenkte sich ein Glas ein, nippte aber nur daran und stellte dann die Flasche und das volle Glas auf den Couchtisch im Wohnzimmer. Sie wollte den Wein erstmal ein wenig atmen lassen. Dann schaltete sie den Fernseher ein. Die Stille im Haus war ihr nun doch etwas zu krass. Außerdem hatte sie heute noch gar keine Nachrichten gesehen. Sie stellte den Ton entsprechend laut, damit sie auch nebenan noch etwas davon hören konnte und ging wieder in die Küche um sich etwas zu essen zu machen.

Belinda ahnte nicht, dass wieder jemand, nur wenige Meter von ihr entfernt, sie beobachtete und völlig hingerissen war von ihrem Anblick. Selbst wenn sie direkt an die offene Terrassentür heran getreten wäre und einen Blick nach draußen geworfen hätte, so wäre ihr höchstens ein dunkler Schatten aufgefallen, der sich hinter den Büschen ihrer Veranda befand. Sie hätte aber schon sehr genau hinsehen müssen um diesen überhaupt zu sehen. Erst vor zwei Nächten War Neumond gewesen und die dünne Sichel am heutigen Nachthimmel spendete so gut wie gar kein Licht. Es war stockdunkel in ihrem Garten. Auch die zwei kleinen Lampen, die sie im Wohnzimmer eingeschaltet hatte und der laufende Fernseher warfen nicht sehr viel Licht nach draußen. Es reichte aber aus, um vom dunklen Garten aus, gut zu erkennen, was sich im Wohnzimmer abspielte. Der Schatten beobachtete, wie Belinda den Wein auf dem Tisch abstellte, den Fernseher einschaltete und wieder Richtung Küche verschwand. Er wartete einen Moment und als Belinda nicht zurückkam, schlich er in geduckter Haltung an der Hauswand entlang, um die Ecke, wo sich das Küchenfenster befand. Dabei zertrat er ein paar der hübschen Mittagsblumen, die Belinda hier, erst vor kurzem, gepflanzt hatte. Die dunkle Gestalt bemerkte dies aber nicht einmal. Viel zu sehr war sie auf Belinda fixiert. Das Herz des dunklen Schattens hämmerte vor Aufregung. Er richtete sich auf, um das Objekt der Begierde durchs Fenster zu erspähen. Belinda stand seitlich zu ihm und putzte Gemüse. Das ist DIE Gelegenheit, dachte sich der Schatten und huschte schnell zurück zur Terrasse.

Die meisten Kolleginnen und Kollegen gingen nach den Vorstellungen und manchmal auch nach den Proben gemeinsam essen. Sie hatten ein Stammlokal in dem man meistens noch ein Weilchen zusammen saß und den Abend revuepassieren ließ. Hin und wieder gingen sie auch in ein anderes Lokal. Aber das war immer etwas komplizierter mit der Reservierung. Früher, bevor Belinda mit Carlos zusammenkam, war sie fast immer mitgegangen. Aber dann hatten sie die Zeit lieber genutzt, um sich heimlich zu treffen. Manchmal vermisste Belinda das Essen mit den Kolleginnen und Kollegen. Es gab immer viel zu lachen. Heute hätte sie doch eigentlich mal wieder mitgehen können, kam ihr nun der Gedanke. Aber dann wäre Carlos sauer gewesen und so richtige Lust hatte sie vorhin ja sowieso nicht. Egal, dachte sie, jetzt ist es sowieso zu spät. Dann bereite ich mir halt selber etwas Leichtes zu. Sie holte das Bund Karotten aus dem Kühlschrank, welches sie am Montag auf dem Wochenmarkt gekauft hatte. Sie wusch das Gemüse, schälte es und machte dann kleine Sticks daraus. Anschließend blanchierte sie die Karottenstreifen. Das machte sie süßer und bekömmlicher. Sie bereitete einen kleinen Topf voll, davon zu. Die Sticks schmeckten ihr warm und auch kalt. Dazu nahm sie sich eine Packung Sour Cream Quark aus dem Kühlschrank zum Dippen. So konnte sie genüsslich, noch ein Weilchen, vor dem Fernseher sitzen und hatte ausreichend zu knabbern. Es mussten ja nicht immer Chips oder Schokolade sein, redete sie sich ein gutes Gewissen ein.

Sie füllte die blanchierten Karottensticks in eine Schüssel und nahm sie in die eine und den Quark in die andere Hand. Servietten lagen noch auf dem Couchtisch, da sie dort meistens, abends vor dem Fernseher, aß.

Als sie nun das Wohnzimmer betrat, viel ihr Blick sofort auf die Gardine an der offenen Terrassentür. Sie bewegte sich. Belinda erschrak im ersten Moment. Dann viel ihr aber wieder ein, dass sie ja schließlich mehrere Fenster im Haus geöffnet hatte. Also trat nun scheinbar doch der gewünschte Effekt ein und der offensichtlich aufkommende

Wind würde vielleicht noch für ein wenig Abkühlung sorgen. Sie machte es sich auf der Couch gemütlich. Mehr liegend als sitzend nahm sie einen Schluck Wein und knabberte ihre Karottensticks. Jetzt, da sie zur Ruhe kam, verspürte sie sogleich, dass sie tatsächlich schon sehr müde war. Am besten aufessen, schnell duschen und dann ab ins Bett, dachte sie. Plötzlich verschluckte sie sich an einem Stück Karotte und musste kräftig husten. Es dauerte einen Moment bis der Hustenanfall vorbei war. Als sie sich einigermaßen beruhigt hatte, griff sie nach dem Weinglas und leerte es mit ein paar kräftigen Schlucken, in der Hoffnung dadurch auch das letzte Fitzelchen Gemüse, sicher heruntergeschluckt zu haben.
Sie hatte gerade noch das Glas abstellen können, als sie das Bewusstsein verlor.
Noch bevor sie sich auf der Couch zurücklehnen konnte, sackte sie völlig in sich zusammen. Ihr Oberkörper kippte vorn über, sie rutschte zu Boden und landete zwischen Sofa und Tisch. Dabei hatte sie noch Glück, dass sie nicht mit dem Kopf auf die Tischkante schlug. Dennoch fiel sie mit einem kleinen Rums auf den harten Fußboden.

   Der lauernde Schatten hinter den Büschen der Terrasse, hatte genau auf diesen Moment gewartet. Das Betäubungsmittel, welches er zuvor in den Wein gegeben hatte, wirkte also. Er sprang sogleich auf und huschte noch einmal durch die offene Terrassentür. Im Licht des Wohnzimmers nahm der dunkle Schatten nun eine sportliche Gestalt an, die so etwas wie einen schwarzen, oder dunkelblauen Trainingsanzug trug und über den Kopf eine dünne Ski Maske gezogen hatte.
Die Gestalt zog zunächst einmal den Tisch ein ganzes Stück vom Sofa ab, damit sie besser an Belinda heran kam. Dann hievte sie den schlaffen Körper auf die Couch und schob sogar noch ein Kissen unter Belindas Kopf. Das Herz des Eindringlings klopfte wie wild und seine Hände zitterten als

er nun ganz langsam damit über Belindas Körper fuhr. Die zittrigen Hände berührten zunächst ihr Gesicht, die geschlossenen Augen, ihre Nase, streichelten ihre Wangen und glitten dann an ihrem Hals entlang über ihre Schultern und dann über ihre Brüste. Durch den dünnen Stoff des Morgenmantels hindurch fühlten sie sich weich und wohlgeformt an. Die Fingerspitzen umfuhren nun ganz langsam ihre Brustwarzen, die sich deutlich durch das feine Gewebe abzeichneten. Dann schoben, die noch immer zittrigen Hände, den Stoff des Morgenmantels nach beiden Seiten auseinander und legten somit Belindas schönen Körper frei. Das Herz der dunklen Gestalt schlug nun immer wilder und sie spürte die eigene Erregung beim Anblick dieses perfekten Körpers. Der Wunsch, diesen ganzen wundervollen Oberkörper zu streicheln und zu küssen, wurde immer heftiger. Der Eindringling konnte nicht mehr an sich halten und gab seinem Verlangen nach. Erst als Belinda ein leises Stöhnen von sich gab, erschrak er und hörte auf, die Schlafende zu küssen. Die Gestalt hielt einen Moment lang inne und lauschte Belindas ruhigem Atem. Sie wachte nicht auf, sondern schlief weiter. Die Gestalt griff nach der dünnen Wolldecke, die zusammengelegt am anderen Ende des Sofas lag und breitete sie über Belindas Körper aus.
Eigentlich hatte der Eindringling vorgehabt, sich auch noch im Rest des Hauses umzusehen und ein kleines Souvenir aus dem Schlafzimmer mitnehmen. Aber Belinda regte sich erneut ganz schwach und leise. Also beschloss er, dies auf eine andere Gelegenheit zu verschieben. Er nahm nur noch schnell die Flasche Wein, leerte sie im Küchenausguss, stellte sie dann zurück auf den Wohnzimmertisch und verschwand im Garten, wo er wieder zu einem dunklen Schatten wurde.

Als Belinda vollständig erwachte, war es bereits sechs Uhr morgens. Es war taghell draußen und die Vögel in ihrem

Garten machten einen Höllen Lärm. Ihr war kalt und sie hatte entsetzliche Kopfschmerzen. Sie wunderte sich, dass sie noch immer auf der Couch lag, der Fernseher und die Lampen noch eingeschaltet waren und wie konnte sie nur die ganze Nacht lang die Terrassentür offen stehen lassen?! Wann hatte sie sich die Wolldecke genommen und warum war sie stattdessen nicht lieber gleich ins Bett gegangen?! Fragen über Fragen tauchten in ihrem schmerzenden Kopf auf. Warum konnte sie sich an den gestrigen Abend überhaupt nicht mehr erinnern? Sie sah zum Couchtisch hinüber. Warum, um alles in der Welt, stand er so weit weg? Den hatte sie doch nicht verschoben, oder? So langsam wurde ihr etwas mulmig zumute. Irgendwas stimmte doch nicht. Sie sah die Karottensticks und den Quark. Von beidem fehlte kaum etwas. Seltsam, dabei hatte sie so großen Hunger gehabt. Sie sah das leere Weinglas und die ebenfalls leere Flasche. Das kann doch nicht wahr sein. Habe ich etwa die ganze Flasche ausgetrunken? Das würde zumindest die Kopfschmerzen erklären. Aber warum habe ich dann nichts mehr gegessen, wenn ich noch lange genug wach war, um die ganze Flasche zu leeren? Immer mehr Fragen machten sich in ihrem Kopf breit und die Suche nach plausiblen Erklärungen bereitete ihr nur noch mehr Kopfschmerzen. Langsam quälte Belinda sich vom Sofa und hatte dabei das Gefühl, dass schwere Bleigewichte an ihren Armen und Beinen hingen. Nur sehr langsam schaffte sie es die Treppe hinauf ins Bad. Sie duschte eine halbe Ewigkeit und danach fühlte sie sich tatsächlich ein klein wenig besser. Anschließend ging sie wieder hinunter. Sie räumte auf und nahm ein kleines Frühstück zu sich. Belinda trank zwei Tassen Kaffee und zwei Gläser Wasser dazu, denn sie hatte ungeheuren Durst. Dann ging sie nochmal für ein paar Stunden ins Bett, denn trotz Dusche und Kaffee war sie noch immer schrecklich müde und fühlte sich wie erschlagen.

Sie hatte bis zum Mittag im Bett gelegen und auch noch ein paar Stunden geschlafen. Als sie gegen halb zwölf aufstand, ging sie nochmal unter die Dusche, in der Hoffnung endlich wieder in Schwung zu kommen. Anschließend aß sie zu Mittag. Gegen die furchtbaren Kopfschmerzen hatte sie schon am Morgen erst eine, dann später nochmal eine, starke Schmerztablette genommen. Zum Glück zeigten die wenigstens Wirkung.

Am späten Nachmittag, um kurz nach halb vier, als Belinda sich gerade auf den Weg ins Theater machen wollte, sah sie auf dem Weg zum Auto, ihre beiden alten Nachbarn. Es waren nette Leute. Belinda kannte sie schon ihr ganzes Leben lang. Sie waren ein paar Jahre älter als ihre Eltern, aber hatten zeitgleich mit ihnen hier gebaut. Als Belinda noch klein war, bevor sie zur Schule kam, spielte sie auch immer mit deren Tochter, die nur ein knappes Jahr älter war als Belinda. Doch eines Tages, als die kleine Kristina aus der Schule kam, überquerte sie vor einem haltenden Bus die Straße. Im selben Moment fuhr ein Taxifahrer daran vorbei und sah das sechsjährige Mädchen leider nicht mehr rechtzeitig. Belinda konnte sich noch gut an die Beerdigung ihrer kleinen Freundin erinnern und sie würde sicher niemals etwas davon vergessen können, ganz egal wie alt sie auch werden würde.

Als sie nun ihre Nachbarin weinend in deren Vorgarten stehen sah und ihr Mann tröstend die Arme um ihre Schultern legte, schossen Belinda sofort die tragischen Erinnerungen an Kristina in den Kopf. Sie war regelrecht erschrocken und ging sofort auf das Paar zu. Besorgt fragte Sie: „Herr Janosch, was ist passiert?" Sie hielt es für besser den Mann anzusprechen, da die Frau zu sehr am Schluchzen war. Diese antwortete aber trotzdem mit Tränen erstickter Stimme noch vor ihrem Mann: „Benno ist tot."

Belinda war bestürzt über diese Nachricht. Hatte sie den lieben, treuen Hund der Nachbarn doch auch schon gekannt, seit er als kleiner Welpe zu ihnen kam und das war immerhin schon dreizehn Jahre her. Sie wusste außerdem, dass die alten Leute sehr an dem Tier hingen. Verwundert fragte sie: „War er denn krank? Ich habe ihn vorgestern Abend bellen hören und hatte mich schon gewundert."

„Nein, das ist es ja gerade was uns so fertig macht", erklärte der Nachbar. „Wir haben ihn heute Morgen tot in unserem Garten gefunden, obwohl er bis gestern noch völlig fit war. Du weißt ja, dass er durch die kleine Klappe, in der Küchentür, nach Herzenslust rein und raus konnte. Wir haben ihn daraufhin zum Tierarzt gebracht um zu erfahren was passiert ist und mussten ihn dort lassen. Eben hat er uns angerufen und mitgeteilt, dass Benno eindeutig vergiftet wurde."

Nun hatte auch Herr Janosch mit den Tränen zu kämpfen und Belinda spürte ebenfalls einen dicken Kloß im Hals. „Das ist ja einfach unfassbar! Wer macht denn sowas?! Das ist doch grauenvoll!" Belinda ging die Geschichte ebenfalls nahe. Herr und Frau Janosch hatten doch wirklich schon genug mitgemacht. Sie konnte sich erinnern, dass sie vor Benno bereits viele Jahre lang einen anderen Hund besaßen. Als der damals an Altersschwäche starb, waren die beiden erstaunlich tapfer gewesen und Frau Janosch hatte damals gesagt: „So ist nun mal das Leben. Irgendwann ist unser aller Zeit abgelaufen. Aber er hatte immerhin ein schönes Leben." Sicher hatte sie dabei an ihre Tochter gedacht, deren Leben einfach viel zu kurz gewesen war.

So Leid wie es Belinda auch tat, aber sie musste sich schnell von ihren Nachbarn verabschieden, denn die heutige Generalprobe, für die große Abschlussgala, am Samstag, war für siebzehn Uhr dreißig angesetzt. Eineinhalb Stunden vorher sollten sich alle für Kostüm und Maske eingefunden haben. Auf dem Weg ins Theater musste sie natürlich dauernd an den Hund der Nachbarn denken und fragte sich immer wieder welcher Mensch so grausam sein konnte, einen so lieben, alten Hund zu vergiften. Es konnte doch nur ein Unfall gewesen sein. Wahrscheinlich war das Gift für irgendwelche Schädlinge bestimmt gewesen und Benno hatte nur durch Zufall etwas davon abbekommen...

Selbst während der Probe spürte Belinda noch immer diese leichte Benommenheit und ein wenig Schwindel. Da ja jeder Mitarbeiter und jede Mitarbeiterin des Theaters bei der Abschlussgala mitwirkte, verteilte sich die Arbeit sehr gut auf alle und keiner hatte wirklich viele Auftritte, oder gar lange, schwierige Szenen. Belinda war sehr froh, dass auch sie nur in ein paar Szenen mitspielte, oder mitsang und dass sie nur einen Soloauftritt mit einem Lied hatte, dass sie sehr mochte und was sie keine besonders große Anstrengung kostete. Das hätte sie heute sicher nur sehr schwer verkraftet.

Belinda saß mal wieder im Sprechzimmer von Frau Doktor Länge und wartete auf deren Eintreffen. Nun war sie schon seit fünf Tagen hier eingesperrt. Nicht dass sie sich inzwischen damit abgefunden hätte. Nein, so konnte man das wohl nicht sagen. Aber sie hatte sich mittlerweile mit der Situation arrangiert. Sie gewöhnte sich an den Tagesablauf, an die anderen Patienten und deren Eigenarten. Sie erkannte sogar den Vorzug, nicht selber kochen oder sich sonst irgendwie um den Haushalt kümmern zu müssen. Ja selbst an diese kuriosen Elefanten hatte sie sich gewöhnt und fand inzwischen sogar ein wenig Gefallen daran. Wäre sie nicht so mit dem schreiben beschäftigt gewesen, dann hätte sie sich wahrscheinlich selber daran gemacht eine weitere hässliche Figur zu formen. Aber nichts desto trotz.

Sie wollte auf jeden Fall möglichst schnell wieder nach Hause und so hoffte sie ständig auf positive Nachrichten.

Mit der Ärztin hatte Belinda sich von Anfang an darauf geeinigt, dass sie hier drinnen keinen Besuch empfangen würde. Sie wollte nicht, dass jemand aus ihrem nahen Umfeld sie hier so sah. Außerdem hatte sie einfach ein ungutes Gefühl solange sie sich nicht selber an alles erinnern konnte. Dieses Gefühl verunsicherte Belinda total und auch das sollte möglichst keiner mitbekommen. Für die Ärztin stellte dies kein Problem dar und so wurde jeder, der sie besuchen wollte von vorne herein gar nicht auf die Station gelassen. Sie bekamen alle zu hören, dass es Frau Marks den Umständen entsprechend gut ginge, dass man sie nur zur Sicherheit vorrübergehend hier behielt und dass es besser für sie wäre, keinen Besuch zu empfangen. Man solle sich aber keine Sorgen machen.

Bisher hatten sowieso nur Mara und Clarissa versucht sie zu besuchen. Mara ließ sich schnell abwimmeln. Aber Clarissa machte einen solchen Aufstand und wollte nicht eher gehen bis sie mit Belinda gesprochen hatte. Also musste man den Wachdienst holen und sie wurde unter großen Protest nach draußen begleitet.

Als Frau Doktor Länge endlich auftauchte, sprach sie zunächst wie immer mit ihrer Patientin über deren Befinden. Anschließend stellte sie einige Fragen, zu dem was Belinda geschrieben hatte. Besonders interessant fand sie den Mittwochabend und dass Belinda, was das anging, einige Gedächtnislücken aufwies. „Trinken Sie regelmäßig Alkohol?"

Belinda war etwas erstaunt über die Frage und antwortete unsicher: „Was ist denn für Sie regelmäßig? Ich trinke nicht an bestimmten Tagen oder so. Aber bei Gelegenheit, wenn es sich so ergibt, dann trinke ich schon mal etwas Wein, oder auch mal ein Bier."

"Wenn Sie Alkohol trinken, wieviel trinken sie dann? Ein Glas? Zwei Gläser? Oder so viel, dass Sie sich anschließend als betrunken bezeichnen würden?"

"Natürlich war ich irgendwann auch schon mal betrunken. Aber das kommt vielleicht einmal im Jahr vor. Ansonsten höre ich spätestens dann auf, wenn ich das Gefühl habe sonst vielleicht betrunken zu werden." Belinda waren die Fragen unangenehm. Sie hoffte, dass die Ärztin sie nun nicht als Alkoholikerin abstempeln würde. Nur weil sie hin und wieder gerne mal etwas Alkohol trank.

"Hatten Sie denn vorher schon mal Gedächtnislücken nach dem Verzehr von Alkohol?" hakte Doktor Länge nach.

"Nein!" antwortete Belinda bestimmt. "Das war das erste mal."
Mit dieser Art von Befragung ging es noch eine ganze Weile weiter. Frau Doktor wollte alle möglichen Einzelheiten über den Mittwochabend wissen. Aber Belinda hatte leider auf viele Fragen keine Antwort und das machte ihr schwer zu schaffen.
Nach dem fast zwei Stündigen Gespräch mit Frau Doktor Länge ging Belinda wieder auf ihr Zimmer und war ziemlich erledigt. Sie legte sich erstmal für ein Stündchen hin um sich auszuruhen und würde dann später weiterschreiben. Wenn man doch bloß endlich die Leiche finden würde...

Nach der Probe, am Donnerstag, hatten es alle sehr eilig Feierabend zu machen. Ungewohnt zügig machten sie sich auf den Weg in Richtung der Garderoben. Belinda und Carlos nutzten die Gelegenheit und ließen sich etwas mehr Zeit. Sie blieben hinter den anderen zurück und konnten sich so noch etwas unterhalten, ohne dass es besonders auffiel. Als sie Belindas Garderobe erreichten, hörten sie laute Stimmen und Lachen durch die geschlossene Tür. Nicole und Sandra schienen, wie immer, äußerst gut gelaunt. Belinda und Carlos standen nun ganz allein auf dem langen Gang. Alle anderen waren bereits in ihren Garderoben verschwunden. Sie wussten, dass sich jeden Moment irgendwo eine Tür öffnen und die ersten Kollegen schon wieder ihre Garderoben verlassen könnten. Sie verabredeten sich schnell. Carlos wollte gleich noch zu Belinda nach Hause kommen. Viel zu lange schon waren sie nicht mehr allein gewesen. Beide empfanden große Vorfreude bei dem Gedanken, dass sie heute einander endlich wieder näher kommen würden. Carlos freute sich so sehr, dass er es kaum aushalten konnte und Belinda, trotz des hohen Risikos, kurz, ganz fest an sich drückte und ihr einen, zwar ebenso kurzen, aber nicht weniger leidenschaftlichen Kuss aufdrückte.

Was beiden in diesem Moment leider entging, war, dass Mara ausgerechnet zur selben Zeit, am Ende des Ganges, aus den Waschräumen heraus trat. Das heißt, sie wollte heraustreten. Als sie allerdings die Umarmung und den Kuss sah, war sie so geschockt, dass sie, wie aus Reflex, zwei Schritte zurück machte und so lange im Waschraum ausharrte, bis beide Liebenden vom Gang verschwunden waren. Mara überlegte, wie sie mit den neuen Informationen bezüglich ihrer vermeintlichen Freundin umgehen sollte. Das warf plötzlich ein völlig anderes Licht auf alles. Belinda hatte also ein Verhältnis mit einem verheirateten Kollegen. Das hätte sie ihr nun wirklich nicht zugetraut. Gestern erst hatte sie ihr von der Geschichte am See, mit dem Fremden erzählt. O.K. das war eine einmalige Sache. Das konnte Mara zwar auch nicht nachvollziehen, aber jeder macht nun mal Fehler, oder ist vielleicht mal nicht ganz bei sich. Aber nun das mit Carlos. Wie lange mochte das wohl schon so gehen? Was war sie überhaupt für eine Freundin, dass sie ihr nichts davon erzählt hatte? Mara schloss sich in eine der Kabinen ein und wartete noch eine ganze Weile. Sie blieb dort so lange, bis sie ziemlich sicher war, dass Belinda das Theater bereits verlassen hatte. Mara wollte ihr jetzt einfach nicht begegnen. Zu sehr enttäuscht war sie von der vermeintlichen Freundin. Sie wollte sich erst einmal darüber klar werden, wie sie weiter mit ihr umgehen würde.

Als Belinda, nach dieser Probe das Theater verließ, bemerkte sie wieder nicht, dass in der kleinen Seitenstraße, hinter dem Theater, ein Mann in seinem Wagen saß, sie aufmerksam beobachtete und sie gleichzeitig wahnsinnig bewunderte.
Zu Hause angekommen, dauerte es keine fünf Minuten, bis Carlos an ihrer Tür klingelte. Belinda riss die Tür weit auf und viel ihm um den Hals. Er umarmte sie ebenfalls und hob sie dabei hoch. So umklammert trat er mit ihr durch die Tür und setzte sie erst im Flur wieder ab, nachdem er die Tür, mit seiner Schulter zugestoßen hatte. Sie küssten sich lange, bevor sie endlich in Richtung Wohnzimmer gingen.

„Das ist aber warm hier", stellte Carlos fest als sie den Raum betraten.

„Wir können uns auf die Terrasse setzen, wenn du magst".

„Gute Idee! Wenn du dann auch noch ein Bier für mich hättest, könnte der Abend perfekt werden." Carlos war eigentlich Weintrinker. Aber im Sommer, wenn es so richtig heiß war, dann hatte er manchmal einfach große Lust auf ein Bier und das war heute der Fall.
Er setzte sich draußen in einen Liegestuhl, ohne Auflage. Belinda verschwand in der Küche und kam kurz darauf mit zwei Flaschen Bier zurück. „Möchtest du ein Glas?" fragte sie Carlos.

„Nein, danke. Jetzt möchte ich nur noch dich." Er zog Belinda zu sich auf den Schoß und presste sein Gesicht an ihre Brust. Er schob ihr Shirt weit nach oben, um ihre Haut zu berühren und sie ließ sich gern darauf ein. Sie zog ihr

Shirt über den Kopf aus und streifte auch den BH ab. Er küsste ihren Bauch und ihre Brüste und sie genoss es sehr ihn auf ihrer nackten Haut zu spüren.

Inzwischen wurde es dunkel und so fühlten sie sich völlig unbeobachtet bei ihrem, mittlerweile heftigen Liebesspiel auf der Terrasse. Erst als Carlos den kleinen unangenehmen Stich einer Mücke verspürte, kamen sie auf die Idee, dass man das ganze vielleicht besser ins Schlafzimmer verlegen sollte. Sie nahmen ihre Sachen und auch das Bier, legten alles im Wohnzimmer ab, schlossen die Terrassentür und stiegen die Treppe hinauf.

Der Schatten, hinten im Garten, der sich nun langsam aus der Hecke löste, hatte alles beobachtet und war vom Anblick der beiden Liebenden so erregt, dass er sich sogar selbst zwischen den Beinen berührte und natürlich hätte er am liebsten sofort Carlos' Platz eingenommen. Jetzt da er zusehen musste, wie die beiden offensichtlich im Schlafzimmer verschwanden und somit für ihn nicht mehr sichtbar waren, stieg eine unbändige, ja fast schmerzhafte Wut in ihm auf. In diesem Moment hasste er Carlos dafür, dass er diese wunderbare Frau, die ihm doch gar nicht gehörte und auf die er gar kein Anrecht hatte, einfach so berührte und sie wahrscheinlich sowieso nur ausnutzte.

Belinda hasste er sogar noch mehr, weil sie so dumm war, sich auf diesen Kerl einzulassen und nicht erkannte, was und wen sie wirklich brauchte. Außerdem hatte sie gelogen und sie benahm sich wie eine billige Hure. „Miststück!" Flüsterte die Gestalt im Garten hasserfüllt. „Du wirst schon noch bekommen, was du verdienst".

Kapitel 6
Herz aus Hass

Carlos blieb in jener Nacht bis circa halb zwei bei Belinda. Dann musste er nach Hause.
In den ganzen vergangenen Monaten, während ihrer Beziehung fand Belinda es immer ganz furchtbar, wenn sich Carlos, nachts, von ihr verabschiedete und es machte sie ebenso traurig, dass sie morgens nie gemeinsam aufwachten. Jetzt allerdings empfand sie es fast als Erleichterung, als sie hinter ihm die Haustür abschloss, wieder hinauf ging und in ihr Bett krabbelte. Sie hatte die gemeinsamen Stunden mit ihm sehr genossen und sie fühlte sich angenehm müde und befriedigt, ja fast glücklich. Und trotzdem war sie froh, dass sie nun wieder allein war. Woran liegt das? Fragte sie sich selbst. Sonst konnte ich nie genug Zeit mit Carlos verbringen. Egal wie lange er blieb, es war nie lange genug. Warum empfinde ich das in letzter Zeit nicht mehr so? Habe ich mich etwa so sehr an diesen Zustand gewöhnt? Oder habe ich mich sogar damit abgefunden, dass es wahrscheinlich immer so bleiben wird? Kann ich mir vorstellen, dass es noch viele Jahre so weiter gehen wird und ist es das, was ich selber möchte?
Über all diese Fragen schlief Belinda irgendwann ein und es war ein guter, erholsamer Schlaf.
Irgendwann in der Nacht klingelte ihr Handy. Sie hatte es unten im Wohnzimmer liegen lassen. Das Klingeln aus der Ferne baute sie zunächst in ihre Träume ein und bis sie endlich realisierte, dass es tatsächlich ihr Telefon war, das irgendwo klingelte, da hörte es auch schon wieder auf. Wahrscheinlich war nun die Mobilbox angesprungen. Belinda war es in diesem Moment egal und schlief sofort wieder ein.

Am nächsten Morgen sah sie, dass sie drei verpasste Anrufe hatte. Jedes mal mit unterdrückter Rufnummer. Ein bisschen ärgerte es sie schon, dass sie nicht wusste wer sie in der vergangenen Nacht mehrmals versucht hatte anzurufen, aber sie beschloss, sich keine weiteren Gedanken darüber zu machen. Dieser Tag war einfach zu schön für irgendwelchen Ärger und Grübeleien.

Belinda war guter Dinge, als sie sich an diesem Freitag auf den Weg ins Theater machte. Heute würde die letzte Vorstellung laufen. Sie fühlte sich äußerst entspannt, deutlich besser, als in den letzten Tagen.
Als sie von der kleinen Seitenstraße, hinter dem Theater, auf den Parkplatz einbog, erschrak sie kurz, denn ihr war so, als hätte sie in einem der parkenden Autos, an der Straße, Georg gesehen. Sie blickte in den Rückspiegel, konnte aber nichts erkennen. Als sie ihren Wagen abgestellt hatte, überlegte sie kurz. Dann stieg sie aus, und ging zurück an die Straße, um nochmal einen Blick auf die parkenden Autos zu werfen. Sie schienen aber alle Menschenleer.
Sie wollte gerade auf dem Absatz kehrt machen, als eine Männerstimme ihren Namen rief.
Als sie nochmals die Straße entlang blickte, erkannte sie Andreas, der auf sie zulief. Belinda dachte kurz daran, einfach so zu tun als hätte sie ihn nicht erkannt und sich fix aus dem Staub zu machen. Aber ihr war klar, dass das wirklich zu unhöflich wäre und ihre Freundschaft zu Clarissa vielleicht negativ beeinträchtigen könnte. Sie blieb also widerwillig stehen und wartete, bis Andreas sie erreicht hatte. Wenigstens beeilte er sich, dachte Belinda, während sie dem Ehemann ihrer besten Freundin entgegen sah.

„Hallo Belinda", begrüßte er sie freudestrahlend, mit ausgebreiteten Armen. „Schön dich zu sehen! Du siehst

fantastisch aus, sogar noch besser, als ich dich in Erinnerung hatte."
Belinda konnte nicht anders und empfand trotz der netten Worte die übliche Abneigung und das alte Misstrauen Andreas gegenüber. Seine ständig übertriebenen Komplimente machten es sogar noch schlimmer.

„Hallo Andreas" Belinda zwang sich zu einem höflichen Lächeln und versuchte sich möglichst schnell aus seiner Begrüßungsumarmung zu befreien. „Was machst du hier?" fragte sie ihn misstrauisch.

„Hab' nur ein paar Sachen hier in der Nähe zu erledigen. Nichts Besonderes eigentlich. Aber sag, wie geht es dir? Wir haben uns ja schon so lange nicht mehr gesehen."

„Gut, aber wie du siehst, bin ich gerade auf dem Weg zur Arbeit. Ich muss dann auch wirklich los."

„Das ist aber Schade. Ich hätte dich gerne noch auf einen Kaffee eingeladen. Ein andermal vielleicht?" Er blickte sie erwartungsvoll an.

„Ja, vielleicht kannst du ja mal mitkommen, wenn ich mich mit Clarissa treffe", entgegnete Belinda forsch und schickte gleichzeitig, gedanklich Stoßgebete gen Himmel, dass es bloß nie dazu kommen möge. „Also dann schönen Tag noch und einen lieben Gruß an Clarissa." Belinda wandte sich bereits, während sie die Worte aussprach zum Gehen und schaffte dadurch schon ein paar Meter Distanz zwischen sich und Andreas, damit er ja nicht auf die Idee kam, sie nochmal zum Abschied zu umarmen und ihr ein Bussi zu geben. Es war schon schlimm genug, sich dieser Prozedur zur Begrüßung aussetzten zu müssen.
Andreas wünschte ihr noch Hals und Beinbruch, aber Belinda war schon auf dem Weg zum Hintereingang des Theaters und hob zum Dank nur kurz die Hand. So ein Blödmann, dachte sie. Wie kommt der nur auf die absurde Idee, dass ich Lust hätte mit ihm einen Kaffee zu trinken?!

Als sie erst einmal das Theater betreten hatte, war Andreas schnell wieder vergessen. Nach und nach trudelten auch die letzten Darsteller und übrigen Mitarbeiter ein und die Hektik hinter der Bühne, in den Garderoben und sämtlichen Gängen, wurde immer größer. Belinda liebte diese Stimmung kurz vor der Vorstellung. Es war so eine vertraute Atmosphäre und man konnte die Spannung, die in der Luft lag fast physisch wahrnehmen. Nicht nur Nicole und Sandra, sondern auch alle übrigen Kollegen und Kolleginnen schienen heute noch aufgedrehter als sonst. So eine letzte Vorstellung, vor der Langen Sommerpause, war eben nun mal etwas Besonderes. Das konnte man heute deutlich spüren und auf die morgige Abschlussgala freuten sich sowieso schon alle.

Belinda suchte als erstes den Kaffeeautomaten auf und traf dort auch prompt auf Carlos. Sie begrüßten sich wie immer, mit einem flüchtigen Küsschen auf die Wange, eben so, wie sie die meisten Kollegen begrüßte. Als Außenstehender sah man ihnen wirklich nicht an, dass deutlich mehr zwischen ihnen lief. Leider kamen sie auch nicht mehr dazu sich ungestört zu unterhalten. Heute war einfach überall zu viel Trubel und dann war es auch schon bald Zeit für die Maske.

Es wurde eine perfekte letzte Vorstellung und man hatte das Gefühl, dass der Funke heute ganz deutlich übersprang. Es machte den Anschein, als würde sich die extrem gute Laune der Darsteller auf das gesamte Publikum übertragen. So viel Applaus hatten sie für dieses Stück noch nie geerntet. Am Ende schien es, als wollte der Beifall nie mehr abreißen. Die Erleichterung, die Freude, die Glücksgefühle, alles war in diesem Moment spürbar. Belinda genoss diesen besonderen Moment in vollen Zügen und sie war sich sicher, dass alle um sie herum gerade genau das gleiche empfanden. Es dauerte heute nahezu eine Ewigkeit bis sie sich endlich in Richtung Garderobe auf den Weg

machte, denn auch hinter der Bühne viel man sich noch lange in die Arme und lobte sich Gegenseitig für die tolle Leistung.
Belinda war mal wieder die erste, die es in ihre Gemeinschaftsgarderobe schaffte. Von Mara, Nicole und Sandra, war noch nichts zu sehen. Als sie die Tür öffnete viel ihr Blick sofort auf die rote Rose, die auf ihrem Schminktischchen stand. Sie war verhältnismäßig kurz, dafür, dass sie eine so große und prachtvolle Blüte hatte. Eine aufgeklappte, hochkant stehende Grußkarte verdeckte fast den gesamten Stängel. Die Rose stand praktisch in der aufgeklappten Karte. Belinda sah schon von der Tür aus, dass rote Herzen darauf abgebildet waren. Sie schritt auf ihr Tischchen zu und griff nach der Karte um den Text im inneren zu lesen. Als sie sie anhob konnte sie nicht fassen was sie vor sich sah und fast gleichzeitig verspürte sie, wie ihr gesamter Mageninhalt die Speiseröhre hochschoss um sich den Weg nach draußen zu bahnen. Zum Glück stand der Mülleimer nur einen Schritt entfernt. Sie schaffte es gerade noch ihn an sich zu reißen und erbrach sich fürchterlich. In diesem Moment ging die Tür auf und laut lachend stürmten Mara, Nicole und Sandra herein. Als sie jedoch das Bild realisierten was sich ihnen bot, blieben alle drei wie angewurzelt stehen. Nicole fasste sich zuerst und trat angewidert auf Belindas Schminktischchen zu. Mit gerümpfter Nase stellte sie die Frage: „was zum Teufel ist denn das?" und deutete dabei zaghaft mit dem Zeigefinger auf das, worin die schöne Rose steckte.

„Sieht aus wie ein Herz" Sandra war nun auch etwas näher getreten und hielt die Hand gegen den Mund gepresst als könnte sie so verhindern, dass sich ihr Mageninhalt ebenfalls verselbstständigte.
Mara war inzwischen zu Belinda hinüber gegangen und versuchte sie ein wenig zu beruhigen. Sie musste sich noch immer übergeben, war kreidebleich und ihre Hände zitter-

ten. Mara forderte Sandra auf die Sanitäter zu holen, während sie sanft über Belindas Rücken strich. Die Kollegin lief sofort los. Sie war im Grunde froh, aus dem kleinen Raum heraus zu kommen, wo es so schrecklich nach Blut und erbrochenem roch.
Angeekelt hob Nicole die Karte auf, die Belinda sofort hatte fallen lassen. Am unteren Rand klebte Blut, denn es hatte sich bereits eine Kleine Pfütze davon, um das Herz herum gebildet.

„Es steht nichts drin" bemerkte Nicole etwas erstaunt. „Wer zum Henker macht denn so einen Scheiß?! Der muss ja völlig irre sein!" Damit hatte Nicole genau das wütend ausgerufen, was Belinda dachte.
Belinda nahm die Taschentücher, die Mara ihr reichte und wischte sich mit zittrigen Händen den Mund ab. „Was mich am meisten interessiert ist: wie ist er hier reingekommen?" Belinda hauchte dies mit schwacher Stimme und ausdruckslosem Gesicht.

„Oh mein Gott! Ja!" entfuhr es Nicole mit entsetzten.
Mara warf ihr einen strafenden Blick zu, der sie dazu ermahnen sollte, nicht noch weitere Panik zu verbreiten. Nicole verstand sofort und riss sich zusammen. „Ach, dafür gibt es bestimmt eine plausible Erklärung. Ich finde, die Sanis brauchen ganz schön lange. Vielleicht sollten wir beide Belinda einfach in den Sanitätsraum bringen. Da kann sie sich auch einen Moment hinlegen, bis es ihr wieder besser geht."

„Nicht nötig" kam der schwache Einwand von Belinda. Aber Mara hatte sofort reagiert und die Kollegin untergehakt. „Gute Idee, Nicole. Geh du auf die andere Seite. Dann haben wir sie sicher, falls sie doch noch ohnmächtig wird."
Auf halbem Wege kamen ihnen die Sanitäter entgegen und nahmen ihnen „die Patientin" ab.

Die Nachricht vom blutigen Herz in dem die Rose steckte, machte natürlich noch am selben Abend die Runde am Theater. Die Theaterleitung beschloss sofort die Polizei zu verständigen. Schließlich war anzunehmen, dass sich ein unbefugter Zugang zu jenen Räumlichkeiten verschafft hatte und das an sich war ja schon eine Straftat. Allerdings sah die Polizei das nicht ganz genauso. Es war schließlich nicht eingebrochen worden und immerhin bestand ja auch die Möglichkeit, dass es einer der Theatermitarbeiter war, der das Herz platzierte. Das wäre sogar die am einfachsten zu erklärende Variante. Die Theaterleitung wies diese Vermutung empört zurück. Man beschäftige hier schließlich keine Psychopaten!
Auch wenn es sich weder um Einbruch, noch um Hausfriedensbruch handelte, leitete die Polizei natürlich trotzdem eine Untersuchung ein. Bei dem sichergestellten Organ handelte es sich um ein Schweineherz. So viel zumindest, schien am selben Abend noch sicher. Für alles weitere müsse man die Untersuchungsergebnisse abwarten.

Belinda lag noch etwa eine Stunde auf der Liege im Sanitätsraum, bis man sie endlich gehen ließ. Der Raum wirkt furchtbar kalt, dachte die junge Schauspielerin, die sich heute zum ersten mal in liegender Position hier befand. Die Wände waren weiß und ausgesprochen kahl. Natürlich hatte sie dieses Zimmer schon häufiger betreten um sich kleinere Blessuren verarzten zu lassen, oder hatte nur jemanden begleitet. Die Sanitäter waren immer ausgesprochen freundlich und gut gelaunt. Das machte die Besuche stets erträglicher, auch wenn die Anlässe selbstverständlich eher unangenehmer Natur waren.
Die Polizei stellte ihr allerlei Fragen und natürlich wollten sie wissen, ob Belinda einen Verdacht hegte, wer ihr diesen bösen Streich gespielt haben könnte. Es gab nur einen Namen, der ihr auf Anhieb in den Sinn kam. Aber den

nannte sie natürlich nicht. Zum einen hatte sie nicht die geringsten Beweise und zum anderen war es ihr auch viel zu peinlich die Geschichte mit Georg zu erzählen. Sie konnte sich im Grunde auch gar nicht vorstellen, dass er so etwas tun würde. So hätte sie ihn weiß Gott nicht eingeschätzt. Andererseits war es schon ein großer Zufall, dass diese Dinge ausgerechnet jetzt, nach ihrem Ausrutscher am Sonntag passierten. Außerdem gab es schließlich auch sonst niemanden dem sie so etwas Ekelhaftes zutrauen würde. Je länger sie darüber nachdachte, umso mehr war sie davon überzeugt, dass es ein fremder gewesen sein musste. Wahrscheinlich ein regelmäßiger Theater Besucher, der sie aus irgendeinem Grund nicht leiden konnte. Dieser Gedanke machte sie zwar auch nicht gerade glücklich, aber war immer noch besser als die Vorstellung, dass jemand den sie kannte, ihr so etwas antun würde.

Eine nette Polizistin, mit auffallend großen Zähnen und ein paar Jahre älter als Belinda, legte ihr nahe, dass sie heute Nacht vielleicht lieber nicht allein bleiben sollte und fragte, ob sie nicht die Möglichkeit hätte bei einer Freundin unterzukommen. Belinda hatte natürlich vorhin gleich bei Clarissa angerufen und ihr kurz erzählt was passiert war. Es kam für sie aber gar nicht in Frage die Nacht im Haus der Freundin zu verbringen. Clarissa war schockiert konnte allerdings auch nicht zu ihr kommen, da Andreas noch unterwegs war und Tobias schon schlief. Sie wollte ihren Sohn natürlich nicht einfach allein zu Hause lassen. Doch dann tauchte Mara auf und bot sich an, die Kollegin nach Hause zu begleiten. Belinda war dankbar für das Angebot und bat Mara außerdem ihre Tasche und privaten Sachen aus der Garderobe zu holen. Ihr war im Moment einfach nicht danach nochmal die Garderobe zu betreten, zumal sie nicht wusste, ob inzwischen jemand dort sauber gemacht hatte. Bis morgen Abend würde dies mit Sicherheit geschehen sein. Dann würde sie die Garderobe in jedem

Fall wieder betreten müssen und bis dahin war es hoffentlich auch wieder okay für sie.
Selbstverständlich tat Mara ihr den Gefallen und als sie mit Ihren Sachen zurückkam, in den Sanitätsraum, war auch bereits ein wenig Farbe in Belindas Gesicht zurückgekehrt.

Kapitel 7
Barcelona

Der Sanitätsraum befand sich im vorderen, öffentlichen Teil des Theaters damit er im Notfall auch schnell von den Besuchern erreicht werden konnte. Als die beiden Frauen sich nun auf den Weg zum Hinterausgang machten, kamen sie an dem kleinen Aufenthaltsraum vorbei, in dem auch der Kaffeeautomat stand. Eigentlich war es gar kein richtiger Raum, sondern eher ein offener, breiter Durchgang. Vor dem Automaten stand ein Paar eng umschlungen und sich leidenschaftlich küssend. Belinda und Mara waren sehr erstaunt über diesen Anblick und neugierig um wen es sich dabei handelte. Denn zum einen hatten bereits so ziemlich alle Kollegen das Haus verlassen und zum anderen waren Liebschaften unter den Mitarbeitern nicht gern gesehen und so hielt wahrscheinlich jedes, Paar das sich zweifelsohne von Zeit zu Zeit bildete, lieber so gut es ging, damit hinterm Berg. Die beiden Knutschenden bemerkten nun auch die beiden Frauen, die ihre Schritte, aus Neugier deutlich verlangsamt hatten. Der Mann fühlte sich sichtlich ertappt. Die Frau hingegen blickte ihnen stolz und selbstsicher entgegen. Belinda und Mara waren völlig perplex und wussten so schnell gar nicht was sie sagen beziehungsweise wie sie reagieren sollten. Wobei Mara noch zusätzlich das Problem hatte, sich nicht anmerken zu lassen, dass sie etwas wusste was sie nicht wissen sollte.
Carlos löste sich sogleich aus der Umarmung und machte einen Schritt auf Mara und Belinda zu. Das schlechte Gewissen war ihm deutlich anzusehen. Belinda wollte möglichst zügig weitergehen und so tun als ginge sie das ganze nichts an. Aber Mara zögerte noch und dann sagte Carlos: „Belinda, Mara, darf ich euch jemanden vorstellen?"

Belinda hatte das Gefühl als würde ihr der Boden unter den Füßen weggezogen. Erneut spürte sie, dass sämtliche Farbe aus ihrem Gesicht wich und sie hatte gerade ums Verrecken keine Lust jene Frau kennenzulernen mit der Carlos dort so teenagerhaft herumgeknutscht hatte. Aber was sollte sie nun anderes tun, als stehen zu bleiben? Wie würde es aussehen wenn sie einfach weiterginge? Die andere Frau würde sicher sofort eins und eins zusammenzählen, was Belinda in diesem Moment sogar egal wäre. Aber was würde Mara denken? Sie hätte wahrscheinlich die gleiche Vermutung wie die Frau und das wollte Belinda in jedem Fall vermeiden. Vor Mara wollte sie sich nicht die Blöße geben. Belinda ahnte ja nicht, dass Mara bereits über ihr Verhältnis mit Carlos im Bilde war. Sie blieb also stehen und ging ein Stückchen auf das Paar zu. Mara folgte ihr.

„Hallo Carlos", sprach Belinda ganz ruhig „wir wollten euch nicht stören." Dabei versuchte sie so gleichgültig und unbekümmert wie möglich zu wirken. Es gelang ihr aber nicht besonders. Auch wenn sie auf der Bühne eine recht passable Schauspielerin abgab, im wirklichen Leben, wenn auch noch solche Emotionen im Spiel waren, sah es ganz anders aus. Ihre Stimme zitterte leicht. Sie hätte heulen können. Allerdings eher vor Wut, als aus Traurigkeit. Sie hätte auch große Lust gehabt Carlos einfach eine kräftige Ohrfeige zu verpassen. Aber sie riss sich zusammen und gab ihr Bestes. Sie musterte schnell die Frau an Carlos' Seite. Sie war klein und zierlich. Ihre fast schwarzen, kurzen Haare waren so perfekt frisiert und sie war so professionell geschminkt, als käme sie gerade aus dem teuersten Modesalon. Ihr übriges äußeres war genau so perfekt und selbst ihr moosgrüner Hosenanzug schien ihr auf den Leib geschneidert zu sein und farblich auf ihre Augen abgestimmt. Froschaugen, dachte Belinda, um wenigstens etwas Hässliches an ihr zu finden. Gar nicht mal wegen der Farbe. Aber die Augen waren für dieses kleine Gesicht einfach viel zu

groß und glubschig. Und dann hat sie auch noch ihre langen Wimpern so heftig getuscht. Das macht die Augen ja noch größer und glubschiger, registrierte Belinda weiter. Außerdem hat sie eine leichte Hakennase. Also bei genauerer Betrachtung ist sie doch nicht so schön. Sind eben nur die teuren Klamotten und das perfekte Styling, kam Belinda zu einem beruhigenden Abschlussurteil.
Bevor Carlos etwas auf Belindas sarkastische Aussage, von wegen nicht stören, entgegnen konnte, schaltete sich die Frau an seiner Seite unaufgefordert ein. Sie drängte sich vor Carlos und streckte Belinda die Hand entgegen. Dabei sprach sie mit katzenhafter Freundlichkeit: „Hallo, ich bin Stella. Carlos' Frau und Sie sind nun Mara, oder wie war..."
„Belinda" unterbrach Belinda sie sogleich und schüttelte Stella die Hand. „Und das hier ist Mara." Stella und Mara reichten einander ebenfalls die Hand. „Ich wollte meinen Mann heute auch einmal überraschen. Sonst ist er es ja immer der sich irgendwelche Überraschungen für mich einfallen lässt und mich mit kleinen Aufmerksamkeiten überhäuft. Heute, an seinem vorletzten Arbeitstag wollte ich auch mal etwas Besonderes für ihn tun. Noch lieber hätte ich es natürlich auf morgen, den letzten Tag verlegt. Aber für die Abschlussgala waren ja einfach keine Karten mehr zu bekommen. Da nutze mir selbst unser guter Name nichts. Stattdessen fragte man mich nur, ob mein Mann mir denn keine Karte besorgen könnte. Diese dummen Gänse! Dann wäre es ja keine Überraschung geworden." Stella sprach mit einem deutlichen Akzent. Ist sie Spanierin? Fragte sich Belinda und überlegte ob ihr Carlos dergleichen erzählt hatte. Sie konnte sich aber nicht daran erinnern.
Belinda und Mara warfen sich während Stellas Ausführungen kurze, verständnislose Blicke zu. Sie kapierten nicht so recht warum diese Frau ihren Theaterbesuch als eine so große Überraschung verkaufen wollte.

Scheinbar hatte Carlos die fragenden Blicke der beiden bemerkt und schaltete sich nun zur Aufklärung ein: „Stella war noch nie in diesem Theater, müsst ihr wissen. Sie wollte damals nicht, dass ich hier arbeite."

„Das ist ja auch nicht verwunderlich wenn man eben nur große Häuser gewohnt ist. Ihr habt es ja ganz nett hier in eurem kleinen Provinztheater, aber das kann man natürlich gar nicht mit den Spielstätten vergleichen, an denen Carlos vorher war. Darum habe ich ihm auch von Anfang an gesagt, dass ich mir hier niemals etwas ansehen würde." Die Arroganz mit der Stella sprach war für Belinda unerträglich und Mara empfand diese Frau ebenfalls als völlig affektiert.

„Na dann können wir uns ja nur glücklich schätzen, dass uns deine Frau heute doch noch mit ihrem Besuch beehrt hat." Sagte Belinda nun an Carlos gewandt. Aber selbst Carlos schien die herablassende Art seiner Frau ziemlich unangenehm zu sein und so ignorierte er Belindas Sarkasmus und versuchte lieber schnell Stellas Aussage ein wenig abzumildern: „Nun hat sie ja gesehen, dass es hier doch sehr schön ist und dass hier äußerst professionell und erfolgreich gearbeitet wird."

„Ja, ja Liebster, ich habe so einiges gesehen. Vor allem bin ich mir nun sicher, dass du doch das Angebot aus Barcelona annehmen solltest." Sagte Stella betont gelangweilt und ihre Arroganz war nicht mehr zu übertreffen.

„Barcelona?!" Entfuhr es Belinda und Mara gleichzeitig.

„Du gehst nach Barcelona?" fragte Belinda und es viel ihr immer schwerer die Fassung zu bewahren. „Wann hast du dich denn dort beworben?"

„Ich hatte mich dort beworben bevor ich hier her kam weil Stella schon immer gerne dort hin wollte. Damals wurde ich aber abgelehnt. Vor kurzem haben sie sich dann doch nochmal bei mir gemeldet und sind nun an mir interessiert weil sie in der kommenden Saison ein deutsch/spanisches Musical aufführen werden. Für eine der Rollen wäre ich ihrer Meinung nach die Idealbesetzung. Das Engagement wäre aber definitiv nur auf eine Spielzeit begrenzt. Darum kann ich mich auch nicht dazu durchringen es anzunehmen."

„Ach darum fällt es dir also schwer dich zu entscheiden?" brach es aus Belinda etwas zu heftig heraus und sie konnte kaum verbergen, dass sie diese Aussage furchtbar kränkte.

„Wann hattest du denn vor mir, äh, ich meine uns davon zu erzählen?" Belinda, Mara und Carlos spürten, dass dieses Gespräch zu eskalieren drohte. Stella war der kleine Versprecher Belindas ebenfalls aufgefallen und bei ihr schienen sofort sämtliche Alarmglocken anzugehen. Sofort griff sie nach Carlos' Arm, hakte sich bei ihm unter, legte ihren Kopf an seine Schulter und säuselte: „Mit den wichtigen Leuten hat Carlos alles besprochen. Am Montag muss er sich entscheiden. Man muss ja nicht alles an die große Glocke hängen." Dann reckte sie sich um an Carlos' Ohr zu gelangen, gerade so, als würde sie ihm etwas Geheimes zuflüstern wollen. Sie sagte es aber doch laut genug so dass Belinda und Mara es auch gut verstehen konnten: „Liebster wir müssen jetzt los. Der Abend ist noch nicht zu Ende. Ich habe noch eine ganz besondere Überraschung für dich in unserem Schlafzimmer." Sie hauchte Carlos einen Kuss aufs Ohr und zwinkerte den beiden Frauen dabei zu.

Belinda hätte platzen können vor Wut. Dieser falschen Schlange hätte sie am liebsten ein schönes Veilchen auf ihre Glubschaugen verpasst und Carlos hätte sie gerne dort hingetreten wo es am meisten wehtat. Aber natürlich beherrschte sie sich und sagte stattdessen etwas zu laut und abrupt: „Wir müssen auch los. Dann also viel Spaß in Barcelona" und mit den Worten drehte sie sich auch schon zum Gehen. Mara reichte Carlos und Stella noch die Hand und verabschiedete sich ordentlich während Carlos Belinda schnell noch hinterher rief: „Es ist noch nichts entschieden".

Belinda drehte sich nicht einmal mehr um. Sie wollte nur noch weg von hier. Mara hatte alle Mühe, sie bis zum Ausgang wieder einzuholen. Was war das nur für ein schrecklicher Abend. Da hätte man doch gedacht, dass es nach der Geschichte mit diesem ekelhaften Schweineherz nicht noch schlimmer kommen könnte, dachte Belinda. Aber was sie in den letzten Minuten sehen und sich anhören musste war ja fast noch schlimmer. Vor allem aber hatten diese neuen Erkenntnisse einen viel größeren Einfluss auf ihre Zukunft. Vor wenigen Stunden noch sah sie sich gedanklich, in der Zukunft gemeinsam mit Carlos. Die letzten Monate bestanden praktisch darin, dass sie darauf wartete endlich ein gemeinsames Leben mit ihm führen zu können und alles in geordneten Bahnen zu wissen. Sie wartete sehnsüchtig auf das Gefühl endlich angekommen zu sein und Ruhe zu haben. Doch gerade eben war dieser Traum geplatzt. Sie hatte ein weiteres Jahr ihres Lebens verschenkt und konnte nun wieder bei null anfangen. Sie kannte durchaus Menschen, die nach einer gescheiterten Beziehung und einer kurzen Verarbeitungsphase wieder hinaus gingen in die Welt um sich einen neuen Partner zu suchen und zu Belindas Erstaunen auch relativ schnell fündig wurden. Sie beneidete ihre Bekannten um diese Fähigkeit, egal ob Mann oder Frau. Aber sie selber konnte das nie. Belinda hatte die Vermutung, dass solche Menschen, die gezielt losgingen um einen Partner zu suchen und dann auch schnell jemanden fanden, wahrscheinlich in erster Linie nicht allein sein mochten und nicht so hohe Ansprüche an einen neuen Partner stellten. Gut, hohe Ansprüche stellte sie selber auch nicht unbedingt, aber sie musste schon richtig verliebt sein um mit jemandem etwas Ernsthaftes anzufangen. Es genügte ihr einfach nicht, dass jemand gut aussah, nett war und gleiche Interessen hatte. Mit solchen Menschen konnte man befreundet sein. Aber für eine Beziehung war ihr das bei weitem nicht ausreichend. Leider konnte man Gefühle auch nicht einfach so ein oder ausschalten. Vielleicht sollte sich die Wissenschaft ja mal mit diesem Problem befassen. Dann wäre das ganze Leben doch um so vieles leichter. Wie oft hatte sie schon richtig tolle Männer kennengelernt die der Traum einer jeden Schwiegermutter gewesen wären. Aber es hatte sich gefühlsmäßig einfach nichts zwischen ihnen entwickelt. Da konnte man nichts machen. Und auf der anderen Seite lernte sie jemanden wie Carlos kennen, von dem sie gleich zu Anfang hingerissen war, aber wusste, dass er nicht gut war für sie. Warum ist sie damals nicht einfach vernünftig geblieben und hat ihn abblitzen lassen?! Sie hätte sich viel Kummer erspart und in der Zwischenzeit vielleicht sogar jemanden kennengelernt der es wert gewesen wäre ihm sein Herz zu schenken. Carlos war es jedenfalls offensichtlich nicht.

Belindas Gedanken und Gefühle überschlugen sich regelrecht. Sie wollte einfach nur noch nach Hause und möglichst schnell ins Bett. Als sie mit Mara den Mitarbeiterparkplatz erreichte sagte sie: „ Mara, sei mir bitte nicht böse, aber ich würde jetzt doch lieber allein zu Hause sein."

„Kommt gar nicht in Frage", entgegnete Mara sofort, „du hast doch gehört was die Polizistin gesagt hat. Du solltest jetzt besser nicht die Nacht allein verbringen."

„Ja, ja das meinte sie ja nur, weil es mir vorhin noch so schlecht ging und ich quasi unter Schock stand. Aber inzwischen habe ich mich erholt und fühle mich wieder okay. Ich möchte jetzt einfach nur noch nach Hause und möglichst schnell schlafen gehen und dabei brauche ich nun wirklich niemanden der auf mich aufpasst." Belinda sagte dies mit so viel Bestimmtheit, dass eine Diskussion zwecklos war. Das erkannte Mara sofort. „Gut Belinda, dann fahre ich dich nur nach Hause und lass dich dann allein."

„Nein Mara, auch das ist nicht nötig. Außerdem möchte ich meinen Wagen lieber zu Hause stehen haben, da ich morgen einkaufen muss und so weiter und später fahre ich schließlich auch wieder damit zur Arbeit."

„Es ist aber nicht gut wenn du in diesem Zustand selber fährst. Du bist viel zu aufgewühlt", versuchte Mara die Kollegin zu überzeugen.

„Liebe Mara, ich weiß deine Fürsorge durchaus zu schätzen und bin dir auch sehr dankbar dafür. Aber ich werde jetzt alleine, mit meinem eigenen Wagen, nach Hause fahren, ob es dir nun passt, oder nicht. Außerdem ist es bereits fast ein Uhr. Um diese Zeit sind die Straßen schon so gut wie leer gefegt."

Mara gab sich geschlagen. „Also gut, du Sturkopf, dann fahr mit deinem Wagen und ich fahre dir mit meinem Auto hinterher. Zu Hause wirst du dich vergewissern, dass alles in Ordnung ist und dann fahre ich ebenfalls nach Hause. Ich habe schließlich eine Art Verantwortung für dich übernommen, als ich der Polizistin versichert habe, dass ich mich um dich kümmern würde."

„Okay, ist gut!" unterbrach Belinda. „Wenn du darauf bestehst, dann werden wir es so machen. Und nun lass uns endlich los."

Als sie zu Hause bei Belinda ankamen parkte Mara ihren Wagen an der Straße, vor dem Haus. Belinda stellte ihr Auto in der Einfahrt ab. Die beiden Frauen hatten schon fast die Haustür erreicht, als ein dritter PKW vor dem Haus hielt. Belinda erkannte den Wagen sofort und stürmte darauf zu. Clarissa öffnete die Fahrertür und die beiden Frauen vielen sich um den Hals. „Clarissa" rief Belinda aus und sie registrierte sofort, dass sie dies viel zu laut gesagt hatte. Es wehte nicht der Hauch eines Lüftchens und um sie herum war alles so still, dass man ihren Ausruf wahrscheinlich noch zwei Straßen weiter gehört hatte. Sie sprach nun deutlich leiser: „es ist mitten in der Nacht. Was machst du noch hier?"

„Diese ekelhafte Geschichte mit dem Herz und der Rose, von der du mir vorhin, am Telefon, erzählt hast, ließ mir keine Ruhe. Als Andreas endlich zu Hause war wollte ich einfach unbedingt nach dir sehen. Ich habe mir schon gedacht, dass du sicher noch wach bist. Es wundert mich allerdings schon ein wenig, dass du jetzt erst nach Hause kommst." Clarissa sprach ebenfalls sehr leise und sah nun an Belinda vorbei um Mara zu begutachten, die noch immer vor Belindas Haustür stand und einen etwas unbeholfenen Eindruck machte.

Belinda folgte Clarissas Blick. Sie nahm sie bei der Hand und schritt mit ihr auf den Eingang zu. Dabei stellte sie die beiden Frauen einander vor: „Clarissa, das ist Mara meine Kollegin" und an Mara gewandt fügte sie hinzu: „von Clarissa habe ich dir ja schon öfter erzählt. Sie ist meine beste Freundin" und um ihrer Aussage Nachdruck zu verleihen drückte Belinda die Freundin nochmal kurz an sich. Die beiden Frauen reichten einander die Hand.

„Freut mich dich kennenzulernen Mara" strahlte Clarissa sie an. „Es ist sehr lieb von dir, dass du Belinda nach Hause begleitet hast. Gut zu wissen, dass da noch jemand ist der auf sie aufpasst wenn ich nicht da bin." Dabei zwinkerte sie Mara zu.

„Das ist doch selbstverständlich. Die arme Belinda musste heute aber auch wirklich so einiges durchmachen" erklärte Mara mitfühlend.

„Ja diese Sache mit dem blutigen Herzen muss wirklich ein Schock für sie gewesen" sagte Clarissa sichtlich betroffen.

Die Sache mit Carlos war wohl noch ein größerer Schock, hatten Belinda und Mara fast denselben Gedanken, aber hielten den Mund.

Clarissa betrachtete Belinda nun etwas genauer und erst jetzt im Schein der Eingangsbeleuchtung erkannte sie, dass die Freundin scheinbar geweint hatte. Ihre Augen waren noch ganz rot. Auch fiel ihr auf, dass sie sehr blass und ziemlich mitgenommen aussah. All dies schien ihr im Eifer der Wiedersehensfreude völlig entgangen zu sein.

„Du solltest möglichst bald schlafen gehen. Ich werde hier bleiben" bestimmte Clarissa und dabei lag so viel Überzeugung in ihrer Stimme, wie Belinda es nur selten von ihr gehört hatte.

„Und was ist mit deiner Familie?" wandte Mara ein.

„Andreas habe ich schon vorgewarnt, dass ich vielleicht erst morgen früh zurück fahre. Du kannst also jetzt gehen, Mara. Nochmal vielen Dank, dass du dich um Belinda gekümmert hast."

Mara blickte Belinda fragend an um zu erfahren, ob sie tatsächlich gehen oder doch lieber bleiben sollte. Belinda nickte, nahm Mara kurz in die Arme und sagte: „Ja, Mara. Danke, dass du da warst. Es ist reichlich spät. Ich wünsche dir eine gute Nacht. Fahr vorsichtig. Wir sehen uns dann morgen Abend im Theater."

„Okay, dann fahre ich mal. Bin inzwischen auch ganz schön müde" Mara gähnte. „Schlaft gut ihr beiden. Bis morgen Belinda." Mara zögerte noch kurz als wollte sie noch etwas sagen. Dann aber drehte sie sich um, ging zu ihrem Wagen und fuhr winkend davon.

Belinda verschwand erst einmal unter der Dusche. Clarissa werkelte währenddessen in der Küche herum. Obwohl Belinda seit dem Nachmittag nichts mehr gegessen hatte, verspürte sie noch immer keinen Hunger und wollte auch nur noch schnell ins Bett. Die Freundin bestand allerdings darauf, ihr wenigstens noch ein paar Brote zu schmieren. Clarissa wusste, dass Belinda ihre Brote mit Erdnussbutter und Nuss-Nougat Creme liebte und hoffte, dass sie denen nicht widerstehen und wenigstens ein paar mal abbeißen würde.

Als Belinda aus dem Bad kam trug sie ihr hellblaues Nachthemd mit dem gelben Tweety darauf. Sie mochte diesen kleinen gelben Vogel aus dem alten Comic. Dann ging sie noch kurz nach unten um der Freundin zu sagen, dass sie nun zu Bett gehen würde.

Clarissa saß am Küchentisch und blätterte in einer Zeitschrift. Als Belinda den Raum betrat stand sie auf und hielt ihr den Teller mit den geschmierten Broten entgegen. Die Erdnussbutter war deutlich zu riechen. Belinda wich zurück und sagte leicht empört: „Ich habe schon meine Zähne geputzt."

„In seltenen Fällen darf man auch mal eine Ausnahme machen und wenn du fünfe nicht gerade sein lassen kannst, dann putzt du dir die Zähne halt nochmal" grinste Clarissa.

„Wo möchtest du heute schlafen, Clarissa?" Belinda ignorierte den Teller, der ihr noch immer von der Freundin unter die Nase gehalten wurde. „Das Gästezimmer steht, wie immer bereit. Du kannst aber auch bei mir schlafen falls dir das lieber ist." Dabei nahm sie Clarissa den Teller ab und stellte ihn auf den Tisch, ohne sich etwas davon zu nehmen.

„Natürlich möchte ich lieber bei dir schlafen Dummerchen. Dann können wir uns noch Geschichten erzählen, ganz wie in alten Zeiten." Dabei strahlte ihr Gesicht und ihre Blauen Kulleraugen leuchteten wie bei einem kleinen Kind kurz vor der Bescherung. Clarissa gab sich wirklich alle Mühe gute Laune zu verbreiten und die bösen Geister zu vertreiben, dachte Belinda während sie die Freundin betrachtete. Sie musste schmunzeln. Egal was sie heute erlebt hatte und wie schlecht es ihr auch gerade gehen mochte, aber wenn sie Clarissa so erlebte fühlte sie sich tatsächlich fast wieder in ihre Kindheit versetzt als die größte Sorge darin bestand stets ausreichend mit Süßigkeiten versorgt zu sein. Freilich, mit dem Alter wuchsen auch die Sorgen. Da ging es später schon darum, am Abend möglichst lange aus dem Haus bleiben zu können. Am liebsten natürlich mit Einverständnis der Eltern. Aber manchmal nützte eben auch die beste Überzeugungsarbeit nichts und dann musste man sich schon mal aus dem Haus schleichen und dann hatte man natürlich die große Sorge, nicht erwischt zu werden. Auch das andere Geschlecht bereitete den beiden Mädels natürlich ständig große Sorgen. Mit fünfzehn hatte Belinda sogar mal gedacht, sie würde an Liebeskummer sterben. Aber auch damals hatte es Clarissa irgendwie geschafft ihr das Leben zu retten und sie nach ein paar Tagen übelsten Leidens, wieder zum Lachen zu bringen. Diese Gabe beruhte aber glücklicherweise auf Gegenseitigkeit. Der Unterschied war nur, dass Clarissa nie aus Liebeskummer gestorben wäre. Die Jungs lagen ihr alle zu Füßen. Sie litt viel mehr wenn sie es ausnahmsweise mal nicht geschafft hatte, ihre Eltern um den kleinen Finger zu wickeln und irgendetwas Lebensnotwendiges nicht bekam. Dabei handelte es sich um alles Mögliche. Als sie sieben war, war es ein Pony, gleich danach ein Baumhaus, später ging es dann um bestimmte Kleidung, dann war es ein Motorroller und so weiter. Clarissa konnte schrecklich leiden. Belinda vielen plötzlich so viele Dinge ein, die ihnen während ihrer Kindheit und Jugend so furchtbare Sorgen bereitet hatten. Sie hatten alles gut überstanden, dachte sie. Wir werden auch dies überstehen, war sie nun zuversichtlich und griff nach einer Scheibe Brot mit Erdnussbutter und Nuss-Nougat Creme.

Später, als sie endlich in Belindas großem Bett lagen und sich auch schon eine gute Nacht gewünscht hatten, wanderten Belindas Gedanken wieder dorthin, wo sie sie nicht haben wollte. Sie lauschte auf Clarissas ruhigen Atem. Ob sie schon eingeschlafen war? Fragte sich Belinda. Die ersten Vögel schienen draußen schon aktiv zu werden. Belinda hatte die Balkontür auf Kipp gestellt. Nun fürchtete sie, dass es draußen bald laut werden könnte. Wenn sie schon schlief, war es ihr relativ egal, aber wenn es schon laut war, während sie noch versuchte einzuschlafen, würde es ihr vielleicht gar nicht mehr gelingen.

„Er geht wahrscheinlich nach Barcelona" sagte Belinda plötzlich und war selber darüber erschrocken, dass sie dies so laut ausgesprochen hatte. Clarissa war offensichtlich ebenfalls ganz erschrocken. Ihr Oberkörper schnellte hoch und im Sitzen fragte sie nun: „wer?"

„Carlos. Carlos geht wahrscheinlich für ein Jahr nach Barcelona. Ich habe ihn heute mit seiner Frau gesehen. Es war furchtbar!"

„Oh nein, du arme! Erzähl, was war los?" Clarissas Stimme klang neugierig und besorgt zugleich.

Belinda erzählte jetzt ausführlich von der Begegnung mit Carlos und dessen Frau, Stella. Besonders bei deren Beschreibung ging sie ins kleinste Detail und äffte ihre arrogante Art nach. Natürlich übertrieb Belinda dabei noch ein wenig, so dass die Freundin ihr ungläubig und fast angewidert lauschte. Hin und wieder warf Clarissa ein paar üble Bezeichnungen für die überhebliche Ehefrau von Carlos ein. Blöde Kuh und alte Hexe, waren dabei noch die Harmlosen Varianten.

Als sie ihre Unterhaltung endlich, vor Erschöpfung, abbrachen war es bereits taghell und der befürchtete Lärm, der hauptsächlich von den vielen Vögeln, in ihrem Garten verursacht wurde, war ebenfalls in vollem Gang. Dies alles hinderte die beiden Frauen nun aber glücklicherweise auch nicht mehr am Einschlafen. Sie waren einfach viel zu müde. Clarissa ging normalerweise immer schon weit vor Mitternacht zu Bett, da ihr Wecker, unter der Woche, bereits um viertel vor sieben klingelte.

Belinda hatte sich alles von der Seele geredet und das tat ihr richtig gut. Nur von der Geschichte mit Georg, am See, hatte sie der Freundin nach wie vor nichts erzählen mögen. Sie überlegte, wie sich vielleicht alles entwickelt hätte, würde sie kein Verhältnis mit Carlos haben. Wäre sie dann überhaupt am See gewesen? An jener versteckten Stelle? Wäre sie Georg vielleicht nie begegnet? Wenn doch, hätte sie sich dann auch so schnell auf ihn eingelassen? Wäre ihr Interesse an ihm nicht vielleicht sogar größer gewesen und hätte sie ihn dann nicht sogar unbedingt wiedersehen wollen? ....all das würde sie nie erfahren. Schade eigentlich.

Kapitel 8
Die alte Schleuse

Um kurz nach zehn verabschiedete sich Clarissa, an diesem Samstagmorgen, von Belinda und fuhr nach Hause, zu ihrem Mann, Andreas, und ihrem Sohn, Tobias. Zuvor hatte sie noch zwei Tassen Kaffee mit Belinda getrunken, um einigermaßen wach zu werden. Die Nacht war doch ungewohnt kurz und nervenaufreibend gewesen. Belinda fühlte sich ebenfalls noch ziemlich kaputt. Aber die Gesellschaft ihrer besten Freundin hatte wirklich gut getan. Sie kam gerade aus der Dusche und war dabei das nasse Haar durchzukämmen, als sie den SMS Ton ihres Handys vernahm. Es lag noch im Schlafzimmer. Interessiert ging sie hinüber und schaute aufs Display. Nachricht von Carlos stand dort. Ihr Herz setzte einen Schlag lang aus und begann dann umso heftiger zu pochen. Sie überlegte, ob sie die Nachricht überhaupt öffnen, oder besser gleich löschen sollte. Für sie stand fest, dass diese Beziehung vorbei war. Sie fühlte sich belogen und betrogen. Da könnte er nun sagen was er wollte. Eine Entschuldigung würde daran auch nichts mehr ändern. Allerdings war sie doch zu neugierig um die Nachricht ungelesen zu löschen. Sie war gespannt auf seine Ausrede und klickte die SMS an, um sie zu öffnen.
HABE MICH VON STELLA GETRENNT. GEHE NICHT NACH BARCELONA. ICH LIEBE DICH. MUSS DICH DRINGEND SEHEN. UM DREIZEHN UHR AN DER ALTEN SCHLEUSE, EHEMALS MEYERS BIERGARTEN? KUSS, CARLOS
Belinda las die Nachricht noch wenigstens drei weitere male. Sie konnte kaum glauben was sie da sah und irgendwie hatte sie den Eindruck, dass sie sich auch viel mehr darüber hätte freuen müssen, als sie es tatsächlich tat. Bis gestern noch, wäre sie wahrscheinlich sehr glücklich gewesen über diese Nachricht. Aber mittlerweile lagen die Dinge

anders. Nicht nur, dass sie sich in der Zwischenzeit Carlos regelrecht ausgeredet hatte. Clarissa hatte ihr selbstverständlich dabei geholfen. Nein viel mehr konnte sie ihm nicht verzeihen, dass er ihr gegenüber nicht mit offenen Karten gespielt hatte. Bis gestern Abend hatte er ihr kein Sterbenswörtchen von Barcelona erzählt. Nicht einmal, dass diese Option überhaupt je zur Debatte stand. Außerdem hatte er ihr gestern ins Gesicht gesagt, dass er sich nur noch nicht dazu durchringen konnte das Angebot anzunehmen, weil es sich um ein Engagement für nur eine Saison handelte. Wie hätte er sich also entschieden, wenn man ihm die Option auf weitere Engagements gegeben hätte? Wahrscheinlich war es doch wohl so, dass er nicht nur für eine Saison nach Barcelona wollte, Stella deshalb wütend war und mit Trennung drohte und Carlos sich nun absichern wollte, um nicht später ganz alleine da zu stehen.

Derlei misstrauische Gedanken und noch viele andere kamen Belinda sofort in den Sinn und sie überlegte fieberhaft, was sie Carlos nun zurückschreiben sollte.

Doch sie entschloss sich fair zu bleiben und ihm wenigstens die Möglichkeit zu geben sich zu erklären. Ein wenig wunderte sie sich über den Ort, an dem er sich mit ihr treffen wollte. Ihr fiel ein, dass sie erst kürzlich gelesen hatte, dass man für dieses kleine Ausflugslokal mit Biergarten, einen neuen Pächter suchte. Sie fand das alte Gebäude sehr schön und für jemanden der die Einsamkeit liebte, wäre es sicher ein wunderschönes, großes Wohnhaus gewesen. Allerdings konnte sie sich beim besten Willen nicht vorstellen, dass es sich lohnen könnte, dort nochmal ein Lokal zu betreiben. Viele Jahre zuvor, war der Ort ein beliebtes Ziel für Ausflügler. Vor allem Reiter und Fahrradfahrer zählten zu den Gästen des Lokals. Es stand inzwischen aber schon seit bestimmt zehn Jahren leer. Belinda war als Kind auch ein paar mal mit ihren Eltern dort gewesen. Sie fand es immer toll. Besonders wenn man dort auf andere Kinder traf, mit denen man die ziemlich wild belassene Umgebung erkunden konnte. Dagegen war natürlich jeder Abenteuerspielplatz etwas für Kleinkinder. Sie konnte sich erinnern, dass Clarissa auch zwei, drei mal mit dabei war. Mit ihr hatte sie dort zweifelsohne am meisten Spaß. Zuletzt war Belinda dort, vor etwa sechs oder sieben Jahren. Sie hatte mit Clarissa eine Fahrradtour dort hin gemacht. Damals war Tobias, der Sohn von Clarissa, noch kein Jahr alt und Belinda konnte sich noch allzu gut daran erinnern dass die junge Mutter diesen Ausflug am Anfang sehr genoss. Endlich mal ein paar Stunden ohne diesen kleinen, süßen Klotz am Bein. Aber je später es wurde, desto unruhiger wurde Clarissa und machte sich irgendwann einfach nur noch furchtbare Sorgen, ob ihr Mann auch allein mit dem Kind fertig wurde und es beiden wirklich gut ging. Sie hatten viel länger dort hin gebraucht, als eigentlich gedacht. Der Fahrradweg entlang des Flusses wurde scheinbar nicht mehr so häufig genutzt und war entsprechend bewachsen und holprig. Sie konnten also nur sehr langsam fahren und mussten die Räder sogar streckenweise schieben. Für den Rückweg entschlossen sie sich daher, lieber auf dem schmalen Wirtschaftsweg zu fahren, der nicht entlang des Flusses, sondern durch die Felder und ein kleines Stückchen Wald führte. Über diesen Weg war das kleine Lokal früher auch mit dem Auto zu erreichen. Clarissa und Belinda mussten allerdings zu ihrem Leidwesen feststellen, dass auch diese Möglichkeit eine schlechte Alternative war. Zurück brauchten sie fast noch länger als für den Hinweg. Das, was man früher gerade so als schmale Straße bezeichnen konnte, war inzwischen lediglich ein holpriger Weg mit vielen Schlaglöchern, der scheinbar nur noch für die umliegende Forst- und Landwirtschaft genutzt wurde. Außer der zwei drei Bauern die die Felder bewirtschafteten, schien sich hier überhaupt kein Mensch mehr her zu verirren.

Sicher lag es auch daran, dass der Reiterhof, der hier während Belindas gesamter Kindheit existierte, inzwischen nicht mehr vorhanden war, ebenso wie der kleine Modellflugplatz, der auch immer viele Familien mit Kindern angezogen hatte. Beides war weiteren Maisfeldern gewichen.
Belinda fragte sich also, warum Carlos sich ausgerechnet dort, mitten im nichts, mit ihr treffen wollte. Wenn er Stella angeblich reinen Wein eingeschenkt hatte, dann mussten sie sich doch jetzt nicht mehr an solch einsamen Orten verstecken. Sie überlegte kurz, ob sie einen anderen Treffpunkt vorschlagen sollte. Bei ihr zu Hause wollte sie sich aber auf keinen Fall mit ihm treffen und da sie sich völlig unklar darüber war, worauf das Gespräch am Ende hinauslaufen würde und irgendwie auch erleichtert war, dass er nicht ihren Lieblingsplatz am See vorgeschlagen hatte, denn dort hätte sie befürchten müssen auf Georg zu treffen, schrieb sie einfach nur zurück: O.K.

Ihr blieben fast noch zweieinhalb Stunden bis zum Treffen mit Carlos. Sie entschied sich später mit dem Auto zu fahren und rechtzeitig zu starten, damit sie den alten Wirtschaftsweg ganz langsam befahren konnte. Schließlich musste sie damit rechnen, dass er noch immer in so schlechtem Zustand war wie damals, vor sechs oder sieben Jahren. Sie hoffte inständig, dass sich der Zustand nicht noch weiter verschlechtert hatte.
Das Treffen selber, sollte auch nicht mehr als eine Stunde dauern, denn schließlich mussten sie beide heute Abend noch arbeiten. Belinda freute sich schon auf die Abschlussgala. Alles würde viel lockerer und entspannter laufen als sonst und sicher würden alle wieder viel Spaß und viel zu lachen haben. So war es jedenfalls in den vergangenen Jahren gewesen. Sie empfand es daher auch nicht als allzu schlimm, dass sie viel zu wenig geschlafen hatte. Klar, hätte sie sich später nochmal hingelegt wenn nicht dieses Treffen

mit Carlos stattfinden würde. Aber so, musste es halt auch mal gehen. Mit Sicherheit würde sie heute Abend viel zu aufgedreht sein, um müde zu werden...
Bis zu ihrem Aufbruch blieb noch ausreichend Zeit, um sich hübsch zu machen. Sie konnte sich nur schwer für ein Outfit entscheiden, da sie nun mal so ganz und gar nicht einzuschätzen vermochte, wie sich das heute alles zwischen ihr und Carlos entwickeln würde. Wie immer hatte sie allerdings den Anspruch an sich selbst möglichst gut auszusehen. Am Ende entschied sie sich für ein leichtes, kurzes, hell gelbes Sommerkleid. Da ihre Haut inzwischen eine ordentliche Bräune erreicht hatte, stand ihr diese Farbe ausgezeichnet. Außerdem betonte es ihre schöne, schlanke Figur und der tiefe Ausschnitt ließ erahnen welch erotische Rundungen sich unter dem dünnen Stoff verbargen.
An diesem Samstag war es nicht nur sehr warm, sondern auch furchtbar schwül. Das Thermometer zeigte 29 Grad an. Belinda begutachtete den Himmel. Im Radio hatten sie vorhin etwas von Gewitter gesagt. Sie hatte aber nicht richtig zugehört und wusste nicht für wann man dies angekündigt hatte. Der Himmel über ihr war überwiegend blau mit ein paar bauschigen, weißen Wolken.
Als sie sich endlich auf den Weg machte und durch das kleine Waldstück und die vielen großen Maisfelder fuhr, kamen ihr, trotz der vielen Veränderungen, noch etliche Erinnerungen an ihre Kindheit und sie genoss diesen kleinen Ausflug. Die Spannung auf das bevorstehende Treffen mit Carlos, wurde allerdings von Minute zu Minute größer. Ihr wurde plötzlich klar, dass sie eine Entscheidung fällen musste und dazu musste sie sich erst einmal selbst im Klaren darüber sein, was sie eigentlich wollte und wie sie sich ihre Zukunft vorstellte. Bisher hatte sie sich mehr schlecht als recht, mit dem abgefunden, was Carlos ihr geboten hatte. Aber das war falsch. Was das anging war sie sich jetzt auf einmal sicher, denn schließlich war sie in den letz-

ten Monaten nicht wirklich glücklich gewesen. Im Grunde hatte sie zugelassen, dass ihr Leben fremdbestimmt wurde. Musste sie ihr Glück nicht selber einfordern und sich mehr darum bemühen?

Für die Fahrt zur alten Schleuse hatte Belinda etwa eine dreiviertel Stunde eingeplant. Sie stellte erstaunt fest, dass der alte Wirtschaftsweg tatsächlich inzwischen neu geteert wurde und somit sehr gut befahrbar. Sie hoffte nur die ganze Zeit über, dass ihr möglichst kein anderes Fahrzeug entgegen kommen würde. Denn auf dem schmalen Weg war nur Platz für einen Wagen. Rechts und links daneben waren tiefe Gräben, die den Weg von den Maisfeldern trennte. Nur alle paarhundert Meter gab es Ausweichmöglichkeiten.
Belinda hatte Glück. Es kam ihr niemand entgegen und sie brauchte am Ende nur gerade mal fünfundzwanzig Minuten bis zur alten Schleuse.
Es war gerade erst kurz nach halb eins, als sie ihren Wagen auf dem kleinen Parkplatz, des ehemaligen Ausflugslokals abstellte. Er war leer und lag praktisch auf der Rückseite des Gebäudes, direkt an dem Wirtschaftsweg, über den Belinda hier her gelangt war. Zwischen dem Kies und dem Schotter, mit dem man einst die Schlaglöcher aufgefüllt hatte, ragte jede Menge Löwenzahn und anderes Unkraut hervor. Trotzdem fand Belinda, dass sich das ganze Grundstück in relativ gutem Zustand befand, dafür, dass das Lokal seit so vielen Jahren bereits geschlossen war. Vielleicht hatte jemand auf Grund dessen, dass das Haus wieder vermietet werden sollte, etwas für Ordnung gesorgt und alles wieder begehbar gemacht. Sie staunte darüber wie groß die Bäume inzwischen geworden waren.
Als ihr Wagen zum Stehen kam und somit der Fahrtwind ausblieb den sie gerade noch genossen hatte, viel Belinda auf, dass es inzwischen noch drückender geworden war.

Die stehende Hitze verschlug ihr fast den Atem als sie aus dem Auto stieg. Die Wolken hatten sich mittlerweile weiter ausgebreitet und es war kaum noch ein Fleckchen blauer Himmel zu sehen. Belinda spürte, wie sich die Feuchtigkeit der Luft nun mit dem Schweiß auf ihrer Haut mischte, der, wie ihr schien, ganz plötzlich aus allen Poren ausbrach. Was für eine furchtbare Schwüle, dachte sie und begutachtete etwas besorgt, die immer dicker werdenden Wolken.
Der einstige Biergarten befand sich auf der anderen Seite des Gebäudes, direkt an dem schmalen Fluss gelegen. Die alte Holzterrasse ragte sogar ein kleines Stückchen über den Fluss herüber. Das Holz wirkte stark verwittert, aber keinesfalls morsch. Von hier oben sah Belinda nach links, den Fluss entlang. Der Fahrradweg, der von hier aus direkt am Ufer entlang führte, bis in die Stadt, war ähnlich stark bewachsen wie vor sechs, sieben Jahren, als sie zuletzt hier war. Etwa dreißig Meter rechts von ihr befand sich die alte Schleuse, die schon seit Ewigkeiten nicht mehr in Betrieb war und inzwischen unter Denkmalschutz stand. Während ihrer Kindheit konnte man noch mit dem Auto darüber fahren und über die schmale Straße, auf der anderen Seite, bis in den nächsten Ort gelangen. Seit vielen, vielen Jahren aber schon, durfte man nicht mehr darüber fahren und die ehemalige Straße auf der anderen Seite war gar nicht mehr vorhanden. Dort waren nur noch Felder und Wiesen zu sehen auf denen Kühe grasten. Zwischendurch führte nur der eine oder andere, unbefestigte Weg hindurch, der maximal mit einem Trecker passierbar war, oder eben zu Fuß.
Ja, wenn man hier so steht, dachte sich Belinda, könnte man meinen, die Welt sei hier zu Ende. Kein Wunder, dass sich niemand mehr hier her verirrt.
Belinda ging die kleine Holztreppe hinunter zum Wasser. Der recht lange Steg auf dem sie sich nun befand, erinnerte sie daran, dass hier früher auch immer etliche kleine

Sportboote anlegten und Ruderer kamen hier ab und zu ebenfalls vorbei. Wie ausgestorben, dachte sie. Nur die vielen Mücken und sonstigen Insekten schienen sich noch für diesen verlassenen Ort begeistern zu können. Sie machten ihr immer mehr zu schaffen. Die Luft war inzwischen voller kleiner Gewitterfliegen und die blieben nun überall auf ihrer schweißnassen Haut kleben. Diese feinen Berührungen überall auf der Haut, lösten unangenehmes Kribbeln und lästigen Juckreiz aus. Sie fühlte sich immer unwohler und wäre jetzt nur zu gerne zu Hause, unter die kalte Dusche gegangen.

Aus der Ferne konnte sie deutliches Grummeln vernehmen. Irgendwo hatte also schon das Gewitter eingesetzt. Belinda blickte gen Himmel um die Richtung und die Entfernung des Unwetters auszumachen, konnte aber hier unten, am Wasser, nicht sehr weit sehen. Direkt über ihr sah der Himmel jedenfalls noch unbedenklich aus. Sie überlegte, ob sie vielleicht ganz kurz mal ins Wasser hüpfen sollte, um sich vom Schweiß und diesen widerlichen kleinen Fliegen zu befreien. Doch da hörte sie auch schon den SMS Ton ihres Handys. Sie fummelte das Gerät aus ihrer Handtasche heraus und sah sofort, dass es eine Nachricht von Carlos war: ICH WARTE IM LOKAL AUF DICH.

Oh, dachte Belinda, ich habe seinen Wagen gar nicht gehört. Aber sie war froh, dass er endlich da war, denn noch viel länger würde sie es, hier draußen, sicher nicht mehr aushalten mit all den Viechern und dieser furchtbaren Luft. Sie Stieg also die Holztreppe hinauf und landete wieder auf der Terrasse des ehemaligen Biergartens. Inzwischen vernahm sie immer häufiger und lauter werdendes Grummeln. Als sie nun erneut nach oben sah, erschrak sie, denn der Himmel, auf den sie jetzt einen weitaus besseren Blick werfen konnte, hatte sich inzwischen violett gefärbt und machte einen durchaus bedrohlichen Eindruck.

Oh Gott, oh Gott, dachte Belinda als sie dies sah und hoffte inständig, dass das nahende Unwetter entweder an ihnen vorbei, oder wenigstens sehr schnell über sie hinweg ziehen würde. Sie hatte keine Lust und natürlich auch gar nicht die Zeit, hier für die nächsten Stunden eingesperrt zu sein. Sie durchquerte gerade den Biergarten und hatte noch nicht die Veranda des ehemaligen Lokals erreicht, als auch schon die ersten dicken Tropfen vom Himmel fielen und kalt auf ihrem Rücken und ihren nackten Armen landeten. Sie legte einen kurzen Sprint ein und erreichte die überdachte Veranda gerade noch rechtzeitig, bevor der Himmel schlagartig seine Pforten öffnete und der Regen wie aus Kübeln auf den ausgetrockneten Boden platschte. Es hatte seit fast zwei Wochen nicht geregnet und bei der andauernden Hitze war der Boden natürlich total ausgetrocknet. Als jetzt so viel Regen auf einmal darauf fiel, war deutlich zu sehen, dass die Erde das viele Wasser erst einmal gar nicht aufnehmen konnte. Überall bildeten sich sofort große Pfützen und Rinnsale, die an manchen Stellen zu kleinen Bächlein wurden. So ein Mist, dachte Belinda. Musste das ausgerechnet jetzt passieren. Hoffentlich ist der Spuk gleich wieder vorbei. Plötzlich blitzte es sekundenlang und gleichzeitig krachte es so laut, dass sie zusammenzuckte und reflexartig zum Tür Knauf der alten Eingangstür griff. Sie riss so heftig daran, dass sie fast auf dem Hintern gelandet wäre. Dass sich die stark verwitterte Tür so leicht würde öffnen lassen, damit hatte sie nicht gerechnet.

„Carlos!" rief sie laut. Verdammt, wo war er bloß? Dachte sie, während ihre Augen versuchten, sich an die im Haus herrschende Dunkelheit, zu gewöhnen. Die Fensterläden schienen überall geschlossen zu sein. Nur an der Rückseite des Gebäudes hatte sie vorhin, als sie kam, ein Fenster ohne Läden gesehen. Hier, im vorderen Bereich des ehemaligen Lokals, fiel das Licht einzig und allein durch die,

noch immer offenstehende Tür, die allerdings heftig im mittlerweile aufgekommenen Sturm, hin und her schlug. Belinda hätte die Tür nur zu gerne geschlossen um diesem tosenden Lärm endlich ein Ende zu bereiten. Die Bäume im Biergarten bogen sich bedenklich hin und her und ein paar Äste schienen irgendwo an die Hauswand, oder das Dach zu schlagen. Die Offene Haustür schlug ebenfalls permanent gegen die Hauswand und machte dabei furchtbaren Krach. Der Wind peitschte den Regen durch die offene Tür, so dass der schwere, alte Läufer, im Eingangsbereich schon klatschnass war. Sie suchte hinter den alten verstaubten Vorhängen nach einem Lichtschalter, fand aber nichts. Alles hier drinnen schien von einer dicken Staubschicht bedeckt zu sein und es roch furchtbar muffig. Irgendwo musste ein Sicherungskasten sein. Wahrscheinlich ließ sich das Licht von dort ein und ausschalten. Noch wahrscheinlicher war es allerdings, dass der Strom komplett abgestellt war. Zwar schien fast die komplette Einrichtung noch vorhanden zu sein, aber genutzt wurde die sicher seit Ewigkeiten nicht mehr und wahrscheinlich war der Eigentümer dieses Uralt Inventars nur zu faul den ganzen Plunder zu entsorgen.
„Carlos, wo steckst du?!" rief Belinda nun schon ein wenig sauer „Ich habe keine Lust auf Versteckspielen. Wenn du nicht gleich raus kommst, gehe ich wieder."
Im Moment wäre natürlich gar nicht daran zu denken gewesen das Haus freiwillig zu verlassen. Aber mit irgendwas musste sie ihm ja schließlich drohen. Was sollte dieses alberne Theater überhaupt?! Wahrscheinlich wollte er sie mit irgendetwas ganz besonderem überraschen um sie gnädig zu stimmen. Belinda war sehr neugierig darauf was er sich wohl hatte einfallen lassen. Allerdings mochte sie es auch nicht, dass er sie mit solchen Aktionen zu einer bestimmten Reaktion drängen wollte.
Sie hatte ihre Warnung kaum ausgesprochen, als sie ganz eindeutig Schritte aus dem hinteren Bereich des Gebäudes

vernahm. Es klang, als würde jemand eine Treppe hinunter steigen. Sie ging weiter in das Lokal hinein, in die Richtung, aus der sie die Schritte vermutete. Das Problem war allerdings, dass es mit jedem Meter, den sie sich weiter von der Tür wegbewegte, auch dunkler wurde. Inzwischen war sie fast dankbar für jeden Blitz der wenigstens für einen kurzen Moment etwas mehr Licht in diesen dunklen Mief brachte. Sie hatte nun schon den gesamten, kleinen Gastraum durchquert und tastete sich am Tresen vorbei. Dahinter war eine offene Tür. Sie zog ihr Handy aus der Tasche und war froh, dass ihr die App wieder einfiel, die sie gleich zu Beginn, als sie das Smartphone kaufte, installiert hatte. ASSISTENZ LICHT nannte sie sich und hatte Belinda bisher noch nie benutzt. Allerdings würde das Licht auch sicher viel Akku verbrauchen. Also würde sie es nur kurz mal einschalten, denn sie wollte hier draußen keinesfalls einen leeren Akku riskieren. Belinda ging also, ihr Handy mit Licht vor sich haltend, durch die Tür und fand sich anschließend auf einem Korridor wieder. Ohne das leuchtende Handy hätte Belinda diesen Korridor selbstverständlich nicht betreten, denn hier war es nun tatsächlich stockdunkel. Schließlich gab es keine Fenster. Eine steile Treppe führte hinunter in den Keller. Sie ging daran vorbei. Auf der anderen Seite führte eine ebenfalls ziemlich steile Treppe hinauf. Vermutlich in die kleine Wohnung, in der auch der damalige Wirt lebte. Außerdem gab es noch drei weitere Türen auf diesem Korridor. Belinda konnte auch bei dieser spärlichen Beleuchtung erkennen, dass auf der einen Tür ein kleines Männchen klebte. Auf der Tür direkt daneben klebte eine ähnliche Figur, jedoch mit Rock und Zopf. Belinda ging auf die dritte Tür zu und hoffte inständig, dass diese nicht abgeschlossen war. Sie vermutete nämlich, dass dies der Raum ohne Fensterläden sein musste, den sie bei ihrer Ankunft von draußen gesehen hatte und das würde schließlich Licht bedeuten. Sie hielt ihr Smartphone in der linken Hand. Die rechte streckte sie gerade aus, um die Türklinke zu ergreifen, als plötzlich sehr laut und vibrierend ihr Handy losklingelte. Belinda erschrak so heftig, dass ihr das Gerät aus der Hand fiel und mit einem dumpfen Geräusch auf dem Boden landete. Schlagartig war es dunkel. Das Assistenz Licht hatte sich abgeschaltet. Die Dunkelheit, an diesem fremden einsamen Ort löste nun eine regelrechte Angst Attacke in ihr aus. Glücklicherweise klingelte das Telefon aber noch immer, so dass das Display wenigstens noch ein wenig leuchtete. Während sich Belinda panisch auf das kleine leuchtende Gerät stürzte, hörte sie von draußen einen Wagen. Ja, eindeutig, das waren Motorgeräusche, dachte sie erstaunt als sie gleichzeitig auf das Display ihres Handys blickte. Unbekannter Anruf stand da. Sie hob das Telefon auf und berührte das Display um den Anruf entgegen zu nehmen und meldete sich mit: „Belinda Marks" ihre Stimme musste ziemlich aufgeregt klingen. Das war ihr klar, aber ihr Herz hämmerte noch immer vor Schreck und außerdem war es nun wieder stockdunkel auf dem Korridor, da sie das Handy ans Ohr hielt und somit kein Licht mehr davon in den Raum gelangen konnte. Eilig tastete sie nach der Türklinke, die sich ja gerade noch, nur wenige Zentimeter vor ihr befand. Aber irgendwie hatte sie in ihrer Panik scheinbar ein wenig die Orientierung verloren, so dass sie die Klinke nicht gleich wieder fand. Inzwischen hatte sich auch der Anrufer zu Wort gemeldet und dies beruhigte Belinda keineswegs: „Belinda?" hörte sie die Stimme sagen „Wo zum Teufel steckst du? Ich habe schon den ganzen Tag versucht dich auf dem Festnetz zu erreichen, aber da ist nicht einmal der Anrufbeantworter ran gegangen." Ach ja, dachte Belinda, ich habe letzte Nacht den Stecker herausgezogen um nicht vom Klingeln, oder Plappern des Anrufbeantworters geweckt zu werden.

„Ich war auch eben schon bei dir zu Hause. Mann oh Mann war das ein Akt deine Handynummer herauszube-

kommen. Die hatte ich natürlich nur in meinem eigenen Gerät gespeichert, wie alle anderen Nummern auch. So ein Mist jetzt ist alles weg." Berichtete die Stimme am anderen Ende aufgeregt.
Belinda hatte das Gefühl gleich ohnmächtig zu werden. Ihr Kopf hatte scheinbar schon auf Zeitlupe umgeschaltet. Alles was sie hörte, konnte sie erst Sekunden später verstehen. Das heißt, verstehen konnte sie im Moment eigentlich gar nichts. Sie spürte nur ganz eindeutig, dass das was gerade geschah nichts Gutes zu bedeuten hatte und wieder machte sich Panik in ihr breit. Sie konnte und wollte nicht glauben was sie gerade hörte und brachte daher nur ein fast flüsterndes, ungläubiges „Carlos?" hervor.
Einen kurzen Moment lang hatte sie inne gehalten und stand regungslos im stockdunklen Flur. Sie versuchte ihre Gedanken und das eben gehörte zu sortieren. Dann tastete sie umso energischer nach der Türklinke. Sie schlug dabei deutlich heftiger als beabsichtigt mit den Fingerkuppen gegen den Türrahmen. Plötzlich vernahm sie hinter sich ein lautes Knacken der Dielen und ihr war sofort klar, dass sie nicht mehr alleine war.
Doch endlich umschlossen ihre Finger die gesuchte Klinke. Sie drückte diese kraftvoll hinunter und stieß gleichzeitig dagegen. Grelles Licht strömte ihr entgegen und reflexartig kniff sie die Augen zusammen. Scheinbar hatte die Sonne bereits wieder erste Löcher in die Wolkendecke gerissen und durchflutete nun den gesamten Raum.
Belinda hatte nur einen extrem kurzen Blick in den Raum werfen können. In dem Moment als sie die Augen zusammen kniff um sie vor dem grellen Sonnenlicht zu schützen verspürte sie auch schon einen Schlag auf den Hinterkopf. Gesehen, hatte sie so schnell leider niemanden. Sie fiel zu Boden.

Als Belinda wieder zu sich kam spürte sie einen pochenden Schmerz in ihrem Kopf. Nicht nur die Stelle an der sie ein offensichtlich harter Gegenstand getroffen hatte, tat ihr weh. Nein, ihr ganzer Kopf dröhnte furchtbar. Außerdem hatte sie sich bei dem Sturz auf den Boden ihr rechtes Knie aufgeschrammt. Es dauerte einige Sekunden bis ihr wieder einfiel wo sie sich befand und was geschehen war. Was sollte das alles? Ein schlechter Scherz war das wohl nicht mehr. Nein, das ging eindeutig zu weit. Sie musste unbedingt so schnell wie möglich hier raus. Auch wenn sie sich mit dem schmerzenden Kopf und dem kaputten Knie im Moment kaum bewegen mochte. Ob er die Tür wohl abgeschlossen hatte? Oh Gott, wie spät ist es überhaupt? Dachte sie und konnte beim besten Willen nicht einschätzen wie lange sie bewusstlos gewesen war. Belinda blickte um sich und suchte den Boden mit den Augen ab. Ihr Blick wanderte über den uralten, zerschlissenen Teppichboden mit orientalischem Muster. Die einst kräftigen Farben waren einem fast einheitlichem graubraun gewichen. Nur an manchen Stellen stachen noch ein paar rote Farbtupfer hervor. An einigen Stellen hatte das einst gute Stück sogar schon kleine Löcher. Belinda ekelte sich, weil sie auf diesem alten Ding, in dem sicher der Dreck der letzten mindestens vierzig Jahre steckte, gerade noch mit dem Gesicht gelegen hatte. Automatisch wischte sie sich bei dem Gedanken mit dem Handrücken über die Wange. Sie ließ den Blick über den gesamten Fußboden schweifen. Wo zum Teufel waren ihre Handtasche und das Handy? Der Angreifer musste wohl beides mitgenommen haben, oder sie hatte alles auf dem Korridor fallen lassen, als man sie niederschlug. Sie konnte sich nicht mehr daran erinnern. Es ging alles viel zu schnell. Sie versuchte ihre Gedanken zu ordnen und gleichzeitig wieder auf die Beine zu kommen. Ihr war schwindlig und sie konnte sich nur sehr langsam wieder aufrichten. Sie zog sich vorsichtig an einem alten Holztisch hoch und ließ

sich erst mal auf einen der beiden ungepolsterten Stühle nieder, die das gleiche altmodische Design aufwiesen, wie das übrige Mobiliar in diesem kleinen Raum. In der Ecke, neben dem Fenster stand eine muffige Klappcouch mit dunkelbraunem, abgewetztem Kort Bezug. Hinter der Tür stand ein ebenso dunkler, etwas instabil wirkender Kleiderschrank. Die Wände, die wahrscheinlich mal einen Terrakotta farbenen Anstrich hatten, waren inzwischen ebenfalls eher bräunlich. Die bunten Vorhänge mit großem orange, grün und braunem Muster stammten sicher sogar noch aus den Siebzigern.
Während Belinda sich den Kopf hielt und mit aller Kraft versuchte den Schmerz und das Schwindelgefühl zu überwinden fiel ihr auf, dass es in diesem Raum, im Gegensatz zum übrigen Lokal erstaunlich staubfrei war. Sicher, es stank nach muffigen Bezügen und altem Teppichboden. Aber es war, bei genauem Hinsehen erstaunlich sauber. Zwar trotzdem alt und eklig, aber sauber. Warum? Das Zimmer wirkte unbewohnt. Vielleicht hätte ein Blick in den Schrank mehr Aufschluss über diese Frage gegeben. Aber Belinda hatte nur ein Ziel sobald sie sich würde erheben können und das war natürlich der Weg nach draußen. Sie stand vorsichtig auf, stützte sich mit der einen Hand am Tisch ab und mit der anderen hielt sie ihren Kopf, als würde das irgendwie helfen. Irgendwo im Haus hörte sie es poltern. Sie konnte die Geräusche aber nicht wirklich einordnen. Weder von wo genau das Poltern kam, noch was es damit auf sich hatte, vermochte sie zu bestimmen. Nicht dass sie vergessen hätte, dass da noch jemand war und dass dieser Jemand sie hier eingesperrt hatte. Nein, das hatte sie sicher nicht vergessen. Aber die Geräusche die sie nun vernahm veranlassten sie dazu sich selber mehr unter Druck zu setzen und sich noch mehr zusammenzureißen um möglichst schnell einen sicheren Weg nach draußen zu finden. Belinda überlegte kurz und schleppte sich dann zur

Tür. Sie legte ein Ohr dagegen und horchte, ob vielleicht jemand draußen auf dem Korridor war. Sie hörte nichts und so entschloss sie sich ganz vorsichtig die Türklinke herunterzudrücken. Sie erinnerte sich, dass die Tür nach innen aufgegangen war, also zog sie daran. Sie war abgeschlossen.

Nicht so schlimm, dachte sie. Belinda wollte demjenigen, der sie hier eingesperrt hatte sowieso nicht in die Arme laufen. Also war der Weg durchs Fenster wahrscheinlich sicherer. Ob er wohl gleich wiederkommen würde? Und was bezweckte er damit sie hier einzuschließen? Fragte sie sich während sie nach einem Stuhl griff und ihn mit der Lehne unter der Türklinke verkeilte. Das würde ihren Angreifer hoffentlich eine Weile aufhalten, falls er tatsächlich wiederkäme.

Sie hörte wie draußen eine Autotür, oder ein Kofferraumdeckel zugeschlagen wurde. Kurz keimte in ihr die Hoffnung auf, dass sich ihr Angreifer vom Haus entfernen würde. Sie wartete, dass der Motor eines Wagens gestartet wurde. Aber das geschah leider nicht. Sie humpelte zum Fenster. Auch das Knie das sie sich bei dem Sturz verletzt hatte tat noch immer furchtbar weh. Ihr war nach wie vor schwindlig und der Schmerz am Kopf war auch nicht gerade weniger geworden. Aber sie musste jetzt die Zähne zusammenbeißen. Wahrscheinlich blieb ihr nicht viel Zeit bis diese gestörte Person wieder auftauchen würde, dachte Belinda. Schließlich war der Mistkerl noch im Haus. Immer wieder waren nun Geräusche zu hören und vorhin dachte sie auch einmal einen kleinen Aufschrei gehört zu haben. Hoffentlich hatte sich der Irre irgendwie selbst verletzt. Normalerweise wünschte sie anderen Menschen nichts Schlechtes und auch Schadenfreude kannte sie nicht. Aber in diesem Fall lagen die Dinge nun mal anders.

Hastig versuchte sie das Fenster zu öffnen, was ihr sogar gelang. Es quietschte ein wenig und automatisch zuckte sie

zusammen, denn sie wollte auf keinen Fall auf sich aufmerksam machen. Sie war wohl tatsächlich in dem Raum, den sie vermutet hatte. Der einzige ohne Fensterläden. Von hier aus konnte sie den kleinen Parkplatz und ihr Auto sehen. Außerdem stand dort nun noch ein weiterer Wagen. Es war ein dunkelgrüner Kombi. Das musste der Wagen sein, den sie vorhin gehört hatte, kurz bevor sie niedergeschlagen wurde. Es wird wohl der Fahrer gewesen sein, der sie angegriffen hatte, überlegte sie. Aber irgendwie ging das auch zu schnell, oder? Sie war sich über den genauen Ablauf der Dinge nicht mehr sicher. War es vielleicht der Besitzer des Hauses und hatte sie für einen Einbrecher gehalten? Blödsinn, dachte sie sofort, denn schließlich hatte sie jemand mit Absicht hier her gelockt und sich dabei als Carlos ausgegeben. Hatte er sein Handy verloren? Oder wurde es ihm etwa gestohlen? Oder was hatte er vorhin am Telefon damit gemeint, als er sagte: „…und jetzt ist alles weg". Sie erinnerte sich an das kurze Gespräch mit ihm. Warum hatte sie ihm nicht ganz schnell alles erzählt und gesagt wo sie sich aufhielt?! Aber dafür reichte die Zeit leider nicht. So ein Mist! Nun wusste niemand, dass sie hier war… Es nützte nichts, sie musste sich irgendwie selbst helfen und einen Weg von hier weg finden.
Belinda machte einen langen Hals aus dem Fenster und versuchte die Höhe abzuschätzen. Vom Fenster bis zum Boden waren es circa zwei Meter. Diese Höhe bereitete ihr keineswegs Sorgen. Aber die vielen Sträucher würden sicher furchtbar ihre Beine zerkratzen. Seitlich unterhalb des Fensters, zwischen den Büschen und der Hauswand lehnte etwas, dass Belinda bei genauerer Betrachtung als zwei neue Fensterläden erkannte. Aha, dachte sie, die sollten wohl noch angebracht werden. Wenn sie ganz am Rand aus dem Fenster kletterte, dann konnte sie die stabilen Holzteile als eine Art Stufe benutzen. So konnte sie etwas behutsamer in die kratzigen Büsche eintauchen. Sie waren gar

nicht mehr nass. Demnach musste sie wohl doch ein Weilchen ohnmächtig gewesen sein. Nur der Untergrund war so matschig, dass ihr sofort klar war, dass ihre schönen Sandalen nach diesem Ausflug wohl nicht mehr zu retten sein würden.
Was Belinda nicht sah, war das Motorrad, das irgendjemand hinter einem Baum, ebenfalls im Gebüsch, abgestellt hatte. Es war ein leichtes, geländegängiges Zweirad und durch die grüne Lackierung zusätzlich gut getarnt.
Natürlich war es noch taghell. Immerhin war heute der dreißigste Juni und die Sonne ging entsprechend spät unter. Aber Belinda hatte das dumme Gefühl, dass es schon ziemlich spät sein musste und dass sie es vielleicht nicht mehr rechtzeitig zum Theater schaffen würde. Sie musste unbedingt so schnell wie möglich von hier weg. Dummerweise waren ihre Autoschlüssel in der Handtasche und die war nun mal verschwunden. Also konnte sie nicht mit ihrem Auto flüchten. Zu Fuß würde sie für die geschätzten zwanzig Kilometer sicher viel zu lange brauchen.
In geduckter Haltung pirschte sie sich ganz vorsichtig durch die Büsche von Baum zu Baum Richtung Parkplatz, den tiefen Pfützen möglichst ausweichend. Dabei hatte sie immer das Haus und den Weg zum Biergarten im Auge. Vielleicht hatte sie ja Glück und der Kombifahrer hatte den Schlüssel stecken lassen. Am Wagen angekommen, hockte sie sich dahinter und lugte vorsichtig durch das Fenster auf der Beifahrerseite. Enttäuscht sah sie auf das Zündschloss. Der Schlüssel steckte nicht. Mit den Augen suchte sie auch den Beifahrersitz und die Armaturen ab. Doch leider nichts. Sie sah selbst auf dem Rücksitz nach. Das schwarze Leder wirkte sehr sauber und gepflegt. Überhaupt wirkte der gesamte Innenraum des Wagens wie frisch geputzt Aber von einem Schlüssel war weit und breit leider nichts zu sehen. Ihr Blick fiel nun auf die Ladefläche des Wagens. Irgendetwas Großes lag hinten in dem grünen Kombi und

war von einer alten braunen Wolldecke verdeckt. Die alte schmuddelige Decke passte so gar nicht zum übrigen Innenraum des ansonsten so gepflegten Wagens. Belinda war neugierig und hoffte zugleich, dass ihr das, was sich darunter befand vielleicht irgendwie weiterhelfen könnte. Man kann ja nie wissen, dachte sie und machte sich ganz vorsichtig am Griff der Heckklappe zu schaffen. Die ließ sich auch tatsächlich öffnen. Langsam und nur wenige Zentimeter hob sie diese an. Ein entsetzlicher Geruch kam aus dem Wageninneren. Es war so eklig, dass sie sich die Nase zuhalten musste. Dann zog sie mit der anderen Hand an der Wolldecke. Mit dem was da zum Vorschein kam hatte sie nun wirklich nicht gerechnet. Fast wäre ihr ein Schrei entflohen. Sie biss sich auf die Unterlippe, und schloss die Klappe mit einem Rums. Mist! Das war sicher zu laut. Belindas Herz raste so schnell und ihr wurde schlecht, so dass sie befürchtete auf der Stelle ohnmächtig zu werden. Sie ließ sich hinter dem Wagen auf den Boden sinken unfähig sich zu rühren. Tränen stiegen ihr in die Augen und sie hätte am liebsten laut losgebrüllt. Ja, das Gefühl was sie schlagartig verspürte war Todesangst. Wer auch immer mit diesem Wagen hier angekommen war fuhr eine Leiche spazieren. Belinda konnte nur sehen, dass es ein älterer Mann war. Sein Gesicht war blutüberströmt. Allerdings war ihr selbst bei diesem kurzen Anblick aufgefallen, dass das ganze Blut schon trocken war. Wahrscheinlich war er also nicht gerade eben erst umgekommen und der grauenhafte Gestank erhärtete diese Vermutung. Fieberhaft überlegte sie was sie nun tun sollte, oder in welche Richtung flüchten. Doch sie war wie gelähmt und konnte vor lauter Panik keinen klaren Gedanken fassen. Reiß dich zusammen! Denk nach! Du musst hier weg! All das sagte sie zu sich selbst doch in ihrem Kopf drehte sich alles. Sie blickte die Straße entlang, auf der sie hier her gekommen war. Eine lange, schmale Straße, rechts und links tiefe Gräben. Auf der anderen Seite der Gräben erstreckten sich rechts und links große Maisfelder. Das wäre das perfekte Versteck gewesen, bedauerte Belinda, aber die Maispflanzen waren leider noch nicht groß genug.

Plötzlich, wie aus dem nichts wurde mit lautem Knattern ein Motorrad gestartet und tauchte augenblicklich, nur knapp zwanzig Meter vor Belinda auf. Ein schlanker, mittelgroßer Fahrer, in voller Ledermontur, mit Helm, versperrte ihr nun praktisch den Weg zur Straße. Er hatte sein geländegängiges Motorrad zum Stehen gebracht und sah zu ihr herüber. Das Visier seines Helmes war heruntergeklappt, so dass Belinda beim besten Willen niemanden erkennen konnte. Ihr blieb keine Zeit zu überlegen. Sie sprang einfach auf und lief instinktiv in die entgegengesetzte Richtung. Sie lief zurück zum Haus, durch den ehemaligen Biergarten auf den schmalen Fahrradweg zu, der direkt am Fluss entlang, bis zurück in die Stadt führte. Der Motor des Zweirades brauste laut auf und der Fahrer nahm die Verfolgung auf. Er folgte ihr allerdings nicht über die Terrasse, sondern umfuhr das Gebäude und hatte scheinbar vor, ihr ein Stückchen weiter den Weg abzuschneiden. Belinda lief so schnell sie konnte, aber ihr war klar, dass sie auf diesem holprigen schmalen Weg nicht den Hauch einer Chance hatte, dem Motorradfahrer zu entkommen. Sie musste sich irgendwo verstecken, oder ihn austricksen. Rechts von ihr ging die steile Böschung zum Fluss hinunter. Links neben dem Weg stand eine schmale Baumreihe, mit ein paar Büschen dazwischen. An manchen Stellen war das Grün sehr dicht, an anderen konnte man hindurchblicken und die Maisfelder dahinter erkennen. Sie musste sich nun schnell entscheiden, bevor der Motorradfahrer sie wieder im Blick hatte. Doch dann bemerkte sie, dass sie eigentlich gar keine Wahl hatte. Auf der linken Seite des Weges, zwischen Bäumen und Büschen, wuchsen außerdem nämlich unglaublich viele Brennnesseln. Ihr dünnes, kurzes Sommerkleid, das inzwischen völlig verschmutzt und an manchen Stellen schon leicht eingerissen war, bot gegen solch fieses Gewächs nun wirklich keinen ausreichenden Schutz und Schmerzen hatte Belinda für ihren Geschmack schon genug. Also rutschte sie spontan, ohne großartig weiter zu denken, die steile Böschung hinunter und hoffte, dass sie hier erstmal unsichtbar blieb. Das enorm hohe Gras entlang des gesamten Flussufers bot zumindest ein klein wenig Schutz. Ein paar spärliche Büsche und kleine Bäumchen gab es hier ebenfalls. Als sie das Motorrad näher kommen hörte, legte sie sich ganz flach ins hohe Gras, unterhalb eines solchen Bäumchens. Würde jetzt jemand an den Rand der Böschung treten und hinunter sehen, dann würde er sie nicht so ohne weiteres erblicken. Sie hörte genau, wie das Motorrad über ihr ganz langsam den Weg zum Haus zurück fuhr und der Fahrer sie offensichtlich suchte. Sie regte sich nicht und wagte kaum zu atmen. Erst als das Geräusch des Motors kaum noch zu hören war, wagte es Belinda sich weiter Richtung Stadt zu pirschen. Sie hatte noch einige Kilometer vor sich und inzwischen war ihr auch völlig klar, dass sie heute nicht bei der beliebten Abschlussgala mitwirken würde. Seltsam wie unwichtig ihr das plötzlich erschien. Sie wollte nur noch lebend hier raus kommen und das möglichst ohne nochmal von diesem Irren geschnappt zu werden. Was bezweckte er nur damit? Was hatte sie ihm denn getan? Belinda kam nur sehr langsam voran. Die Schräge und das hohe Gras, das im unteren Bereich doch noch ziemlich nass war, von dem heftigen Wolkenbruch, machten ihr ganz schön zu schaffen. Aber nach oben, auf den Weg, traute sie sich nicht mehr. Sie hörte das Motorrad zurückkommen und wieder fuhr es sehr, sehr langsam. Erneut legte sie sich flach ins hohe Gras, hinter einen kleinen Busch. Leider war gerade kein größeres Gewächs auffindbar, das ihr mehr Schutz hätte bieten können und sie betete, dass sie trotzdem von oben nicht zu sehen war. Sie hörte wie das knatternde Zweirad langsam immer näher kam und hatte das Gefühl, dass es kurz anhielt, als es fast auf ihrer Höhe war. Dann fuhr es aber langsam weiter. Belinda war schon fast erleichtert, als plötzlich der Motor abgestellt wurde. Voller Angst und rasendem Herzschlag blickte sie nach oben auf die Stelle, wo der Fahrer vermutlich angehalten hatte. Doch dann raschelte es direkt über ihr. Scheinbar hatte er sie im Vorbeifahren entdeckt, war zur Tarnung ein Stückchen weitergefahren, hatte das Motorrad abgestellt und war dann unbemerkt, bis genau auf ihre Höhe, zurück gelaufen um sie zu überraschen. Und es war ihm gelungen. Belinda blieb fast das Herz stehen vor Schreck als er nur etwa drei Meter entfernt über ihr auftauchte. In der schwarzen Motorradkluft, mit dem ebenfalls schwarzen Helm und dem heruntergeklappten, getönten Visier, wirkte der Verfolger umso bedrohlicher. Sie wusste, dass Weglaufen jetzt keinen Sinn mehr hatte. Aber niemals hätte sie aufgegeben. Also handelte sie wieder ohne großartig nachzudenken und sprang kopfüber in den Fluss. Er war zwar nicht sehr breit, vielleicht fünfundzwanzig Meter, aber hatte eine gewisse Strömung und das Wasser war nicht klar, sondern ziemlich braun durch den moderigen Grund. Belinda hoffte von ganzem Herzen, dass vielleicht doch noch eines der hier selten gewordenen Sportboote vorbei kommen würde. Das war wohl so ziemlich die einzige Hilfe, auf die sie im Moment hoffen konnte. Aber weit und breit war niemand zu sehen. Sie schwamm zwar mit der Strömung, versuchte aber auf der anderen Seite möglichst schnell wieder aus dem Wasser heraus zu kommen. Um drüben weiter Richtung Stadt zu laufen. Im Wasser zu bleiben, war ihr mit diesen Strömungsverhältnissen auf jeden Fall zu gefährlich. Bei ihren Anstrengungen auf die andere Seite zu gelangen, hatte sie kaum Gelegenheit den Motorradfahrer im Auge zu behalten. Mit seiner schweren Ledermontur wollte er ihr jedenfalls nicht ins Wasser folgen und das war auch gut so. Selbst den Helm hatte er bei der Verfolgung zu Fuß nicht abgelegt. Er wollte wohl nicht erkannt werden, mutmaßte Belinda. Sie hörte nur, dass das Motorrad irgendwann wieder gestartet wurde, als sie versuchte drüben aus dem Wasser zu kommen. Auf der anderen Seite des Ufers befanden sich hauptsächlich Viehweiden. Nur wenige Meter entfernt sah Belinda ein paar schwarz weiße Kühe stehen, die neugierig zu ihr herüber blickten. Sie bekamen sicher nicht oft von dieser Seite aus Besuch und schienen auch nicht im Geringsten beunruhigt. So gern wie Belinda diese Tiere auch mochte, aber ihr Geruch war äußerst unangenehm.

Das Flussufer, bestand auf dieser Seite außerdem nur aus Matsch. Die Kühe hatten den sowieso schon kurzen Rasen, hier drüben, total zertrampelt und der viele Regen am Nachmittag hatte den Rest dazu getan. Belinda steckte bereits bis zu den Ellenbogen im Schlamm und zog sich mit viel Kraft aus dem Wasser. Es gab nichts woran sie sich hätte festhalten können und sie rutschte einige male in dem Modder aus, bevor sie weiter oben, auf der Weide, einen etwas festeren, aber dennoch sehr matschigen Boden unter den Füßen hatte. Sie war von oben bis unten voller Schlamm. Ihre Schuhe hatte sie im Wasser verloren und von ihrem einst sehr schönen Sommerkleid war nur noch ein verdreckter Fetzen übrig, der gerade noch so das Nötigste ihres Körpers bedecke. Inzwischen fror sie auch und hätte selbst nicht sagen können, ob sie mehr aus Angst, oder vor Kälte zitterte. Obwohl ihr offensichtlich geistesgestörter Verfolger weit und breit weder zu hören noch zu sehen war, setzte sich Belinda jedenfalls möglichst zügig in Bewegung und versuchte zu rennen. Dies erwies sich aber als nicht ganz einfach auf der matschigen Weide. Sie überlegte kurz, ob sie die Weide überqueren und sich somit vom Fluss entfernen sollte. Sicher gab es irgendwo

auf der anderen Seite der riesigen Wiese einen Weg. Aber dann wäre sie dem Irren gänzlich ausgeliefert, falls der nochmal auftauchen sollte. Weit und breit hätte sie keine Ausweich- oder Versteckmöglichkeit gehabt. Also beschloss sie ihren Weg entlang des Flussufers fortzusetzen. Inzwischen stand die Sonne schon sehr tief.
Belinda war vielleicht gerade eine halbe Stunde lang durch den Matsch, in Richtung Stadt, gestolpert, als sie erneut das Geräusch hörte, welches sie sofort wieder in Panik versetzte. Das verhasste Motorrad näherte sich und alles was sie tun konnte, war um ihr Leben zu rennen. Scheinbar war der Irre bis zur alten Schleuse zurückgefahren und hatte dort den Fluss überquert. Sie hatte keine Zeit sich umzudrehen. Doch das brauchte sie auch nicht. Es war deutlich zu hören, dass er immer näher kam. Am Ende würde sie sich doch wieder nur durch einen Sprung ins Wasser retten können. Sie war verzweifelt. Der Gedanke nochmal gegen die Strömung zu kämpfen und das obwohl sie inzwischen kaum noch Kraft hatte, war furchtbar entmutigend. Aber wenn es so sein sollte, dann würde sie lieber ertrinken, als sich in die Hände dieses Verrückten zu begeben.
Sie hörte das Motorrad schon sehr nahe hinter sich und sie wusste, dass sie nun möglichst wendig einen Haken schlagen musste um wieder ans Wasser zu kommen. Die Idee war sicher okay, aber erstmal rutschte sie in dem dicken Matsch aus. Das Motorrad kam jedoch auch nicht rechtzeitig zum Stehen und schlidderte an ihr vorbei. Doch während sie sich mit letzter Kraft aus dem Matsch schälte und die restlichen zwei Meter bis zum Wasser stapfte, hatte sich auch der Motorradfahrer wieder gefangen und raste von hinten auf sie zu. Nur eine Sekunde zu spät erreichte Belinda das Wasser. Im letzten Moment, bevor sie eintauchte hatte er sie noch mit einer Baseballkeule am Kopf

erwischt und das war der Moment ab dem Belinda sich an nichts mehr erinnerte.

Wenig später, wurde sie ein Stückchen weiter, von einem Angler, bewusstlos aus dem Wasser gefischt. Dieser allarmierte sofort einen Rettungswagen. Im Nachhinein betrachtet, grenzte es schon fast an ein Wunder, dass sie nicht ertrunken war und wäre da nicht gerade noch rechtzeitig dieser Angler gewesen, hätte sie wohl auch keine Überlebenschance gehabt. Ärgerlicher Weise, hatte er aber nichts von dem Motorrad gesehen und sein Gehör schien auch nicht gerade das Beste zu sein. Ansonsten hätte er es wenigstens hören müssen. Man brachte Belinda in die Notaufnahme und inzwischen hatte sie sogar das Bewusstsein wiedererlangt. Körperlich erholte sie sich erstaunlich schnell. Doch sie redete nur wirres Zeug und reagierte extrem aggressiv auf das Krankenhauspersonal und die Polizei, die man ebenfalls benachrichtigte. Daraufhin wurde sie am Sonntagmittag vorsichtshalber auf „die Geschlossene" verlegt.

Kapitel 9
Der Verletzte

Nachdem der Irre, wie Belinda ihn bezeichnete, sie mit einem schwungvollen Schlag am Kopf getroffen hatte, hielt er noch eine Weile Ausschau nach ihrem Körper. Mit den Augen suchte er die gesamte Oberfläche des Wassers ab und sein Blick folgte der Strömung. Aber, im trüben Fluss, in der aufkommenden Dämmerung, konnte er Belinda nicht mehr entdecken. Ärgerlich und ein wenig enttäuscht machte er sich auf den Rückweg zum ehemaligen Gasthaus an der alten Schleuse.
Mit dem Motorrad waren es nur ein paar Minuten dorthin. Er knatterte zurück, über das matschige Feld und dachte daran was ihm nun alles entging. Denn eigentlich hatte er ja noch so einiges mit Belinda vorgehabt. Wirklich ärgerlich dass nun alle Vorbereitungen völlig umsonst waren. Dabei hatte er doch alles so schön geplant und sich so auf die gemeinsamen Stunden mit Belinda gefreut.
Vorsichtshalber wurde das Motorrad wieder versteckt in den Büschen abgestellt. Dann ging die Person in der schwarzen Ledermontur zu dem grünen Kombi, setzte sich hinein, startete den Motor und machte die Scheinwerfer an. Der Wagen fuhr langsam in Richtung Schleuse. Der Fahrradweg, der nach links bis in die Stadt führte, endete hier, am Schleusenübergang. Danach kamen nur noch Felder die direkt bis an das dichtbewachsene Flussufer heranreichten. Der Kombi bahnte sich einen Weg durch das Gestrüpp am Uferrand, ganz nahe an der Böschung. Nach etwa dreihundert Metern machte der Wagen einen kleinen Schlenker, um nicht mehr parallel zum Fluss zu stehen, sondern Quer. Die Person hinter dem Steuer zögerte nur einen kurzen Moment, dann stellte sie den Schalthebel des Automatikgetriebes auf „D", schaltete die Scheinwerfer

aus, öffnete die Fahrertür, nahm den Fuß von der Bremse und sprang aus dem langsam anrollenden Fahrzeug. Kurz rechnete sie noch damit, den Wagen zusätzlich anschieben zu müssen, aber nein, er nahm Fahrt auf und rollte, wie geplant, die steile Böschung hinunter um im dunklen Fluss zu verschwinden.

Zügig und mit sich zufrieden, machte sich „der Irre" auf den Weg zurück in das ehemalige Lokal. Dort gab es noch mehr zu erledigen. Die Aktion mit dem grünen Kombi hatte höchstens eine halbe Stunde gedauert. Alles Weitere würde in jedem Fall mehr Zeit in Anspruch nehmen. Also sollte man besser nicht trödeln, dachte er bei sich.

Bevor „der Irre" das Lokal betrat, ging er nochmal zu seinem Motorrad, wo er den Helm über den Lenker gehängt hatte. Die schwere hölzerne Baseballkeule lag neben dem Motorrad im Gras. Er griff sich den Helm und die Keule und nahm beides mit ins Lokal. Drinnen angekommen setzte er den Helm auf und schritt schnurstracks auf den Tresen zu. Dabei benutzte er ebenfalls sein Handy als Taschenlampe. In einer kleinen Nische an der Rückseite des Tresens befand sich der Sicherungskasten. Im Lichtschein des Smartphones besah er sich die Beschriftung der vielen Schalter, die allesamt nach unten zeigten. Einer davon war sogar mit der Bezeichnung „Tresen" versehen. Diesen kippte er nach oben und sofort erhellten die Strahler an der Rückwand die leeren, staubigen Regale. Die sechs alten, mit grünem Stoff bespannten Lampenschirme über dem Tresen, warfen so schwache Lichtkegel auf denselben, als schämten sie sich für dessen verdreckten Anblick.

Die Person, in der Motorradkleidung war inzwischen ganz schön ins Schwitzen gekommen. Sie ließ kurz den Blick durch den Raum schweifen und vergewisserte sich, dass noch alles so war, wie sie es vorhin verlassen hatte. Dann trat sie mit voller Wucht gegen die Beine, des am Boden liegenden, gefesselten und geknebelten Mannes. Er hatte ebenfalls eine heftige Platzwunde am Kopf und schien bewusstlos zu sein. Er lag auf der Seite. Seine Hände waren hinter dem Rücken zusammengebunden. Seine Beine waren ebenfalls gefesselt und mit den Händen verknotet. Die Position in der er sich befand musste nach kürzester Zeit schon unwahrscheinlich schmerzhaft sein. Eigentlich konnte er von Glück sagen, dass er bewusstlos war. So blieben ihm wenigstens die Schmerzen erspart. Ganz zu schweigen natürlich von der blutenden Wunde an seinem Kopf.

Nach dem Tritt gegen seine Schienbeine regte sich der verletzte und sein, durch Schmerz verursachtes, Stöhnen war trotz des breiten Klebebands über seinem Mund gut zu hören.

Der Angreifer ließ das Smartphone in der Innentasche der Lederjacke verschwinden und zog stattdessen ein Messer daraus hervor. Die Baseballkeule legte er auf den staubigen Tresen.

Ein weiteres mal trat „der Irre" gegen die Beine des am Boden liegenden Mannes und rief dabei „Ey du Schwein!" um dessen Aufmerksamkeit zu erlangen. Die Stimme klang durch den Helm mit dem geschlossenen Visier sehr dumpf und war recht leise, obwohl er fast schrie. Der verletzte sah zu ihm auf.

„Du siehst was ich hier habe." Er deutete auf den länglichen Gegenstand in seiner Hand und drückte mit dem Daumen auf den kleinen Metallknopf, der sich am oberen Ende befand. Mit einem kurzen metallenen Geräusch, schnellte die Klinge hervor.

„Ich werde dir jetzt den einen Knoten durchschneiden. Dann kannst du deine Beine ausstrecken. Anschließend wirst du dich aufrichten und nach draußen hüpfen. Wenn du nicht hüpfen kannst, dann kriechst du von mir aus. Hauptsache du beeilst dich. Sonst…" Er deutete auf das Messer in seiner Hand und nahm außerdem demonstrativ die Baseballkeule vom Tresen. Dann schnitt er einen der

Knoten durch und der Verletzte konnte endlich eine andere Position einnehmen und die Beine ausstrecken. Sie waren aber nach wie vor gefesselt. Nur eben nicht mehr mit den Händen verbunden. Es verging eine gefühlte Ewigkeit bis sie endlich an Belindas Auto ankamen.
Selbst wenn „der Irre" den Verletzten von seinen Fußfesseln befreit hätte, wäre er wahrscheinlich nicht im Stande gewesen zu fliehen, oder sich sonst irgendwie zur Wehr zu setzten. Viel zu schwer waren seine Verletzungen und er hatte Mühe, nicht erneut das Bewusstsein zu verlieren.

„Los! Rein da!" Mit dem Kopf deutete „der Irre" auf den offenen Kofferraum von Belindas Wagen. Der Verletzte stand mit dem Rücken gegen das offene Heck gelehnt und machte keine Anstalten sich dort hinein zu begeben. Scheinbar suchte er verzweifelt nach einem Ausweg. Aber er hatte keine Chance. Brutal trat „der Irre" mit den schweren Motorradstiefeln zu. Diesmal allerdings in den Bauch des Verletzten. Der schrie mit seinem zugeklebten Mund praktisch durch die Nase und krümmte sich vor Schmerzen.

„Gehst du jetzt freiwillig oder muss ich dir noch weiter helfen?!"
Der Verletzte sah ein, dass er keine Wahl hatte und ließ sich mit dem Gesäß zuerst in den offenen Kofferraum plumpsen. Der Irre kramte unterdessen in eine der Taschen seiner Lederjacke und zog ein kleines Fläschchen hervor.
„Du wirst ein paar Tropfen davon nehmen."
Der Verletzte stöhnte als Antwort auf und schüttelte den Kopf. Angst und gleichzeitig auch Zorn lagen dabei in seinen Augen.

„Du wirst das schlucken!" brüllte „der Irre" und hielt dem Verletzten das Messer mit der rechten Hand gegen die Kehle. In der linken hielt er das geöffnete Fläschchen und löste mit zwei Fingern ein Stück Klebeband von dessen Mund. Gerade so viel, dass er ihm ein paar Tropfen durch einen kleinen Spalt zwischen den Lippen einflößen konnte.

Bevor der Verletzte erneut in einen tiefen Schlaf fiel, dachte er noch kurz darüber nach wie dumm er gewesen war, in diese Situation zu geraten. Das hätte ihm nun wirklich nicht passieren dürfen. Da nutzte es ihm nun auch nichts mehr, dass er genau wusste wer sein Peiniger war. Auch wenn sich diese elende Missgeburt jetzt hinter diesem albernen Helm versteckte und die Stimme verstellte. Er war sich sicher zu wissen, wessen Gesicht sich unter dem Helm verbarg. Tröstender Weise war es aber auch ein gutes Zeichen, dass dieses dreckige Miststück das Gesicht nicht zeigte. Damit stiegen seine Überlebenschancen. Selbst wenn er also irgendwann von dem Klebeband über seinem Mund befreit werden würde, dann würde er dieses alberne Spiel erstmal mitspielen müssen. Solange bis er diese kranke Person überwältigt hatte. Das zumindest war der vorläufige Plan des Verletzten.

Kapitel 10
Entlassung

Es war Freitagabend gegen siebzehn Uhr, als es an Belindas Zimmertür klopfte. Sie blickte von dem geliehenen Notebook auf und wartete darauf, dass sich die Tür öffnete. Dazu musste sie niemanden erst auffordern. Die Ärzte und Schwestern kamen auch unaufgefordert herein. Dass sie überhaupt anklopften, war schon ein ausgesprochenes Zeichen von Höflichkeit.
Als sich die Tür öffnete gab es einen spürbaren Durchzug. Belinda hatte das Fenster auf Kipp gestellt. Ganz, ließ es sich aus Sicherheitsgründen, leider nicht öffnen. Ein paar Seiten ihrer Erzählung, die sie bereits hatte ausdrucken lassen und die nun neben ihr auf dem Tisch lagen, machten sich sofort selbstständig. Reflexartig schlug sie auf den Rest des Stapels und konnte so, gerade noch verhindern, dass die übrigen Blätter denen folgten, die bereits leise durch die Luft segelten und nun sanft auf den glänzenden Krankenhausfußboden glitten. Frau Doktor Länge schloss ganz schnell die Tür hinter sich. „Oh, das tut mir leid" sagte sie und machte sich sogleich mit Belinda daran, die am Boden liegenden Blätter einzusammeln. Erst als sie alles an Papier wieder zusammen hatten begrüßten sie einander richtig. Frau Doktor Länge schob sich den zweiten Stuhl zu Recht und setzte sich der Patientin gegenüber, an den Tisch. Erwartungsvoll blickte diese ihr entgegen. Belinda spürte, dass etwas geschehen sein musste denn normalerweise kam die Ärztin nicht noch so spät bei den Patienten vorbei.

„Frau Marks", rückte Frau Doktor endlich mit der Sprache heraus. „Ich wollte gerade Feierabend machen, als ich einen interessanten Anruf von der Polizei erhielt."

„Um was ging's?" fragte Belinda neugierig.

„Wie es aussieht hat sich zumindest ein Teil Ihrer Aussage bestätigt."

„Was heißt zumindest ein Teil?" wollte Belinda nun wissen.

„Das bedeutet, dass man tatsächlich einen grünen Kombi mit einer Leiche im Kofferraum gefunden hat."
Belindas Gesicht hellte sich sofort auf und fast hätte sie laut losgejubelt. Doch gerade noch rechtzeitig fiel ihr ein, dass das wohl etwas geschmacklos wäre. Frau Doktor Länge entging Belindas unterdrückte Freude dennoch nicht und so schmunzelte sie. Die Ärztin konnte die Freude der Patientin durchaus nachvollziehen, auch wenn der Fund einer Leiche in einem Kofferraum an sich nicht gerade etwas war, worüber man sich freuen sollte.

„Wo hat man den Wagen denn gefunden?" erkundigte sich Belinda.

„Im selben Fluss, in dem man auch Sie gefunden hat. Zum Glück waren Sie wenigstens noch am Leben." Doktor Länge lächelte Belinda an und diese meinte ein wenig Erleichterung in deren Gesicht zu erkennen. Die beiden Frauen waren einander sympathisch und Belinda hatte das Gefühl, dass der Ärztin ihr Wohl ganz persönlich am Herzen lag. Sie wusste nicht, ob Frau Doktor Länge nicht all ihren Patienten gegenüber so empfand. Aber das konnte ihr auch ganz egal sein. Ihre Art schaffte jedenfalls Vertrauen und das hatte sie in den letzten Tagen dringend nötig gehabt.
Die Patientin wagte kaum zu fragen, aber dann platzte es doch aus ihr heraus: „Heißt das, dass ich endlich hier raus darf?"
Die Ärztin lachte und antwortete: „Nun, sagen wir, ich sehe im Moment keinen triftigen Grund Sie hier gegen Ihren Willen festzuhalten. Der Kommissar mit dem ich vorhin telefoniert habe findet aber und ich muss sagen, dass ich mich seiner Meinung anschließe, dass Sie nichts überstürzen sollten und zu Ihrer eigenen Sicherheit zumindest die kommende Nacht am besten noch hier verbringen. Es

spricht aber selbstverständlich nichts dagegen schon mal alles für Ihre Entlassung zu organisieren. Es wäre vielleicht besser, wenn Sie in der nächsten Zeit nicht alleine wären. Schließlich hat man noch niemanden festgenommen. Man hat ja noch nicht einmal einen konkreten Verdacht, wenn ich den Kommissar vorhin richtig verstanden habe. Das bedeutet, dass Sie sich vielleicht noch immer in Gefahr befinden."

Belinda blickte aus dem Fenster und dachte über die Worte der Ärztin nach. Draußen, bewegten sich die Blätter der hohen Bäume im leichten Wind und schienen dabei ständig ihre Farben zu verändern. Es hatte so etwas Freundliches und einladendes. Belinda hatte ein paar mal draußen, auf der Bank gesessen und die friedliche Atmosphäre genossen. Das kleine, parkähnliche Grundstück schätzte sie auf gut tausend Quadratmeter. Es war von einem hohen Zaun umgeben, der nur an einer Stelle durch eine kleine Pforte unterbrochen war. Ansonsten war das Grundstück nur über die geschlossene Psychiatrie zu erreichen, denn schließlich war es einzig und allein für diese Patienten und deren Besucher gedacht. Der winzige Park befand sich in einem sehr gepflegten Zustand. Auf dem kleinen Rasen fanden mindestens ein mal am Tag, unter Aufsicht, sportliche Aktivitäten statt. Eigentlich war es sehr hübsch hier und man hatte wirklich alles was man brauchte, dachte Belinda. Man durfte eben nur nicht darüber nachdenken, dass man hier nicht heraus kam. Dann war alles gut. Sie fühlte sich sowohl drinnen, auf der Station, als auch draußen, im kleinen Park, sicher und umsorgt. Wie würde es sein, wenn sie erstmal wieder draußen war, auf sich allein gestellt und dem Irren schutzlos ausgeliefert? Wie würde sich das anfühlen? Keine Frage, seit sie hier eingesperrt war, wollte sie natürlich so schnell wie möglich wieder raus und am liebsten nach Hause. Aber jetzt, da sie gehen durfte, keimte auch Angst in ihr auf. Die Ärztin hatte wahr-

scheinlich Recht und sie sollte jetzt besser nichts überstürzen, sondern dafür sorgen, dass sie draußen möglichst keine Angst haben musste. Sie dachte genau darüber nach und fasste dann einen Entschluss: „Okay, ich bleibe heute Nacht noch hier und mit Ihrer Erlaubnis werde ich gleich meine Freundin Clarissa anrufen und sie darum bitten, dass sie mir ein paar Tage Gesellschaft leistet. Morgen werde ich mich dann um einen Flug zu meinen Eltern, nach Spanien, für Anfang der Woche bemühen. Das kann ich mir zwar eigentlich nicht leisten, aber da dies eine Art Notfall ist muss ich wohl oder übel zu meinem Notgroschen greifen. Auch wenn es mir ganz und gar nicht passt, aber mir fällt im Moment einfach keine bessere Lösung ein."
Frau Doktor Länge freute sich über die Entschlossenheit der Patientin. Sie war allerdings trotzdem noch etwas besorgt und hakte deshalb nach: „Das klingt doch ganz gut. Aber was machen Sie, wenn Ihre Freundin gerade keine Zeit hat? Hätten Sie noch eine andere Person die Sie um Hilfe bitten können?"

„Ja, keine Sorge. Ich habe da noch ein paar nette Kolleginnen und ein paar alte Freunde bei denen ich mich zwar schon lange nicht mehr gemeldet habe, aber ich bin mir sicher, dass sich schon jemand finden wird." Belinda war selber nicht ganz so zuversichtlich, wie sie es die Ärztin Glauben lassen wollte. Aber sie versuchte dadurch auch sich selber ein wenig zu ermutigen.

„Na, dann ist es ja gut", antwortete die Ärztin. „Wann müssen Sie denn wieder arbeiten, Frau Marks?"

„In gut drei Wochen."

„Und was ist wenn die Polizei den Täter bis dahin noch nicht geschnappt hat?"

„Dann komme ich natürlich zurück und muss trotzdem zur Arbeit. Ich möchte ja nicht wegen so eines Irren auch noch meinen Job verlieren. Schlimm genug, dass ich seinetwegen schon nicht an der Abschlussgala teilnehmen konnte. Wie es dann weitergeht weiß ich jetzt allerdings auch noch nicht und ganz ehrlich gesagt, diese Gedanken möchte ich mir im Moment auch noch gar nicht machen. Kommt Zeit, kommt Rat."

„Gut, Frau Marks. Ich halte das für eine gesunde Einstellung. Dann werde ich also gleich im Schwesternzimmer Bescheid geben, dass es Ihnen gestattet ist so viel zu telefonieren, wie Sie möchten. Das bedeutet natürlich so viel wie eben nötig ist. Außerdem werde ich schon mal Ihre Entlassungspapiere vorbereiten und sie auf morgen datieren. Dann braucht der Kollege Schwarz, der morgenfrüh Dienst hat nur noch zu unterschreiben.

Schade eigentlich..."

„Was ist schade?" wunderte sich Belinda.

„Dass ich nun nicht mehr das Ende ihrer Geschichte erfahren werde", bedauerte die Ärztin.
Belinda lächelte, „doch das werden Sie. Ich bin schon fast fertig. Gerade beschreibe ich, was sich am vergangenen Samstag an der alten Schleuse zugetragen hat. Das werde ich in jedem Fall auch noch zu Ende bringen und dann können Sie es selbstverständlich lesen. Auch wenn ich dann nicht mehr ihre Patientin bin."

„Haben Sie das Gefühl, dass Ihnen das Schreiben wenigstens auch ein bisschen geholfen hat?" fragte Frau Doktor Länge interessiert.

„Ja, in jedem Fall", gab die Patientin zu. „Es hat mir zum einen geholfen, mich ein wenig vom eingesperrt sein abzulenken und es hat mir tatsächlich auch geholfen, mich an alles zu erinnern. Nur der Mittwochabend, als ich zu Hause auf der Couch eingeschlafen bin, bleibt mir nach wie vor ein Rätsel. Aber ich schätze mal, dass ich wohl tatsächlich einfach zu schnell, viel zu viel Wein getrunken hatte und mich deshalb an nichts erinnern kann. Aber glauben Sie mir, das kommt bestimmt nicht wieder vor", versicherte Belinda der Ärztin voller Überzeugung.

Frau Doktor Länge lächelte. „Das glaube ich Ihnen sogar."
Danach folgte eine herzliche Verabschiedung. Es war nicht nur die große Dankbarkeit für die Hilfe, die Fürsorge, und das Vertrauen, der Ärztin was Belinda in diesem Moment empfand. Nein, auch die Hoffnung auf ein gutes Ende und die Angst vor dem was vielleicht noch auf sie zukommen würde, bewirkten eine ziemlich große Anspannung bei ihr. In solchen Momenten wünschte sie sich so sehr in die Zukunft sehen zu können. Das würde alles so viel leichter machen. Man könnte sich einerseits auf schlimme Situationen entsprechend vorbereiten, oder andererseits wesentlich entspannter sein. Aber so war das Leben nun mal. Leider war man grundsätzlich erst hinterher schlauer.

Etwa eine halbe Stunde später befand sich Belinda in dem kleinen, fast gemütlich wirkenden Schwesternzimmer, nur wenige Meter von ihrem eigenen entfernt. An den Wänden hingen viele Bilder. Wahrscheinlich von Patienten geschaffen, vermutete sie. Manche waren wirklich kleine Kunstwerke. Andere eher mühevolle, jedoch erfolglose Versuche. Sie saß an dem grauen Kunststoff Tisch mit der gelb blau geblümten Tischdecke. Die anderen drei Stühle waren leer. Um diese Zeit waren auch nur noch zwei Schwestern, beziehungsweise Pfleger auf der Station und die hatten gerade alle Hände voll zu tun. Schwester Birgit hatte den Rest ihrer Sahnetorte auf dem Tisch zurück gelassen, als sie vorhin gerufen wurde. Der Figur nach schien die Schwester nicht häufig solchen Leckereien widerstehen zu können, wofür Belinda durchaus großes Verständnis hatte. Ihr ging es ja genauso. Sie hatte eben nur das große Glück, dass man es ihr nicht ansah.
Belinda hielt das schnurlose Telefon ans linke Ohr. Die Stimme, am anderen Ende der Leitung, bewirkte mal wieder, dass sie sich gleich besser fühlte. Während sie dem aufgebrachten Schnattern, ihrer besten Freundin lauschte,

beobachtete sie die kleine Stubenfliege, die sich inzwischen über den Rest Torte hermachte. Mit ihrem kleinen Rüssel tastete sie Zentimeter für Zentimeter der matschigen Oberfläche ab.

„Dann haben die Irren also endlich gemerkt, dass es verrückt war dich einzusperren?!" wetterte Clarissa durchs Telefon und Belinda war amüsiert und erfreut zugleich über den Zorn der Freundin. Nein, Clarissa hatte bestimmt keinen Moment lang an Belinda gezweifelt. Sie hielt immer zu ihr und das war ein schönes Gefühl. Sie hatten am Montag ganz kurz telefoniert und Belinda hatte versucht ihr auf die Schnelle die Situation zu erklären.

„Ja Clarissa, sie haben es eingesehen" lachte Belinda ins Telefon und fuchtelte dabei zum widerholten male mit der rechten Hand in der Luft herum um die Fliege zu vertreiben. Diese drehte aber jedes mal nur eine kurze Runde und ließ sich dann wieder genüsslich auf dem sahnigen Objekt nieder. Nach dem fünften male gab Belinda das Spielchen auf und überließ dem fliegenden Vielfraß die Beute.

„Holst du mich also morgen früh hier ab? So gegen neun?" fragte Belinda

„Ja klar und dann komme ich mit zu dir und bleibe so lange wie nötig. Ein kleiner Urlaub von meinen beiden Männern hier zu Hause wird mir sicher auch mal ganz gut tun und die beiden sehen vielleicht endlich mal was sie an mir haben" erwiderte Clarissa und ihre Stimme hatte etwas vertraut trotziges.

„Du müsstest mir aber auch noch etwas zum Anziehen mitbringen. Ich habe nichts hier."

„Geht klar."

„Und wir müssten noch kurz beim Polizeirevier vorbei. Ein Kommissar Ahrend möchte mich sprechen, wurde mir gesagt."

„Was will der denn noch von dir?" wunderte sich Clarissa.

„Keine Ahnung. Das werde ich dann schon erfahren. Außerdem bin ich natürlich selber an Neuigkeiten interessiert. Bin mal gespannt ob sie schon etwas über den Toten wissen."

„Ja und vor allem, ob sie schon einen Verdächtigen haben" fügte Clarissa hinzu.

Die Polizei hatte in der Zwischenzeit nicht nur am Theater Erkundigungen über Belinda eingeholt, sondern war auch bei Clarissa aufgetaucht um ein paar Fragen zu stellen. Es kam ihr aber so vor, als hätte man nur aus der Pflicht heraus gefragt und in Wirklichkeit gar kein Interesse an „dem Fall", der wohl erst jetzt ein Fall war, nachdem man die Leiche gefunden hatte. Wahrscheinlich hatten die Belinda sowieso als verrückt abgestempelt, hegte Clarissa den Verdacht.

„Also gut", fasste Belinda zusammen. „Dann sehen wir uns morgen früh, gegen neun und fahren erstmal zum Polizeirevier. Vergiss bitte, um Himmels Willen nicht, mir Klamotten mitzubringen" sie stockte einen Moment und fügte noch hinzu: „… und Clarissa"

„Was denn?"

„Ich danke dir – für alles."

„Quatsch! Wofür denn?" Clarissa klang fast ein wenig entrüstet. „Das ist doch selbstverständlich. Ach, da fällt mir noch ein: soll ich nicht deinen Hausschlüssel mitbringen, den du mir zur Sicherheit gegeben hast?" Seit Belinda allein in dem großen Haus lebte, hatte sie der Freundin einen Zweitschlüssel für Notfälle gegeben. Als Notfall hatte sie allerdings eher vermutet, dass sie sich einmal selber aussperren könnte, oder schlimmstenfalls, dass sie ihren eigenen Schüssel vielleicht verlieren würde. Dass man ihren Schlüssel nun gestohlen hatte, machte die Sache natürlich noch schlimmer.

„Nicht nötig, Clarissa. Dank meiner pfiffigen und fürsorglichen Ärztin, wurde gleich am Anfang der Woche veranlasst, dass die Schlösser am Haus allesamt ausgetauscht wurden. Sonst hätte dieser Irre in der Zwischenzeit ja ständig bei mir ein und ausgehen können. Die Polizei hat auch angeblich, als der Schlüsseldienst dort war, nach dem Rechten gesehen. Es soll alles in Ordnung gewesen sein."

„Ach du meine Güte!" rief Clarissa aus. „Daran hatte ich ja gar nicht gedacht. Aber dann kannst du ja jetzt ganz beruhigt sein."

„Na ja, zumindest so einigermaßen. Es bleibt immer noch die Sorge, dass er vielleicht da war, bevor die Schlösser ausgetauscht wurden. Aber den Gedanken versuche ich besser zu verdrängen. Sonst kann ich mich am Ende nicht einmal mehr in meinem eigenen Haus wohlfühlen. Das fehlt mir gerade noch." Belindas Stimme klang bitter.

„Da hast du sicher Recht", stimmte Clarissa ihrer Freundin zu. „Gut, dann denke nicht mehr daran. Außerdem hätte er sicher nicht gewagt das Haus zu betreten. Das Risiko dabei erwischt zu werden wäre doch viel zu groß gewesen", versuchte Clarissa die Freundin zu beruhigen.

„Ja, wahrscheinlich", antwortete Belinda nur, um das Thema endlich zu beenden und nicht mehr darüber nachdenken zu müssen.

Sie wünschten sich gegenseitig noch eine gute Nacht und verabschiedeten sich gerade als Schwester Birgit zurück ins Schwesternzimmer kam und mit nur einem einzigen Happs den Rest der Sahneschnitte in ihrem großen Mund verschwinden ließ.

Respekt! Dachte Belinda und staunte nicht schlecht. Sie selbst hätte dafür mindestens drei Bissen benötigt.

Belinda war noch keine fünf Minuten zurück in ihrem Zimmer, als Schwester Birgit an die Tür klopfte und sie gleich darauf öffnete. „Bisher hatten wir zwar die Anweisung von Frau Doktor Länge alle Ihre Besucher abzuweisen, aber ich denke mal, da Sie nun eh entlassen werden", Sie stockte

kurz und fuhr dann fort: „Da ist ein attraktiver Herr an der Stationstür und möchte zu Ihnen. Er hat einen großen Blumenstrauß dabei und sagt sein Name sei Carlos".
Belinda überlegte nur eine Sekunde und entgegnete dann: „Die Regelung gilt für ihn noch immer. Kein Besuch! Und die Blumen soll er doch besser seiner Frau schenken. Die freut sich bestimmt darüber."

„Das mit den Blumen sagen Sie ihm wohl besser selber. Das geht mich nichts an. Aber wenn Sie ihn nicht sehen wollen, dann schicke ich ihn natürlich weg." Damit zog Schwester Birgit die Tür von außen wieder zu.
Belinda blieb irritiert zurück. Was sollte das? Was fiel ihm ein, nach all den Geschehnissen erst jetzt hier aufzutauchen, als wäre nichts gewesen?! Belinda spürte wie schlagartig die Wut in ihr hochkochte. Dieser blöde Mistkerl! Wo war er die ganzen Tage? Warum hatte er nicht schon viel früher versucht sie zu besuchen?! Zugegebener Maßen machte es ihr nun doch etwas aus, dass Carlos nicht eher versucht hatte sie zu sehen. Es ärgerte sie sehr. Diese Tatsache hatte sie in den vergangenen Tagen geschickt verdrängt. Wie konnte sie ihm nur so egal sein? Und was sollte dieser Besuch dann noch heute Abend? Den hätte er sich ja nun auch schenken können. Oder wollte er vielleicht nur sein schlechtes Gewissen beruhigen? Am meisten ärgerte sie sich mal wieder über sich selbst, dass ihr diese ganze Sache überhaupt noch so viel ausmachte. Dabei wollte sie das Kapitel Carlos längst abgeharkt haben, nach der Begegnung am letzten Freitag, im Theater.
Belinda wollte sich auf keinen Fall mehr seinetwegen den Kopf zerbrechen. Ihr Plan war, heute früh schlafen zu gehen, um morgen möglichst fit zu sein. Jetzt bloß nicht wieder das Grübeln anfangen, dachte sie und nahm das Buch zur Hand, welches sie vor drei Tagen angefangen hatte zu lesen. Sie brauchte dringend Ablenkung. Nach etwa einer halben Stunde legte sie das Buch wieder bei Seite. Sie hatte

zwar die Worte gelesen, aber irgendwie kam doch nichts so richtig davon in ihrem Gehirn an. Sie hätte jedenfalls gar nicht sagen können, was sie da gerade gelesen hatte. Den letzten Abend hier drinnen werde ich auch schon noch irgendwie überstehen, dachte sie und fühlte sich noch immer niedergeschlagen wegen der Sache mit Carlos.
Sie setzte sich noch für eine gute Stunde daran die Ereignisse des letzten Samstages zu schildern. Als sie damit fertig war, fühlte sie sich erstaunlich erleichtert.

Die kommende Nacht erschien Belinda unwahrscheinlich lang. Sie war später zu Bett gegangen als geplant, aber dennoch früher, als sie es normalerweise gewohnt war. Draußen war es noch nicht ganz dunkel und wie immer um diese Zeit sehr still. Sie wälzte sich hin und her und konnte einfach nicht einschlafen. Stattdessen dachte sie doch wieder an Carlos und wunderte sich gleichzeitig, dass er in den vergangenen Tagen verhältnismäßig wenig in ihren Gedanken herumgespukt war. Es schien schon sehr ungewöhnlich, wenn man bedachte, dass sie vor gut einer Woche noch plante, den Rest ihres Lebens mit ihm zu verbringen. Klar, hatte sie in den vergangenen Tagen versucht, die Gedanken an ihn zu verdrängen. Aber bei genauerer Überlegung fühlte es sich so an, als sei am vergangenen Freitag, bei ihrer letzten Begegnung im Theater, mit seiner Frau, ein Schleier von ihm abgefallen. Ein Schleier des Verliebt seins, den sie ihm selber übergestülpt hatte und der all seine negativen Eigenschaften, die schon immer da gewesen waren, vor ihr verbarg. Sie wollte diese Eigenschaften gar nicht sehen, denn zu groß war ihr Wunsch danach, endlich „dem Richtigen" begegnet zu sein. Er hatte ja schließlich auch so viele gute Eigenschaften und in die hatte sie sich nun einmal Hals über Kopf verliebt. Ob es nun sein Charme war, sein Talent, sein Humor, sein Akzent, sein gutes Aussehen, dass er sie immer wieder mit irgendwelchen Kleinigkeiten überraschte oder die Tatsache dass er ein wirklich guter Liebhaber war, das alles mochte sie sehr an ihm und wahrscheinlich am meisten seine Fähigkeit, dass er ihr manchmal, in bestimmten Situationen das Gefühl gab, sie über alle Maßen zu lieben. Aber genau dort „lag wohl auch der Hund begraben". Carlos war eben ein guter Schauspieler und alles was er tat, tat er am Ende nur für sich selbst. Er war durch und durch Macho und vollkommen ich bezogen. Selbst wenn er versuchte Belinda ein gutes Gefühl zu vermitteln, dann tat er es nicht einfach damit es ihr gut ging, sondern damit sie gut über ihn dachte und ihm ihre Liebe schenkte. Als Liebhaber brauchte er die Bestätigung für sein Ego. Darum gab er sich so viel Mühe. Es machte ihn glücklich wenn sie ihn anhimmelte und geradezu dankbar war für die sexuelle Befriedigung die er ihr verschaffte. Am Ende drehte sich immer alles nur um ihn. Wenn sie ehrlich war, dann hatte sie doch schon gleich zu Anfang bemerkt, dass er am liebsten von sich selbst erzählte, von seinen Erfahrungen oder seinem Wissen, was er sich auf unterschiedlichste Art und Weise angeeignet hatte, an all den vielen Orten, an denen er schon gelebt hatte. Er sprach mehrere Sprachen und hatte eine besonders hohe Auffassungsgabe. Auch das liebte Belinda Anfangs an ihm. Er saugte einfach jede Information auf, wie ein Schwamm. Allerdings verlor er dabei auch schon manchmal den Überblick. So kam es hin und wieder vor, dass er Belinda, ganz wichtig, eine Information zukommen lassen wollte, dabei aber vergaß, bei all der Informationsflut die er permanent in sich aufnahm, dass es sich dabei um etwas handelte, was Belinda ihm selber erst vor wenigen Tagen, oder auch schon vor längerer Zeit erzählt hatte. Im Gegenzug hörte er solche Informationen, die ihm nicht weitererzählungswürdig erschienen erst gar nicht. Wenn Belinda ihm zum Beispiel sagte, dass sie später dringend noch eine Geburtstagskarte für ihren Vater kaufen musste, so kam die Mitteilung in seinem Gehirn erst gar nicht an. Denn schließlich war das nichts wissenswertes, was man bei nächster Gelegenheit ganz wichtig irgendwo weitererzählen konnte. Mit der Zeit ertappte sich Belinda immer häufiger dabei, dass sie innerlich die Augen verdrehte wenn er vor ihr, oder anderen Personen mal wieder mit seinem Wissen prahlte und absolut keine Gelegenheit hierfür ausließ. Auch nervten sie die vielen Zitate, die er ständig losschmetterte. Am schlimmsten fand sie es allerdings, dass er andere mitten in deren Erzählungen unterbrach nur um etwas aus seinem eigenen Erfahrungsschatz loszuwerden. Diese unhöfliche Geste von Mitteilungsdrang hatte Belinda zwar nicht allzu oft erlebt und auch niemals ihr gegenüber, aber die paar male die sie mitbekam, hatten sie regelrecht erschreckt. Eine solche Unart hätte sie Carlos, trotz des ständigen Machogehabes, nicht zugetraut. Er war ja keineswegs ein schlechter, oder dummer Mensch. Ganz im Gegenteil. Er war überdurchschnittlich intelligent und hätte niemals auch nur einer Fliege etwas zu Leide getan. Aber wenn ihm jemand beispielsweise ganz traurig erzählte: „Meine Großmutter ist gestern gestorben." Dann wäre Carlos' Antwort darauf sicher gewesen: „Als meine Großmutter gestorben ist, war das ganz schrecklich und ich musste mich auch noch ganz allein um die Beerdigung kümmern….." Er hätte, wie immer, die Gelegenheit genutzt, um von sich selbst zu erzählen und es wäre ihm einfach nicht in den Sinn gekommen nach dem Befinden des anderen zu fragen, oder nach den genaueren Umständen, oder einfach nur ein paar tröstende Worte loszuwerden, oder zu schweigen. Das lag eben nicht in seiner Natur.

Sicher, schlechte Eigenschaften hatte jeder. Auch Belinda waren einige ihrer negativen Charakterzüge durchaus bewusst. Sie fand sich zum Beispiel selber oftmals zu ich bezogen. Aber es war ihr bewusst und sie versuchte wenigstens sich zu bessern. Auch wenn das wahnsinnig schwierig war. Sie ärgerte sich über ihre eigenen Fehler, denn am Ende war man meistens selber der oder die Leidtragende. Aber Carlos fand sich wahrscheinlich selber so perfekt, dass er es nicht nötig hatte sich zu ändern und wer mit ihm zu tun hatte, musste ihn so akzeptieren, wie er war.

Sicher wäre die Beziehung zu ihm auch dann sehr schwirig gewesen, wenn es keine Ehefrau gegeben hätte. Aber sie hätten vielleicht eine Chance gehabt. So, war die Beziehung von Anfang an zum Scheitern verurteilt. Denn welchen Stellenwert hatte sie denn überhaupt in seinem Leben? An erster Stelle stand er selber, dann kam lange Zeit gar nichts, dann kam seine Frau. Mit ihr musste er sich ja schon allein aus finanziellen Gründen gut stellen. Da konnte Belinda sich doch ausrechnen an welcher Stelle sie stand. Nein, sie hatte von Anfang an keine Chance gehabt.

Wäre er doch heute bloß nicht hier aufgetaucht. Es war doch eigentlich schon klar, dass es vorbei war und dass sie ein ganzes Jahr verschwendet hatte. Plötzlich konnte sie es kaum noch abwarten, zu ihren Eltern nach Spanien zu fliegen und außerdem hoffte sie, dass Carlos die Stelle in Barcelona angenommen hatte und er ihr in der nächsten Saison nicht über den Weg laufen würde. Sie mussten einfach Gras über die Sache wachsen lassen. In einem Jahr, falls Carlos dann zurückkäme, würde sicher alles schon ganz anders aussehen und es würde ihr dann hoffentlich nichts mehr ausmachen mit ihm zu arbeiten und vielleicht hatte sie sogar das Glück, dass er danach sowieso woanders hinziehen würde.

Die Nacht wurde auch dann nicht besser, als Belinda endlich eingeschlafen war. Sie schlief sehr unruhig, hatte fast jedes mal irgendwas Unangenehmes geträumt und war erleichtert daraus aufzuwachen. Meistens waren es aber nur irgendwelche zusammenhanglosen Szenen die entweder Angst oder große Wut in ihr auslösten. Einmal wurde sie durch einen lauten Knall wach. Sie war sich absolut sicher, dass sie diesen nicht nur geträumt hatte, sondern dass er real war. Aber was hatte da so laut geknallt? Hörte sich an wie ihre Zimmertür. Aber wie konnte die zugeknallt sein, wenn sie doch sowieso geschlossen war? Hatte die Nachtschwester sie vielleicht geöffnet und war anschließend vom Wind zugeklappt? Belinda hatte plötzlich Angst und konnte nicht einmal sagen wovor. Sie wusste doch, dass niemand so einfach auf die Station kam. Die war abgeschlossen und wenn man keinen Schlüssel hatte dann musste man klingeln. Egal ob man raus, oder rein wollte. Nur wenn man den Feueralarm auslöste konnte man die Tür auch ohne Schlüssel öffnen. Aber der Alarm war unüberhörbar und es war klar, dass man die ungeteilte Aufmerksamkeit des gesamten Wachpersonals auf sich zog, wenn man den Alarmknopf, der sich draußen auf dem Gang befand, betätigte. Belinda wollte sich Gewissheit verschaffen, dass alles in Ordnung war. Darum setzte sie sich nun auf, schlüpfte in die Krankenhauspantoffeln und zog einen ausrangierten OP Kittel über, der ihr als eine Art Morgenmantel diente. Ganz leise schlich sie zur Tür. Sie legte ihr Ohr daran und stellte fest, dass auf dem Gang alles ruhig schien. Vorsichtig öffnete sie die Tür. Nun hörte sie doch etwas. Das übliche Schnarchen einiger Patienten war deutlich zu vernehmen. Einige mussten, andere wollten des Nachts ihre Türen offenstehen lassen. Doch da war noch etwas anderes, als das übliche Schnarchen. Es klang wie leises Murmeln oder Wimmern. Belinda versuchte zu orten woher es kam. Sie blickte nach links den Gang entlang. Von dort kam es definitiv nicht. Dort ging es Richtung Ausgang. Das Schwesternzimmer lag auf dem Weg dorthin, ebenso wie noch ein paar weitere Patientenzimmer. Nach rechts war der Gang um einiges länger. Dort lagen ebenfalls noch weitere Patientenzimmer, die kleine Teeküche, ein kleines Material- und Wäschelager, sowie ein gemütliches

Lesezimmer. Ganz am Ende des Ganges befand sich der offene Gemeinschaftsraum. Genauer gesagt war es kein richtiger Raum, sondern es war praktisch das Ende vom Gang, wo einfach links und rechts die Zimmer fehlten. Von dort aus konnte man auch über die Terrasse in den kleinen Park gelangen.

Es war mitten in der Nacht, vielleicht zwei Uhr. Belinda wunderte sich, dass außer ihr scheinbar noch jemand nicht schlafen konnte. Sie wusste doch, dass die meisten Patienten, die unter Schlafstörungen litten, abends ein Medikament dagegen bekamen. Und wo war die Nachtschwester? Sie müsste das Wimmern doch auch hören. Schließlich war die Tür zum Schwesternzimmer immer offen und außerdem drehte sie regelmäßig ihre Runden auf der Station. Belinda verspürte einen deutlichen Luftzug auf dem Gang. Wahrscheinlich hatten alle ihre Fenster wieder auf Kipp gestellt. Da war es ja auch kein Wunder, dass nachts die Türen knallten, bei dem Durchzug. Sie folgte dem Wimmern und ging Richtung Aufenthaltsraum. Je näher sie dem Ende des Ganges kam, umso lauter und deutlicher wurde das Wimmern und Murmeln.

Als sie nur noch wenige Meter von dem großen Fernsehsessel entfernt war, um den sich einige Patienten fast täglich stritten, konnte sie auch die Worte verstehen, die jemand leise vor sich hin jammerte: „Oh weih oh weih , so ein Mist, was soll ich nur machen..."

Der Sessel stand mit der Rückseite zu ihr und sie wusste nicht recht wie sie auf sich aufmerksam machen sollte ohne den Patienten zu erschrecken, der offenbar in dem Sessel saß. Irgendwas schien jedenfalls nicht in Ordnung zu sein. Vorsichtig machte Belinda einen weiteren Schritt auf den Sessel zu und trat dabei auf etwas Knirschendes. Es klang wie Glas. Aber hier im spärlichen Licht der Nachtbeleuchtung konnte sie nicht genau erkennen was es war. Das Wimmern war jedenfalls augenblicklich verstummt. Belinda trat einen Schritt um den Sessel herum. Sie blickte in zwei vor Schreck weit aufgerissene Augen.

„Ist schon gut Jonas", versuchte Belinda den Patienten zu beruhigen. Der junge Mann, Ende zwanzig, war ihr bekannt. Er schlich die meiste Zeit des Tages über den Gang. Die Schwestern versuchten ständig ihn dazu zu bewegen auch mal nach draußen zu gehen. Aber das wollte er nicht. Nur wenn dort besondere Aktivitäten stattfanden, dann ging er ebenfalls hinaus. Er hielt allerdings immer einen gewissen Abstand zum Geschehen, beteiligte sich nicht, sondern beobachtete nur. Er redete auch kaum mit anderen Patienten. Belinda hatte seinen Namen von den Schwestern gehört.

Er machte einen völlig verschreckten Eindruck, wie er dort zusammengekauert in dem großen Sessel saß. Er war knapp ein Meter siebzig und wirkte sehr dünn und zerbrechlich. Sein ewig blasses Gesicht leuchtete fast in dem halbdunklen Licht und es war offensichtlich, dass ihn irgendwas ganz furchtbar zu schaffen machte.

„Du brauchst keine Angst zu haben", redete Belinda weiter auf ihn ein. „Ich bin es - Belinda. Du kennst mich doch, oder?"

Ohne darauf zu antworten wandte er seinen Blick von Belinda ab und schien ins Leere zu starren. Dann schüttelte er ununterbrochen den Kopf und sagte dabei immer und immer wieder: „Das war ich nicht, das war ich nicht, das war ich nicht…."

„Was warst du nicht?" fragte Belinda erstaunt aber ruhig.

Sie bekam keine Antwort auf die Frage. Stattdessen wiederholte er ohne Unterlass die Worte: „Das war ich nicht, das war ich nicht….."

Belinda folgte seinem Blick. Er sah Richtung Sofa. Der Dreisitzer stand praktisch mitten im Raum und trennte so zu sagen die Fernsehecke vom übrigen Teil des Aufenthaltsraumes. Das Sofa war leer. Erst jetzt bemerkte sie allerdings, dass die Terrassentür offen stand. Das bereitete ihr Unbehagen. Vielleicht war die Schwester ja kurz mal raus gegangen um eine Zigarette zu rauchen. Das war zwar bestimmt verboten, aber wer weiß, versuchte sich Belinda selber zu beruhigen. Sie sprach Jonas nochmal an, aber das war zwecklos. Er blickte nicht zur offenen Tür, sondern zum Dreisitzer. Sie ging langsam auf die rechte Seite des Sofas zu. Es war die Seite, die näher am großen Terrassenfenster stand. Sie wollte gerade drum herum gehen, als sie abermals auf etwas Knirschendes trat. Sie konnte sehen, wie es am Boden glänzte. Also war es wohl doch Glas. Es glitzerte überall am Boden. Wo kam denn nur so viel Glas her? Sie ging rechts am Sofa vorbei und wollte erstmal die Terrassentür schließen. Die offene Tür bereitete ihr immer mehr Sorge. Selbst wenn die Schwester nach draußen gegangen war, dann müsste sie inzwischen doch längst mal wieder herein kommen.

Als sie aber gerade am Sofa vorbei war stolperte sie heftig und konnte sich nur mit Mühe auf den Beinen halten. Bloß nicht auch noch in die Glassplitter fallen, dachte sie während sie versuchte sich zu fangen und sich am Rahmen der Terrassentür festhielt. Und plötzlich sah sie, dass die Tür keineswegs offen stand, sondern dass die Glasscheibe nicht mehr vorhanden war. Ob Jonas also das meinte, was er nicht war? Sie drehte sich zu ihm um. Dabei fiel ihr Blick automatisch auf das, worüber sie gestolpert war und das war eindeutig schlimmer, als eine zerbrochene Glasscheibe. Es war die Nachtschwester, die regungslos hinter dem Sofa lag.

Schlagartig hämmerte Belindas Herz so heftig, dass es fast wehtat. Was zum Teufel war hier passiert? War die Schwester etwa tot? Wenn ja, warum? Wer war das? Was hatte die kaputte Tür, oder Jonas damit zu tun? Die Gedanken in Belindas Kopf überschlugen sich regelrecht. Dann eilte sie zu der am Boden liegenden hinüber, hockte sich neben sie und ergriff ihr Handgelenk. Sie versuchte den Puls der Frau zu fühlen, während sie sich gleichzeitig über deren Gesicht beugte um eine Atmung festzustellen. Belindas eigenes Herz hämmerte so stark, dass sie sich nicht sicher war, ob es der Puls der Schwester, oder ihr eigener war. Auch bei der Atmung war sie sich nicht so ganz sicher. Die Nachtschwester hatte jedenfalls keinerlei offensichtliche Verletzungen. Belinda richtete sich auf und blickte zu Jonas hinüber. „Dann sagte sie in einem sehr bestimmten Ton, aber dennoch möglichst freundlich: „Jonas hör zu. Ich brauche deine Hilfe. Du musst sofort loslaufen und den Feueralarm auslösen."

„Aber es brennt gar nicht", antwortete er klar und deutlich und Belinda war fast überrascht. Sie hatte ihn bisher nur selten sprechen hören.

„Das ist jetzt egal, Jonas. Wir brauchen dringend Hilfe. Also geh bitte schnell und löse den Feueralarm aus. Ich bleibe hier, bei Schwester Anna."

„Ist gut", erwiderte er nur und lief sogleich den Gang hinunter. Belinda war total erstaunt, wie klar und fast schon normal Jonas auf einmal schien. War er etwa ein Simulant?
Keine Minute später ertönte ein ohrenbetäubendes Signal. Belinda befürchtete zwar, dass das Panik unter den Patienten auslösen könnte, aber in Anbetracht der Umstände erschien ihr dies der sicherste Weg um nicht nur das Wachpersonal herbeizurufen, das hätte sie natürlich auch vom Schwesternzimmer aus tun können. Aber so konnte sie ziemlich sicher sein, dass auch gleich ein Notarzt und die Polizei alarmiert wurden. Sicher war es die teuerste Variante um Hilfe zu rufen, aber wahrscheinlich auch die effektivste. Das hoffte Belinda jedenfalls inständig. Zum einen ging es immerhin um das Leben der Nachtschwester,

zum anderen bereitete ihr der Gedanke außerordentlich große Sorge, dass sich ein Eindringling auf dieser Station aufhalten könnte.

Inzwischen hatte sich ihr eigener Herzschlag ein wenig beruhigt und sie versuchte abermals den Puls der Schwester zu ertasten. Diesmal allerdings am Hals. Mit Zeige- und Mittelfinger tastete sie nach deren Halsschlagader und wurde fündig. Der Puls war nicht gerade kräftig, aber deutlich spürbar. Belinda war unglaublich erleichtert.

Es dauerte ein paar Minuten, bis einer der Wachleute, die sich nachts im Foyer des Krankenhauses aufhielten, auf der Station ankam. In der Zwischenzeit hörte Belinda, wie immer mehr aufgebrachte Mitpatienten auf dem Korridor auftauchten. Kurz darauf traf zum Glück auch endlich ein Arzt ein und nahm sich der Schwester an. Feuerwehr und Polizei fanden sich ebenfalls wenig später auf der Station ein. Alles in allem herrschte für lange Zeit ein riesen Tumult und es war schon hell und bereits fünf Uhr morgens, als Belinda endlich wieder in ihrem Bett lag und sich bemühte wenigstens noch eine Mütze voll Schlaf zu bekommen.

Am nächsten Morgen, Samstag, den siebten Juli, wurde Belinda, wie vereinbart, von Clarissa abgeholt. Diese brachte ihr sogar die versprochene Kleidung mit. Die beiden Frauen verließen gemeinsam das Krankenhausgebäude und auf dem Weg zum Parkplatz atmete Belinda ein paarmal tief durch. „So riecht also Freiheit. Den Duft hatte ich schon fast vergessen", scherzte sie und Clarissa entgegnete lachend: „Dann nimm noch eine Nase voll und sei in Zukunft besser ein wenig vorsichtiger."

Es herrschte eine sehr heitere Stimmung zwischen den beiden und auf der ganzen Fahrt machten sie ihre Scherze über alles Mögliche. Doch Belinda war auch nervös. Abgesehen davon, dass sie in der vergangenen Nacht kaum Schlaf bekommen hatte, fühlte sie sich irgendwie angespannt. Im ersten Moment, als sie das Krankenhaus verlassen hatten, war sie unglaublich erleichtert. Auch wenn ihr Aufenthalt dort nur eine knappe Woche dauerte, aber ein sehr unangenehmes Kapitel war damit abgeschlossen und sie war natürlich äußerst glücklich über die wiedererlangte Freiheit. Sie hatte allerdings auch die Befürchtung, dass das vielleicht noch nicht alles war. Sie war sehr gespannt darauf, was sie gleich, auf dem Polizeirevier erfahren würde und sie hoffte, dass es positive Neuigkeiten sein würden.

Kapitel 11
Räuber oder Gendarm

Kommissar Ahrend war ein leicht schmieriger Kerl, Mitte fünfzig, etwa ein Meter fünfundsiebzig groß, mit zu viel Bauch. Seine Figur und seine graue Gesichtsfarbe ließen einen ungesunden Lebensstil vermuten. Sein Deckhaar lichtete sich bereits gewaltig. Dafür ließ er es hinten und an den Seiten in ungepflegten, grauen Strähnen bis in den Nacken hängen. Der kann unmöglich verheiratet sein, dachte Belinda unwillkürlich. Keine Frau würde ihren Mann so auf die Straße lassen, oder? Sein kurzärmliges Oberhemd das vielleicht irgendwann mal weiß war schien so dünn und knittrig, dass man gar nicht hinsehen mochte. Man konnte klar erkennen, dass er unter diesem mittlerweile grauen Fetzen ein wahrscheinlich ebenso graues Unterhemd, Marke Feinripp, trug. Die oberen zwei Knöpfe seines Hemdes waren geöffnet und ermöglichten auf diese Weise seinem langen Brusthaar, sich als dichtes, graues Büschel der Öffentlichkeit zu präsentieren. Das einzige was an Kommissar Ahrend nicht grau war, schienen die ausgewaschenen Jeans und die ausgetretenen, schwarzen Slipper zu sein. Selbst seine Augen, waren bei genauerer Betrachtung ebenfalls grau.
Trotz des schmuddeligen Aussehens wirkte der Kommissar aber keineswegs unsympathisch.
Die beiden Frauen waren dennoch erleichtert, dass er bei ihrem Eintreten keinerlei Anstalten machte sich aus seinem quietschenden Schreibtischstuhl zu erheben um ihnen die Hand zu schütteln. Er blieb glücklicherweise sitzen, gab mit einem Lächeln den Blick auf eine breite Zahnlücke zwischen seinen oberen, mittleren Schneidezähnen frei und deutete auf die zwei Stühle vor seinem Schreibtisch, damit sie sich setzten.

Im ersten Moment zögerte er und es sah so aus, als wäre er gar nicht begeistert darüber, dass Clarissa dem Gespräch beiwohnen wollte. Aber noch bevor Belinda schaltete und Clarissa bitten konnte draußen zu warten, schien er es sich doch anders überlegt zu haben und bat Clarissa ebenfalls einen Stuhl an.

Sein Büro war relativ groß und hell. Es war sehr spärlich eingerichtet und hatte rein gar nichts Persönliches. Weder gab es Zimmerpflanzen in diesem Raum, noch sonst irgendeine Art von Deko. Nein, nicht einmal ein privates Foto war irgendwo zu sehen. Der Schreibtisch war voll mit irgendwelchen Unterlagen und wirkte ziemlich unaufgeräumt. Die wenigen Regale an den Wänden waren gefüllt mit dicken Aktenordnern und hinten, in der Ecke stand ein altes, schwarzes Ledersofa. Er sieht so aus, als würde er auf dem Ding häufiger mal die Nacht verbringen, dachte Belinda.

„Schön, dass Sie vorbei gekommen sind, Frau Marks", sagte der Kommissar, nachdem man sich einander vorgestellt hatte. „Bevor wir zum eigentlichen Thema kommen, lassen Sie uns bitte noch kurz über die Geschehnisse der letzten Nacht sprechen."

Belinda nickte nur und ließ den Kommissar weiterreden. Clarissa saß auf ihrem Stuhl und hörte ebenfalls aufmerksam zu.

„Ich habe nur durch Zufall mitbekommen was letzte Nacht passiert ist. Einbruch gehört ja eigentlich nicht zu meinem Ermittlungsbereich. Ich bin bei der Mordkommission. Doch als ich hörte, dass sich das ganze ausgerechnet auf Ihrer Station zugetragen hat, da bin ich natürlich hellhörig geworden."

„Entschuldigen Sie, dass ich unterbreche, aber können Sie mir vielleicht sagen wie es Schwester Anna geht? Im Krankenhaus konnte oder wollte man mir heute Morgen nichts dazu sagen" hakte Belinda ein.

„Da machen Sie sich mal keine Sorgen, Frau Marks. Sie wurde niedergeschlagen und hat dadurch eine Gehirnerschütterung und eine kleine Platzwunde am Kopf erlitten. Weiter ist ihr, zum Glück, nichts passiert."

„Danke Herr Ahrend. Dann bin ich erleichtert. Weiß man schon wer sie niedergeschlagen hat und warum?"
Der Kommissar gab erneut mit einem breiten Lächeln den Blick auf seine Zahnlücke frei. Er hob den Zeigefinger und sagte dann: „Eigentlich bin ich es ja, der hier die Fragen stellen wollte."
Obwohl er dies offensichtlich im Spaß sagte, war es Belinda trotzdem peinlich und sie errötete. Aus den Augenwinkeln sah sie, wie Clarissa versuchte sich das Lachen zu verkneifen und sich Mühe gab ernst zu bleiben.

„Entschuldigung" brachte Belinda kleinlaut hervor und strich sich eine Haarsträhne aus dem Gesicht.

„Ist schon gut" grinste der Kommissar noch immer. „Und um auf Ihre Fragen zu antworten: nein, man weiß noch nicht wer der Eindringling war und auch nicht was er dort wollte." Dabei zuckte er mit den Schultern und hob kurz die Hände. „Man vermutet, dass es vielleicht ein Junkie war, der nach Drogen oder Ähnlichem gesucht hat. Fest steht nur, dass er ein Loch in den Zaun geschnitten, sich somit Zugang zum Grundstück verschafft und anschließend die Scheibe der Terrassentür zerschlagen hat, um in das Gebäude zu gelangen. Vielleicht hatte er nicht damit gerechnet, dass es sich dabei um Sicherheitsglas handelte, was an einem solchen Ort ja selbstverständlich ist. Dass somit also die Komplette Scheibe zersplitterte, lag bestimmt nicht in seiner Absicht. Man vermutet, dass er wohl eher ein kleineres Loch in die Scheibe schlagen wollte. Entweder war der Junge nicht sehr intelligent, oder besonders verzweifelt."

„Oder einfach nur sehr waghalsig" fügte Clarissa hinzu.

Belinda sah die Freundin erstaunt an. Der Kommissar machte ein nachdenkliches Gesicht, hob den Zeigefinger an die Lippen, nickte und brachte dann ein „Hm, ja, vielleicht auch das" hervor. Alle drei schwiegen und machten nachdenkliche Gesichter. Dann fuhr Kommissar Ahrend fort und stieß dabei ruckartig mit seinem quietschenden Stuhl, ein Stückchen nach vorne, so dass die beiden Frauen vor Schreck zusammenzuckten: „ich muss gestehen, dass ich mich mit der ‚Junkie Theorie' nicht so ganz anfreunden kann, da meiner Meinung nach die Tatsache, dass er professionelles Werkzeug dabei gehabt haben muss, um ein Loch in den Zaun zu schneiden, nicht ganz dazu passt. Solche Leute handeln eher spontan. Wenn sie bemerken, dass sie ganz dringend einen Schuss brauchen, dann klauen sie lieber irgendwas, was sich schneller und ohne großen Aufwand beschaffen lässt und machen es kurzer Hand zu Geld." Während der Kommissar redete, fuchtelte er unentwegt mit den Händen in der Luft herum. Unwillkürlich dachte Belinda an Carlos, der ebenfalls stets mit sehr ausgeprägter Gestik sprach. Bei ihm lag es wohl an seinem südländischen Temperament. Woran liegt es bei dem Kommissar, überlegte Belinda und fand, dass es bei ihm eher komisch wirkte. „Außerdem ist das Krankenhaus zu weit draußen" erklärte der Kommissar weiter. „Wie soll er denn dorthin gekommen sein. Mit dem Bus sicher nicht. Der Fuhr um die Zeit auch gar nicht mehr. Mit dem Fahrrad? Auch eher unwahrscheinlich und ein Junkie, der zwar ein Auto besitzt, aber nicht das Geld für einen Schuss hat, klingt auch nicht plausibel. Wir haben es gecheckt. Es wurde kein Auto in der vergangenen Nacht, im Umkreis von fünfzig Kilometern gestohlen und es ist auch sonst nichts passiert, was mit dem Vorfall im Krankenhaus in Zusammenhang gebracht werden könnte."

„Mit anderen Worten: Sie tappen völlig im Dunkeln" warf Clarissa ein und erntete dafür einen strafenden Blick von ihrer Freundin.
Der Kommissar verzog keine Miene. Er sah Clarissa an, nickte langsam und sagte: „genau. Und ohne Sie zusätzlich verängstigen zu wollen, Frau Marks, aber wir müssen eben auch damit rechnen, dass der Einbrecher es vielleicht auf Sie abgesehen haben könnte."
Damit hatte er endlich das ausgesprochen, was alle Anwesenden sowieso schon die ganze Zeit dachten, aber nicht aussprechen mochten, um Belinda nicht zu beunruhigen. Das galt auch für sie selbst. Die ganze Zeit, seit der letzten Nacht, hatte sie immer wieder versucht, sich diese Möglichkeit auszureden. Aber nun war es raus. Auch der Kommissar vermutete also, dass sie noch immer in Gefahr sein könnte.

„Und was soll ich Ihrer Meinung nach nun tun?" wollte Belinda wissen.

„Lassen Sie uns erst einmal dieses Gespräch weiterführen. Am Ende beraten wir dann was wir tun werden." Es gefiel Belinda, dass er sagte „was WIR tun werden". Das vermittelte ihr den Eindruck mit dem Problem nicht allein dazustehen, sondern die Polizei an ihrer Seite zu haben. Nicht etwa so, wie vor einer Woche, als man ihr nicht geglaubt hatte.

„Ich weiß, die Kollegen haben Sie das letzte Nacht schon gefragt", setzte er das Gespräch fort, „aber schildern Sie mir doch bitte nochmal mit Ihren eigenen Worten, was Sie letzte Nacht genau gesehen und gehört haben. Vielleicht bringt uns das ja doch noch ein Stück weiter."
Belinda glaubte zwar nicht daran, wollte aber Ihre Kooperationsbereitschaft zeigen und tat, worum der Kommissar sie gebeten hatte. Während sie haargenau von den Geschehnissen der letzten Nacht berichtete, hörte ihr nicht nur der Kommissar aufmerksam zu, sondern auch Clarissa

lauschte mit großen Augen und schien die Geschichte sehr spannend zu finden. Am Ende musste allerdings auch der Kommissar zugeben, dass die Erzählung zu keinen neuen Erkenntnissen geführt hatte und so wollte er es erst einmal dabei belassen und nun über das eigentliche Thema, nämlich die Ereignisse des vergangenen Wochenendes und besonders über den Fund der Leiche, mit Belinda sprechen. Doch zunächst sah er Clarissa an und erklärte: „Da es sich um eine laufende Mordermittlung handelt, würde ich Sie normalerweise darum bitten, an dieser Stelle den Raum zu verlassen." Augenblicklich verwandelten sich Clarissas Lippen, ganz unbewusst, in einen Schmollmund. „Doch da ich davon ausgehe, dass Frau Marks Ihnen sowieso jedes Detail des folgenden Gespräches mitteilen wird", fuhr er lächelnd fort, „werde ich davon absehen und sie am Gespräch teilhaben lassen. Dass Sie über alles, was Sie hier hören Stillschweigen zu bewahren haben, darauf muss ich Sie ja wohl nicht erst hinweisen, hoffe ich. Schließlich gilt diese Ermittlung auch dem Wohle Ihrer Freundin hier. Wenn also Informationen nach draußen dringen und dadurch die Ermittlungen gefährden, kann dies natürlich auch von erheblichem Nachteil für Frau Marks sein. Haben Sie mich verstanden?" Er blickte nun von Clarissa zu Belinda und wieder zurück. Dabei ließ er seinen Blick so lange auf den Frauen ruhen, bis beide, zur Bestätigung, nickten.

Belinda musste nochmal genauestens und der Reihe nach schildern, was am Samstag, vor einer Woche passiert war. Warum sie überhaupt zur alten Schleuse rausgefahren war, wie sie dort hinkam, wo genau sie ihren Wagen geparkt hatte und so weiter. Während ihrer Schilderungen harkte der Kommissar immer wieder nach und stellte jede Menge Fragen.

„Beschreiben Sie doch nochmal den Täter so gut es geht, Frau Marks", forderte Kommissar Ahrend Belinda auf.

„Ich sagte doch, er trug solch schwarzes Leder Motorradzeug und einen schwarzen Helm. Sein Gesicht habe ich nicht gesehen."

„Wie groß war er denn, Frau Marks und was hatte er für eine Figur?"

„Er war groß, würde ich sagen. Über eins achtzig, auf jeden Fall", schätzte Belinda.

„Über eins achtzig mit Helm auf, oder?"

„Ja, das habe ich doch gerade gesagt", erwiderte Belinda etwas genervt.

„Gut, dann ist er ohne Helm aber in jedem Fall kleiner. Hatte er irgendwas auffälliges an seiner Kleidung? Irgendeine Schrift? Irgendwelche Zeichen, oder andere Farben als schwarz?"

Belinda überlegte und sagte dann: „Das weiß ich nicht. Ich kann mich an sowas nicht erinnern. Verstehen Sie denn nicht? Ich hatte Todesangst. Ich wollte einfach nur nicht sterben. Da hatte ich keine Zeit mir irgendwas einzuprägen."

„Schon gut, Frau Marks, kein Grund sich aufzuregen" versuchte der Kommissar die mittlerweile leicht verzweifelte Belinda zu beruhigen. „Vielleicht können Sie sich ja noch an das Motorrad erinnern. Vielleicht an die Farbe? Oder irgendwelche anderen Besonderheiten?"

Sie schüttelte den Kopf. „An die Farbe kann ich mich nicht erinnern und mit Motorrädern kenne ich mich auch überhaupt nicht aus. Aber ich würde sagen, es war so ein Geländeding. Also nicht so ein dicker Straßenkreuzer."

„Das hätte mich auch sehr gewundert, bei dem Gelände" murmelte der Kommissar mehr zu sich selbst. Aber Belinda hatte genau gehört was er sagte und war ein wenig beleidigt über diese Bemerkung. „Tut mir leid, dass ich mir kein Foto, oder wenigstens eine Visitenkarte von ihm habe geben lassen, als er versucht hat mich umzubringen" sagte sie nun schnippisch und dem Kommissar tat seine

Bemerkung leid. „Schon gut. War nicht so gemeint" sagte er zur Entschuldigung. Clarissa ergriff unterdessen Belindas Hand und drückte sie ein paar Sekunden lang. Belinda war, wie immer, dankbar für den Beistand der Freundin.

„Vielleicht ist Ihnen ja irgendwas an seiner Stimme aufgefallen", setzte der Kommissar die Befragung fort. „Gab es da vielleicht irgendeine Besonderheit? Ein Dialekt? Ein Akzent? Ein Sprachfehler vielleicht?"
Belinda schüttelte unentwegt den Kopf. „Nein, er hat die ganze Zeit gar nichts gesagt."

„Wie, er hat gar nichts gesagt?" fragte er ungläubig nach. „Er hat die ganze Zeit nicht ein einziges Sterbenswörtchen gesagt?"

„Nein", versicherte Belinda, „nicht ein Sterbenswörtchen."

„Das ist aber interessant", überlegte Kommissar Ahrend laut.

„Warum?" fragten Belinda und Clarissa gleichzeitig.

„Wenn man mal davon ausgeht, dass der Täter nicht stumm ist, und das halte ich für wahrscheinlich, dann deutet es meiner Meinung nach darauf hin, dass etwas an seiner Stimme so Markant ist, dass sie leicht zu identifizieren wäre, oder möglicherweise, dass Ihnen die Stimme sogar bekannt ist und sie sie sofort erkannt hätten."
Belinda war erschrocken über diese Mutmaßung und Clarissa musste ebenfalls schlucken.

„Ich glaube, wir sollten nochmal über die Vorkommnisse, der letzten Woche, am Theater sprechen. Vielleicht gibt es da doch einen Zusammenhang." Belinda hatte sofort allerlei unangenehme Erinnerungen der letzten Woche im Kopf. Sie überlegte, was sie dem Kommissar überhaupt alles erzählen sollte. Von ihrem Verhältnis mit Carlos hatte sie ihm vorhin schon berichtet, als er wissen wollte, warum sie überhaupt bei der alten Schleuse war. Es war ihr sehr peinlich gewesen. Sollte sie nun etwa auch von ihrem Verdacht gegen Georg erzählen? Dann müsste sie natürlich beichten, was sich am Sonntag zuvor am See abgespielt hatte. Nein, das wollte sie auf gar keinen Fall. Weder dem Polizisten wollte sie von Georg erzählen und Clarissa schon gar nicht.

„Was ist eigentlich mit der Leiche?" fragte Belinda nun nicht nur aus Interesse, sondern auch um sich ein wenig Aufschub zu verschaffen und zu überlegen, was sie erzählen konnte und was nicht. „Weiß man inzwischen wer der Tote ist und wie er starb?" Wie er starb, konnte sie sich eigentlich auch selbst ausmalen, denn schließlich hatte sie ja das ganze Blut an seinem Kopf gesehen.

„Ja, zu diesem Thema wäre ich später sowieso noch gekommen. Denn auch dazu habe ich noch einige Fragen. Sein Name ist Robert Schimmler und er war der Eigentümer des Gasthauses an der alten Schleuse. In den vergangenen Wochen hat er anscheinend versucht, das Lokal, nach vielen Jahren wieder zu vermieten. Er muss mal sehr wohlhabend gewesen sein und konnte es sich sogar leisten, das Gebäude, all die Jahre, leer stehen zu lassen. Aber dann hat er sich wohl verspekuliert und brauchte nun doch wieder etwas Geld. Ein paar seiner Immobilien hat er inzwischen sogar verkauft. Kannten Sie Herrn Schimmler?" er blickte abwechselnd zu Belinda und zu Clarissa. Beide schüttelten die Köpfe.

„Ich habe hier ein Foto von ihm". Der Kommissar kramte in der Akte, die schon die ganze Zeit vor ihm lag und in die er bisher keinen Blick geworfen hatte. Er schien ein gutes Gedächtnis zu haben. Als er die skeptischen Gesichter der beiden Frauen bemerkte, lächelte er wieder und sagte: „Keine Sorge, das Foto wurde noch zu seinen Lebzeiten aufgenommen." Die Erleichterung war den beiden Frauen sofort anzusehen. Der Kommissar zeigte ihnen das Bild. Es stammte scheinbar aus seinem Personalausweis und wenn man die Frisur und die Kleidung betrachtete,

konnte man daraus schließen, dass es wahrscheinlich relativ aktuell war. Belinda und Clarissa sahen sich das Foto ganz genau an und waren sich beide sicher, den Mann nicht zu kennen und ihm auch noch niemals, zumindest bewusst, begegnet zu sein.
Der Kommissar legte das Foto zurück in die Akte und blätterte nun weiter darin herum. Währenddessen fragte er beiläufig: „Kennt einer von Ihnen vielleicht einen Georg Bergmann?"
Bei dem Namen Georg erschrak Belinda und verschluckte sich an ihrer eigenen Spucke. Sie musste kurz husten. Da sie Georgs Nachnamen nicht kannte, wusste sie natürlich auch nicht, ob sie die Frage mit ja, oder nein hätte beantworten können. Der Kommissar blickte von der Akte auf und sah Belinda fragend an: „Kennen sie Ihn, Frau Marks?"
Belinda räusperte sich und antwortete dann wahrheitsgemäß: „Vom Namen her nicht. Da müsste ich auch schon ein Foto sehen."

„Danach habe ich bereits gesucht und bin auch gerade...." Er zog das Foto heraus und legte es vor Belinda auf den Tisch. „......fündig geworden", beendete er seinen Satz.
Belinda starrte auf das Foto. Das war das erste mal, seit jenem Sonntag, vor zwei Wochen, dass sie Georgs Gesicht tatsächlich vor sich sah. Auch wenn es nur auf einem Foto war. Aber diesmal bildete sie es sich nicht ein. Sie war erstaunt wie gut er aussah. Mit diesem Foto hätte er sich direkt irgendwo als Model bewerben können.

„Was ist mit ihm?" fragte sie interessiert.

„Kennen Sie ihn, Frau Marks?" nicht nur der Kommissar, sondern auch Clarissa wartete gespannt auf eine Antwort. Sie hatte inzwischen einen langen Hals gemacht und ebenfalls einen gründlichen Blick auf das Foto geworfen. Sie war sehr neugierig, ob ihre Freundin, diesen überaus attraktiven Mann kannte. Wenn dies so sein sollte, dann wollte sie natürlich alles darüber erfahren. Clarissa selbst, hatte ihn noch nie gesehen.

„Ich glaube, ich habe ihn schon mal gesehen", brachte Belinda nun zögerlich hervor.

„Was heißt Sie glauben? Haben Sie, oder haben Sie nicht?"

„Doch, ich bin mir ziemlich sicher, dass ich ihn schon mal gesehen habe" gestand Belinda.
Clarissa und der Kommissar starrten sie erwartungsvoll an: „Und?" fragte er auffordernd. „Wo haben Sie ihn gesehen? Wann? Was hat er gemacht?"

„Am Sonntag vor zwei Wochen habe ich ihn am „Friesenmoor See" gesehen. Er hat dort geangelt" erzählte Belinda wahrheitsgemäß.

„War er dort allein? Haben Sie mit ihm gesprochen?" wollte der Kommissar wissen.

„Ja, er war allein und ja, wir haben miteinander gesprochen. Er hat mir erzählt, dass er zum ersten mal angelte und dass die Ausrüstung einem Kollegen gehörte." Belinda fiel bei der Gelegenheit auf, dass sie tatsächlich fast gar nicht miteinander gesprochen hatten. „Ich erinnere mich, dass er sich auch als Georg vorgestellt hat", fügte Belinda noch hinzu und versuchte dabei so gleichgültig wie möglich zu klingen, damit der Kommissar bloß nicht auf dumme Gedanken kam.

„Und mit wem waren Sie dort, Frau Marks und was haben Sie dort gemacht?"

„Ich war allein zum Baden dort. Ein ganzes Stückchen weiter, versteht sich. Und bevor Sie weiter fragen, nein, ich habe dort sonst niemanden gesehen und mir ist auch sonst nichts weiter Ungewöhnliches aufgefallen" beendete Belinda ihren Satz, in der Hoffnung, dass der Kommissar es damit auf sich beruhen lassen würde.
Er antwortete mit einem langgezogenen „hm- das sagt auch nicht gerade etwas darüber aus, wie er mit der Sache

zu tun haben könnte. Aber anders herum wäre es auch ein riesen Zufall…" sagte er nachdenklich, mehr zu sich selbst, als hätte er die beiden Frauen kurzzeitig ganz vergessen.

„Was ist ein riesen Zufall?" wollte Belinda nun wissen. „Sie glauben also, dass er der Typ auf dem Motorrad war?" Nachdem Belinda dies ausgesprochen hatte und ihre Erinnerung an Georg gerade eben, durch das Foto, so hübsch aufgefrischt wurde, erschien ihr diese Möglichkeit plötzlich abwegig. Nicht nur, dass sie sich so deutlich an Georgs sympathische, humorvolle Art erinnerte. Nein, bei genauerer Überlegung hatte er auch eine ganz andere Figur, als dieser Motorradfahrer. Wie der Kommissar vorhin schon sagte, wirkte der Motorradfahrer durch den Helm natürlich etwas größer. Georg aber war selbst in seinen Badeshorts schon sehr groß und kräftig gewesen. Nein, jetzt war sich Belinda auf einmal völlig sicher, dass sie Georg in jedem Fall aus dem Kreis der Verdächtigen ausschließen konnte.

Gespannt warteten beide Frauen noch immer auf die Antwort des Kommissars. Dieser schien zu überlegen, ob er bestimmte Informationen preisgeben sollte, oder nicht. Zögerlich begann er: „nun ja- die Leiche von Herrn Schimmler wurde im Kofferraum von Herrn Bergmanns Wagen gefunden" ließ der Kommissar die Bombe platzen. Während Clarissa ganz enttäuscht schien, dass dieser attraktive Fremde auf dem Foto wahrscheinlich ein Mörder war, konnte Belinda es einfach nicht fassen und fragte ungläubig nach: „Sie glauben also, dass dieser Georg den Besitzer des Gasthauses getötet hat?"

Der Kommissar, der in den vergangenen Minuten überaus ernst gewesen war, brach nun in ein kurzes, lautes Lachen aus und machte gleich darauf wieder ein ernstes Gesicht als er erklärte: „Himmel nein, keiner hält Georg Bergmann für den Mörder von Robert Schimmler. Dass man die Leiche in seinem Kofferraum gefunden hat, macht ihn noch lange nicht tatverdächtig. Ganz im Gegenteil". Die Miene des

Kommissars nahm sehr besorgte Züge an. Dann fuhr er fort: „Georg Bergmann ist ein Kollege und wird seit vergangenem Samstag vermisst. Wir machen uns große Sorgen um ihn."

Rums! Die zweite Bombe war geplatzt. Clarissa war erstaunt und erleichtert zugleich, dass dieser attraktive Kerl, auf dem Foto, nun doch zu „den Guten" gehörte. Belinda hingegen war so überrascht, dass ihr kurzzeitig die Kinnlade herunterklappte und es ihr die Sprache verschlug. Die Gedanken drehten sich in ihrem Kopf und sie versuchte fieberhaft sie zu sortieren.

„Ist Ihnen nicht gut?" fragte der Kommissar besorgt, dem aufgefallen war, dass Belinda plötzlich ganz blass um die Nase schien.

„Nein, alles okay" log sie und versuchte noch immer ihre Gedanken und Gefühle zu sortieren. In ihrem Kopf drehte sich alles. Aber bei all diesem Wirrwarr kristallisierten sich zwei Gefühle ganz klar heraus und das waren Sorge und Scham. Ja, sie machte sich plötzlich ebenfalls sehr große Sorgen um diesen gutaussehenden, sympathischen Mann, mit dem sie ein paar so wunderbare Stunden verbracht und dem sie anschließend, zu Unrecht so viel Schlechtes zugetraut hatte. Sie wollte sich am liebsten in Grund und Boden dafür schämen. Hoffentlich war ihm nichts Schlimmes zugestoßen!

„Für uns stellt sich natürlich nun die Frage, wie Herr Bergmann in den Fall verstrickt ist", unterbrach der Kommissar Belindas Gedanken. „War er nur zufällig bei der alten Schleuse? Wurde er ebenfalls dort hingelockt, so wie Sie, Frau Marks? Oder ist er dorthin gefahren weil er einer krummen Sache auf der Spur war? Das alles wissen wir leider nicht."

Kommissar Ahrend, der leicht mit seinem quietschenden Stuhl vor und zurück wippte, griff sich mit der rechten Hand ans Kinn und quetschte es zwischen Daumen und

Zeigefinger. Nachdenklich fuhr er fort: „Wie ist die Leiche in seinen Kofferraum gekommen und wann ist das geschehen? Wir haben Blutspuren im Lokal, bei der alten Schleuse, gefunden, ebenso auf dem Parkplatz und in Ihrem Kofferraum, Frau Marks."

Das Entsetzen über diese Neuigkeit war beiden Frauen deutlich anzusehen. Ungläubig, mit weit aufgerissenen Augen starrten sie den Kommissar an und warteten auf weitere Erklärungen. „Wie ist das möglich?" fragte Belinda schockiert. „Wessen Blut hat man in meinem Wagen gefunden?" Kaum hatte sie die Frage laut ausgesprochen, da hoffte sie auch schon, dass sie nicht die Antwort erhalten würde, die sie befürchtete. Doch sie wurde enttäuscht. „Im Gebäude hat man Blut von Herrn Schimmler und von Herrn Bergmann gefunden", berichtete Kommissar Ahrend. „Auf dem Parkplatz und in Ihrem Auto konnten nur Blutspuren von Herrn Bergmann sichergestellt werden."

Georg hatte also verletzt in ihrem Kofferraum gelegen. Vielleicht sogar tot. Nach dieser furchtbaren Nachricht hatte Belinda große Schwierigkeiten sich weiterhin auf das zu konzentrieren was Kommissar Ahrend sagte. Sie hatte nur noch Bilder von Georg im Kopf, wie er schwer verletzt im Kofferraum ihres Wagens lag. Nur mit Mühe konnte sie die Tränen unterdrücken, die ihr angesichts dieser Bilder, sogleich in die Augen schießen wollten.

Nein, sie hatten seine Leiche nicht gefunden. Das bedeutete sicher, dass er noch am Leben war. Er musste einfach noch am Leben sein. Wahrscheinlich würde man ihn bald finden. Immerhin war er bei der Polizei. Da gaben sich die Kollegen doch bestimmt ganz besonders viel Mühe, oder? Mit derlei Gedanken versuchte Belinda sich zu beruhigen.

Kommissar Ahrend entging nicht, dass der jungen Frau die Informationsflut ganz schön zugesetzt hatte und so schlug er vor, dass sie eine kleine Pause machen und sich alle einen Kaffee holen sollten.

Die beiden Frauen machten sich auf einen alten Kaffeeautomaten, mitten auf dem Gang gefasst, aber Kommissar Ahrend führte sie stattdessen in eine richtige kleine Küche. Sie wirkte sogar um einiges gemütlicher und persönlicher als das Büro des Kommissars. Aber das war natürlich auch kein Kunststück, bei dessen spartanischer Ausstattung.

Zwei Männer verließen den Raum, als das Dreiergespann eintrat. Sie schienen in ein Gespräch vertieft und grüßten Kommissar Ahrend mit einem Nicken. Dieser grunzte als Begrüßung zurück. Belinda bemerkte die kurzen aber anerkennenden Blicke der Männer als sie Clarissa sahen und auch sie schien die Blicke der beiden bemerkt zu haben, denn plötzlich lächelte sie vor sich hin. Belinda hätte auch gerne gelächelt über diese kleine Szene, denn sie war ihr so angenehm vertraut und dadurch auch irgendwie komisch, aber sie machte sich so wahnsinnige Sorgen um Georg und konnte dieses Gefühl einfach nicht abstellen.

Alle drei bedienten sich an dem kleinen, hochmodernen Kaffeeautomaten mit den vielen Knöpfen und entschlossen sich für drei unterschiedliche Kaffeevarianten. Als jeder sein heißes Getränk in den Händen hielt, schritt der Kommissar voran und sie begaben sich wieder in sein Büro. Nach diesem kurzen Ausflug in die kleine, gemütliche Küche, wirkte das große, helle Büro des Kommissars noch karger als vorher. Er trat ans Fenster und öffnete es einen Spalt. Das hätte er auch schon eher machen können, dachte Belinda, die sofort die hereinströmende Frischluft tief einatmete. Sie musste zugeben, dass der kurze Abstecher in die Küche, der heiße Kaffee und die frische Luft wirklich gut taten. Auch Clarissa machte einen deutlich entspannteren Eindruck als vorher.

Als die beiden Frauen, mit den Bechern in der Hand, wieder Platz genommen hatten, lehnte Kommissar Ahrend sich in seinen Schreibtischstuhl zurück, nahm einen Schluck Kaffee, atmete einmal tief durch und lehnte sich dann wieder nach vorne, über seinen unordentlichen Schreibtisch. „Also um es mal zusammenzufassen", setzte er das Gespräch fort. „Wir vermuten, dass Herr Schimmler in seinem Gasthaus getötet wurde. Wir haben Blutspuren, die seiner Person zugeordnet werden konnten, auf dem Korridor, am Fuße der Treppe gefunden und außerdem noch auf der Herrentoilette. Da seine Leiche einige Zeit im Wasser gelegen hat, ist leider der Zeitpunkt des Todes nicht exakt zu bestimmen. Der Gerichtsmediziner meinte aber, dass es sehr wahrscheinlich ist, dass er schon einige Tage tot war, bevor man ihn mit dem Auto im Wasser versenkt hat."

„Das würde dann wohl auch den Gestank erklären", unterbrach Belinda den Kommissar mit leiser, fast monotoner Stimme. Ihr wurde schlagartig übel bei der Erinnerung an diesen widerwärtigen Gestank, der ihr entgegenschlug, als sie die Heckklappe des grünen Kombis öffnete und die Leiche unter der alten Wolldecke fand.

„Exakt!" stimmte der Kommissar zu und seine hektischen Bewegungen brachten den Kaffee, in seiner Hand, fast zum Überschwappen. „Das haben wir uns auch gedacht. Frau Marks, Sie hatten ausgesagt, dass der Parkplatz leer war, als sie bei der alten Schleuse ankamen."

„Ja", Belinda nickte.

Mit einem langgezogenen „gut", führte der Kommissar seine Mutmaßungen weiter fort. „Ihr Angreifer war mit dem Motorrad dort. Wir haben Reifenspuren auf den Wegen und im Gebüsch gefunden. Leider ein sehr gängiges Fabrikat, was uns im Moment nicht weiterbringt. Da Sie bis zu dem Zeitpunkt als Sie niedergeschlagen wurden kein Motorrad haben kommen hören, kann man mal davon ausgehen, dass er also schon vor Ihnen dort war und sich im Haus versteckt hielt." Er blickte die beiden Frauen mit hochgezogenen Augenbrauen an und Belinda nickte stumm. Der Kommissar leerte seinen Becher mit einem kräftigen Schluck und warf ihn dann in den Mülleimer, unter seinem Schreibtisch. Belinda war erleichtert, dass sie nun nicht mehr unentwegt auf seine Hand starren und befürchten musste, dass er bei der ständigen Fuchtelei, die braune Brühe über den Schreibtisch oder sonst wohin verschütten würde.

Sie erfuhr erst jetzt, dass Carlos sein Handy bereits am Montag als gestohlen gemeldet hatte. Da die Polizei aber bis zu Anfang dieses Gespräches gar nicht wusste, dass Belinda nur wegen seiner SMS zur alten Schleuse gefahren war, hatte die Meldung bisher auch keinerlei Relevanz für die Ermittlungen gehabt.

„Fassen wir also nochmal zusammen", begann Kommissar Ahrend. „Der Motorradfahrer hat Sie vermutlich mit Hilfe des gestohlenen Handys von Herrn Donato zur alten Schleuse gelockt und dort, im Lokal auf sie gewartet. Sie haben ausgesagt, dass Sie, kurz bevor Sie niedergeschlagen wurden, einen Wagen gehört haben. Richtig?" Der Kommissar wartete mit hochgezogenen Augenbrauen auf die Zustimmung Belindas. Sie bestätigte durch ein Nicken.

„Wir gehen davon aus, dass es Herr Bergmann war, der dort mit seinem grünen Kombi ankam. Dann wurden Sie niedergeschlagen und waren eine Zeit lang bewusstlos. Wie lange genau, können Sie uns leider nicht sagen. Richtig?"

Wieder bestätigte Belinda durch Kopfnicken und brachte zusätzlich noch ein „Ja, leider", hervor.

„Wenn wir davon ausgehen, dass Sie lange genug bewusstlos waren, so könnte der Motorradfahrer in der Zwischenzeit erst einmal ebenfalls Herrn Bergmann überwältigt und die Leiche, die er irgendwo versteckt hielt, in dessen Wagen gelegt haben. Wir wissen ja nicht, ob Bergmann dort ebenfalls erwartet wurde, oder ob er vielleicht als Überraschungsgast dort aufgetaucht ist. Falls das der Fall war, so könnte es den Motorradfahrer aus dem Konzept gebracht haben und er ist vielleicht von seinem ursprünglichen Plan abgewichen. Wie auch immer dieser ausgesehen haben mag."

„Was glauben Sie war sein Plan?" fragte Belinda den Kommissar.

„Das können wir nicht mit Gewissheit sagen. Die Frage kann uns wohl nur dieser Kerl selber beantworten. Aber wir haben Lebensmittel und nagelneues Bettzeug, im Schrank, in dem Raum, in dem Sie auch eingesperrt waren gefunden. Das könnte darauf hindeuten, dass er sie vielleicht dort behalten wollte. Vielleicht sollte es ihm aber auch nur selber als Unterschlupf dienen. Fingerabdrücke haben wir dort, außer von Ihnen, jedenfalls nicht gefunden. Er muss dort gründlich sauber gemacht haben. Das ganze übrige Gebäude ist übersät mit Fingerabdrücken. Aber keine registrierten darunter. Die meisten stammten von Herrn Schimmler und von Bergmann gab es natürlich auch welche. Die übrigen sind sicher von Mietinteressenten, vielleicht auch vom Makler und Handwerkern. Der Motorradfahrer selber hat sicher die ganze Zeit, im Haus, Handschuhe getragen."

„Und was ist mit Belindas Auto?" schaltete sich Clarissa nun ein. „Wenn der Kerl diesen Herrn Bergmann in Belindas Auto weggeschafft hat, dann gibt es doch vielleicht dort Fingerabdrücke von ihm?"

„Fehlanzeige", gab der Kommissar nur zur Antwort.

„Die wichtigste Frage ist im Moment doch sowieso: wo hat er Herrn Bergmann hingeschafft?" warf Belinda ein.

„Ja, das wüssten wir nur zu gern", bestätigte der Kommissar. „Seit den frühen Morgenstunden, genau gesagt, seit es heute hell wurde, sind die Hundestaffeln im Einsatz und durchkämmen den kleinen Wald, in dem Ihr Auto gefunden wurde, Frau Marks und das gesamte Gebiet nahe der alten Schleuse."

„Wie bitte?" fragte Belinda ungläubig. „Das geschieht erst jetzt, obwohl Sie meinen Wagen schon am Mittwoch gefunden haben, wenn ich mich recht erinnere." Belinda war außer sich vor Wut. „Wenn Sie Blutspuren von Herrn Bergmann in meinem Kofferraum gefunden haben, warum setzen Sie dann erst heute, drei Tage später, Hundestaffeln ein und suchen vernünftig nach ihm?!" Belinda war bis zum vordersten Rand ihres Stuhls gerückt und schob ihren Oberkörper nach vorn. Mit weit aufgerissenen Augen starrte sie den Kommissar an und wartete auf eine Erklärung. Dieser sagte allerdings kein Wort, machte ein eher betretenes Gesicht und schien noch nach einer guten Antwort zu suchen, als Clarissa ihm die Aufgabe abnahm. Sie beugte sich ebenfalls leicht nach vorn und sprach dann leise aber deutlich: „Sie haben Belindas Wagen gar nicht untersucht, als er gefunden wurde. Wahrscheinlich dachten Sie sich, ‚ach hier hat die arme Irre ihren Wagen abgestellt'. Erst nachdem gestern die Leiche von Herrn Schimmler, in einem grünen Kombi, so wie Belinda es beschrieben hatte, aus dem Fluss gefischt wurde, hat man sich die Mühe gemacht ihr Auto, das Lokal, den Parkplatz und alles weitere zu untersuchen. Ist es nicht so, Herr Kommissar?" fragte Clarissa und war sich absolut sicher.

„Ja, so war es leider", gab der Kommissar mit einem zerknirschten Lächeln zu. „Wenn Sie wenigstens nicht Ihre SIM Karte hätten sperren lassen, Frau Marks, dann hätte man Ihr Handy vielleicht orten können. Vorausgesetzt natürlich, der Typ hätte es eingeschaltet gelassen."

„Ach nun ist es plötzlich auch noch meine Schuld, dass Sie Herrn Bergmann nicht finden können. Glauben Sie mir, bis Sie angefangen haben nach ihm zu suchen, war der Akku sowieso schon längst leer." Belinda lehnte sich auf ihrem Stuhl zurück und raufte sich die Haare. „Unglaublich, dass Sie mehrere kostbare Tage verschenkt haben, auf der Suche nach ihm, nur weil Sie mir nicht geglaubt haben!" wetterte Belinda kopfschüttelnd.

„Ganz so, würde ich es nun nicht sagen, Frau Marks, schließlich konnte ja keiner ahnen, dass Herr Bergmann ebenfalls bei der alten Schleuse war. Und wo wir gerade wieder bei diesem Punkt sind… Die Vorstellung, dass es ein Zufall sein soll, dass Sie beide, an zwei aufeinanderfolgenden Wochenenden, an so abgelegenen Orten aufeinander treffen, sorry, aber das will nicht ganz in meinen Kopf." Kommissar Ahrend machte nun ein besonders ernstes Gesicht und sah Belinda mit einem geradezu durchbohrenden Blick in die Augen. Fast hätte sie eine Gänsehaut bekommen. Es war auch nicht nur die Art wie er sie ansah, die ihr einen kleinen Schauer über den Rücken laufen ließ, sondern auch das, was er gesagt hatte.

Clarissa erschien es wie eine Ewigkeit, in der sich Belinda und der Kommissar gegenseitig anstarrten und dabei schwiegen. Sie konnte aber sehen wie es hinter Belindas Stirn arbeitete. Zu gut kannte sie die Freundin und zum ersten mal hatte sie das Gefühl, dass Belinda irgendwas zu verbergen hatte. Sie war erstaunt, ja fast sogar ein wenig erschrocken über diesen Eindruck. Aber wie gesagt, sie kannte die Freundin wie kein anderer und war sich ziemlich sicher was ihre Vermutung anging.

Belinda wusste, dass der Kommissar Recht hatte. Das konnte wirklich kein Zufall sein. Sollte sie weiterhin alles verschweigen, oder würde es Georg am Ende schaden? Sie fasste also einen Entschluss und begann stockend zu erzählen: „Ich bin mir nicht sicher, aber es könnte sein, dass ich Herrn Bergmann auch schon letzte Woche im Theater gesehen habe."

„Was?!" brüllte der Kommissar eine Spur zu laut, so dass beide Frauen zusammenzuckten.

„Tut mir leid", sagte er deutlich leiser als er dies bemerkte. „Aber das kann doch wohl nicht ihr Ernst sein. Warum rücken Sie erst jetzt damit raus?" Der Kommissar war eindeutig wütend.

„Warum ich erst jetzt damit raus rücke?" wiederholte Belinda ebenfalls sauer. „Ich habe doch gerade gesagt, ich bin mir nicht sicher."

„Was soll das heißen, Frau Marks? Haben Sie ihn nun gesehen, oder nicht? Jetzt aber mal raus mit der Sprache! Da stimmt doch was nicht."

Belinda war verzweifelt. Sie wusste nicht wie sie dem Kommissar klar machen sollte, was sie gesehen hatte, ohne die ganze Geschichte erzählen zu müssen. „Also", fing sie an und sprach dabei langsam und mit Bedacht. „Nachdem ich Herrn Bergmann am Sonntag, vor zwei Wochen, am Friesenmoor See flüchtig kennengelernt habe, hatte ich an den Tagen danach mehrfach das Gefühl, oder den Eindruck, ihn gesehen zu haben. Es war aber jedes mal nur für einen kurzen Moment, so dass ich mir nie wirklich sicher war und eben dachte, dass ich mir es wohl nur eingebildet hätte." Obwohl Belinda die ganze Zeit über den Kommissar ansah, konnte sie aus den Augenwinkeln erkennen, dass Clarissa sie völlig erstaunt beobachtete. Das Ganze war Belinda sehr unangenehm und sie errötete sogar ein wenig.

Der Kommissar blickte sie misstrauisch an und sagte dann: „Sie haben also irgendeinen Kerl am See kennengelernt und plötzlich bilden Sie sich ständig ein sein Gesicht irgendwo zu sehen. Habe ich das richtig verstanden, Frau Marks?" Belinda wollte gerade antworten, aber der Kommissar sprach einfach weiter. „Also das klingt seltsam für mich. Für Sie nicht auch, Frau Müller?" Er starrte Clarissa an, die erschrocken darüber war, dass sie so direkt nach ihrer Meinung gefragt wurde. Natürlich kam es ihr auch seltsam vor. Aber sie würde die Freundin doch nicht in die Pfanne hauen. Also schwieg sie, hob die Augenbrauen über ihren hübschen, blauen Kulleraugen und zuckte mit den Schultern.

„Also ich tippe mal darauf, dass entweder mehr zwischen ihnen beiden war, als Sie uns hier weis machen wollen, oder Herr Bergmann hat einen Wahnsinns Eindruck auf Sie gemacht, so dass sie sich an den darauffolgenden Tagen wünschten ihn wiederzusehen. Oder, Frau Marks?"
Belinda überlegte nur kurz und gab dann zur Antwort: „Es war tatsächlich so, dass wir einander nicht gerade unsympathisch waren. Er hat auch gefragt ob wir uns mal treffen könnten. Aber das wollte ich nicht. Ich hatte ihm sogar einen falschen Namen genannt."

„Einen falschen Vornamen? Warum?" wollte der Kommissar wissen und wieder entging Belinda nicht das Erstaunen in Clarissas Gesicht.

„Keine Ahnung warum. Ich wollte eben nicht irgendeinem Fremden meinen Namen verraten. Ich hatte schließlich auch kein Interesse daran ihn wiederzusehen." Belinda überlegte, warum sie ihn nicht hatte wiedersehen wollen und ob ihnen dieser ganze Mist vielleicht erspart geblieben wäre, wenn sie sich doch darauf eingelassen hätte.

„Also wenn Sie vielleicht tatsächlich sein Interesse geweckt haben sollten, an jenem Sonntag", unterbrach der Kommissar Belindas Gedanken, „dann wäre es ihm sicher ein Leichtes gewesen Ihren Namen herauszufinden und Sie aufzuspüren. Schließlich ist er bei der Polizei. Er hätte sich nur Ihr Nummernschild ansehen und anschließend überprüfen müssen." Er setzte ein fast schon triumphierendes Lächeln auf. Dann fügte er mit einem breiten Grinsen hinzu: „So hätte ich es jedenfalls gemacht."
Belinda musste zugeben, dass es tatsächlich so gewesen sein könnte. Dann hatte sie ihn also vielleicht doch im Theater gesehen.

„Mal angenommen es war so, dass er Ihren Namen anhand des Nummernschildes herausgefunden hat und dass er daraufhin im Theater aufgetaucht ist", ließ der Kommissar die beiden Frauen an seinen Überlegungen teilhaben. „Er hat sie dort gesehen und um herauszufinden wie Sie ticken, hat er sie vielleicht auch ein wenig, sagen wir vorsichtig, beobachtet. Vielleicht ist ihm dabei irgendetwas aufgefallen, was mit den unangenehmen Ereignissen die Sie betreffen, Frau Marks, zu tun haben könnte. Vielleicht hat er auch bemerkt, dass Ihnen jemand nachgestellt hat." Der Kommissar wirkte auf einmal ziemlich aufgeregt. Er raffte die vor ihm liegende Akte zusammen. „Es tut mir Leid, die Damen", sagte er und erhob sich bereits aus seinem quietschenden Schreibtischstuhl. „Ich bin Ihnen sehr dankbar, dass Sie da waren. Ich muss mich dringend mit den Kollegen beraten und ich werde in jedem Fall eine sofortige Überprüfung aller Beschäftigten am Theater anordnen. Außerdem werde ich mir persönlich nochmal einige der vergangenen Fälle von Herrn Bergmann vornehmen. Daran arbeiten zwar schon zwei Kollegen, aber man weiß ja nie... Mir ist da gerade eine Idee gekommen. Georg Bergmann ist nämlich erst seit einem knappen Jahr wieder bei uns, müssen sie wissen." Die beiden Frauen sahen den Kommissar erstaunt an und waren gespannt auf was er hinaus wollte.

„Er ist zwar hier geboren und hat auch die ersten Jahre bei der Polizei hier verbracht", erklärte der Kommissar, „aber dann ist er nach Düsseldorf gegangen und hat dort circa acht Jahre gearbeitet. Als er zurückkam, gab es da so ein paar Gerüchte. Denen werde ich jetzt mal auf den Grund gehen." Mit den Worten schob er die beiden Frauen auch schon praktisch zur Tür hinaus.

Belinda und Clarissa waren ein wenig perplex auf Grund des abrupten Endes, dieser Unterhaltung. Andererseits taten ihnen aber auch schon die Hintern weh, vom langen Sitzen, auf den nicht gerade bequemen Stühlen.

Als sie das große Gebäude endlich durchquert hatten und unten, auf der Straße ankamen, waren sie erleichtert. Sie reckten sich erst einmal und atmeten tief durch, bevor sie in Clarissas Wagen stiegen. Hier draußen wirkte doch alles wesentlich freundlicher, frischer und weniger beklemmend als in dem kargen Büro von Kommissar Ahrend. Enttäuscht viel Belinda auf, dass sie nun gar nicht mehr darüber gesprochen hatten, wie sie sich weiter verhalten sollte und ob man ihr irgendeine Art von Schutz zukommen ließ, wenn man doch noch immer damit rechnete, dass sie sich weiterhin in Gefahr befand. Clarissa redete ihr gut zu und versprach so lange nicht von ihrer Seite zu weichen, bis Belinda zu ihren Eltern nach Spanien flog. Auf dem Weg zu ihr, nach Hause, hielten sie noch beim Reisebüro und sie buchte einen Flug für Dienstag.

Kapitel 12
Ausgetrickst

Auf dem Weg nach Hause dachte Belinda darüber nach, wie es sich wohl anfühlen würde, wenn sie gleich das Haus betreten würden und sie nicht wusste, ob dieser Irre in der Zwischenzeit vielleicht in ihren Sachen herumgewühlt hatte. Vielleicht hatte er auf der Couch gesessen, auf ihrem Bett gelegen, oder ihre Toilette benutzt. Sie spürte wie ihr Herz immer schneller schlug und ihr ein Schauer über den Rücken lief. Sie schüttelte sich und zwang sich auf der Stelle diese Gedanken abzustellen. Sie durfte sich einfach nicht damit verrückt machen! Nur die Zahnbürste, die würde sie sicherheitshalber, trotzdem, sofort austauschen.
Clarissa sah sie von der Seite an und fragte: „Ist irgendwas mit dir?"

„Nein, mach' dir keine Gedanken. Alles gut", log sie.
Als die beiden Frauen endlich bei Belinda zu Hause ankamen, war es bereits Mittag und beide hatten großen Hunger. Während Clarissa als erstes nach draußen, auf die Terrasse trat und im Garten nach dem Rechten sah, tat Belinda dies im Haus. Sie ging von Zimmer zu Zimmer, sah sich alles ganz genau an und öffnete alle Fenster. Es war zwar nicht mehr ganz so heiß wie in der vergangenen Woche, aber warm genug und die Luft im Haus wirkte unangenehm stickig und abgestanden.

„Wir hätten uns von unterwegs etwas zu essen mitbringen sollen", klagte Belinda.

„Ja, das hätten wir", bestätigte die Freundin. „Aber wir können ja auch etwas bestellen und liefern lassen. Oder wir fahren nochmal los" schlug Clarissa vor.
Belinda zog ein missbilligendes Gesicht. „Das dauert alles viel zu lange. Mir knurrt furchtbar der Magen. Ich könnte

uns Tiefkühlpizza in den Ofen schieben. Davon habe ich noch einen ordentlichen Vorrat im Haus."

„Ist doch super!" antwortete Clarissa.

„Später müssten wir dann aber trotzdem nochmal kurz Einkaufen fahren. Bis Dienstag werden wir noch das eine oder andere benötigen", stöhnte Belinda, denn der Gedanke heute nochmal irgendwo hin zu müssen, gefiel ihr gar nicht. Sie wäre viel lieber zu Hause geblieben. Dort gab es noch eine Menge zu tun.

„Klar, einkaufen ist doch toll", rief Clarissa von draußen, wo sie sich bereits am Rasensprenger zu schaffen machte. „Dann kaufen wir uns ganz viele leckere Sachen und machen es uns heute Abend so richtig gemütlich. Herrlich!"

Sie klingt echt begeistert registrierte Belinda, während sie versuchte zwei große, runde Pizzen auf ein, dafür zu kleines, eckiges Backblech zu platzieren. In solchen Momenten bedauerte sie es, dass es ihre Lieblingspizza nicht auch in eckiger Form gab, denn so war es eine echte Herausforderung. Sie brach beide Pizzen in je zwei Teile und versuchte dann, sie irgendwie auf das Backblech zu bekommen, dass es passte. Es kam ihr vor, wie eine Art Rätsel, oder Geduldspiel. Nach etwa zwei Minuten, hatte sie es geschafft. Alle vier Hälften lagen auf dem Blech, ohne sich zu überschneiden.

Eine gute Stunde später waren beide Frauen papp satt und Belinda schlug vor, direkt zum Einkaufen aufzubrechen. Dann hätten sie es hinter sich. Clarissa begrüßte den Vorschlag und so wollten sie gerade zur Tür hinaus, als das Telefon klingelte. Clarissa, die bereits die Haustür geöffnet hatte, schloss sie wieder und Belinda ging zurück ins Wohnzimmer, wo sie das schnurlose Telefon, auf der Ladestation fand. Sie griff es sich, drückte auf den Knopf, um das Gespräch entgegen zu nehmen und meldete sich mit: „Marks"

„Hallo Belinda, das ist ja schön, dass du wieder zu Hause bist. Wie geht es dir?"

„Hallo Mara. Ja, ich bin auch sehr froh wieder hier zu sein und danke, mir geht es gut", lächelte Belinda durchs Telefon.

„Das freut mich" sagte die Kollegin am anderen Ende der Leitung. „Erzähl doch mal, was war denn eigentlich los?" Ihre Stimme klang besorgt.

Belinda freute sich zwar einerseits über das Interesse und die Sorge der Kollegin, die inzwischen ja auch schon eher eine Freundin für Belinda war, aber sie wollte sich jetzt natürlich auch nicht lange am Telefon aufhalten. Schließlich waren sie gerade im Begriff aufzubrechen. Clarissa hockte inzwischen geduldig auf der Lehne des Sofas und kramte in ihrer Handtasche.

„Mara ich erzähle es dir gerne ein anderes mal. Jetzt bin ich schon praktisch aus dem Haus. Ich muss dringend noch ein paar Sachen einkaufen und einiges erledigen. Sei mir bitte nicht böse."

„Kein Problem", gab die Kollegin verständnisvoll zurück. „Dann unterhalten wir uns eben in den nächsten Tagen. Wäre schön, wenn wir uns mal wieder treffen könnten. Du kannst mich natürlich auch jederzeit anrufen, wenn du irgendwas brauchst. Auch wenn du vielleicht einfach nur nicht allein sein möchtest."

„Das ist lieb von dir Mara. Aber keine Sorge, ich bin nicht allein", erklärte Belinda. „Clarissa ist bei mir und bleibt, bis ich am Dienstag nach Spanien fliege. Wir können uns dann gerne treffen, wenn ich wieder da bin."

„Du fliegst nach Spanien?" Maras Stimme klang enttäuscht. „Wie lange bleibst du denn?"

„In drei Wochen, wenn die Sommerpause vorbei ist, bin ich wieder da", informierte Belinda die Kollegin.

„Ach so, na dann sehen wir uns wohl erst in drei Wochen wieder."

Belinda wunderte sich, wie sehr Mara über diese Nachricht enttäuscht schien und sich so gar nicht für sie freute. „Ja, Mara. Lass' es dir gut gehen, bis dahin."

„Klar, du auch. Bis dann." Damit hatte Mara aufgelegt. Belinda überlegte, ob sie Mara nicht ganz beiläufig nach Carlos hätte fragen sollen. Vielleicht wusste die Kollegin ja bereits, ob er das Angebot aus Barcelona angenommen hatte, oder nicht. Aber eigentlich brauchte es sie ja auch gar nicht mehr zu interessieren. Sie hätte nur zu gerne gewusst, ob sie nach der Sommerpause weiter würde mit ihm arbeiten müssen, oder ob sie anfangen konnte ihn zu vergessen. Letzteres wäre sicher besser für sie gewesen. Zwar wunderte sie sich noch immer über die Reaktion der Kollegin auf ihre Spanienreise, aber nachdem sie erstmal mit Clarissa das Haus verlassen hatte und sie sich über die bevorstehenden Erledigungen unterhielten, hatte sie das Telefonat auch schnell wieder vergessen. Sie fuhren wieder mit Clarissas Wagen, da Belindas Auto noch immer von der Polizei einbehalten wurde.

„Ich muss mich natürlich auch noch nach einem neuen Handy umsehen", sagte Belinda auf dem Weg in die Innenstadt. „Diese Horrorgeschichte kostet mich inzwischen ganz schön viel Geld."

„Ja, das auch noch", antwortete Clarissa mitfühlend. „Wenn ich dir etwas leihen soll, brauchst du es nur sagen. Das wäre gar kein Problem." Clarissa sah ihre Freundin besorgt von der Seite an.
Belinda lachte, „danke Clarissa, das ist wirklich lieb von dir. Aber ganz so schlimm ist es zum Glück noch nicht. Ich habe ja noch meinen Notgroschen. Der schrumpft zwar im Moment ganz schön zusammen, durch all die Sonderausgaben, aber irgendwann kommen hoffentlich auch wieder bessere Zeiten."

Clarissa atmete erleichtert auf. Nicht weil sie der Freundin nichts leihen musste, sondern weil diese, doch noch ganz locker, mit der finanziellen Belastung umzugehen schien.

„Falls du aber doch irgendwann etwas brauchen solltest, lass' es mich bitte wissen", beschwor Clarissa die Freundin. Diese lächelte sie an und antwortete: „Klar, mach' ich doch sowieso."

Der Einkauf, der nur mal eben kurz stattfinden sollte, zog sich dann doch über drei Stunden hin. Belinda fielen immer mehr Dinge ein die sie noch organisieren musste, bevor sie am Dienstag nach Spanien flog. Allein der Kauf eines neuen Handys nahm fast eine ganze Stunde in Anspruch. Am Ende entschied sie sich für exakt dasselbe Modell, was sie vorher hatte. Sie hatte das Smartphone ja erst vor wenigen Monaten gekauft, hatte sich inzwischen an die Bedienung gewöhnt und war mit dem Gerät sehr zufrieden gewesen. Mittlerweile war der Preis für das Handy auch etwas gesunken, da es natürlich schon wieder ein Nachfolger Modell gab. Belinda war froh, dass sie wenigstens ihre alte Nummer wieder haben konnte. So hatte die Tatsache, dass sie die SIM Karte hatte sperren lassen, wenigstens doch noch etwas Gutes. Wenn sie es nicht getan hätte, so wie der Kommissar sagte, um ihr gestohlenes Handy orten zu können, dann hätte sie jetzt natürlich auch eine neue Nummer gebraucht. So hat eben alles zwei Seiten, dachte sie sich, wie so oft.

Als sie endlich wieder zu Hause waren kümmerten sie sich noch um das nötigste im Haushalt und im Garten. Belinda wusch noch jede Menge Wäsche. Sie wollte am Dienstag natürlich all ihre Lieblingssachen frisch gewaschen mit in den Koffer packen. Außerdem rief sie noch ihren Onkel Günther an, um diesen zu bitten, während ihrer Abwesenheit nach dem Garten zu sehen. „Du brauchst gar nicht viel machen", versicherte sie ihm. „Wenn du bitte nur dafür

sorgen könntest, dass nicht alles völlig vertrocknet, dann wäre ich dir schon sehr dankbar."
Der Onkel versprach, sich um alles zu kümmern und beschwor Belinda, sich bloß keine Sorgen zu machen und in jedem Fall die Zeit, in Spanien, zu genießen und ihre Eltern ganz lieb zu grüßen. Nach dem Gespräch war Belinda erleichtert, dass sie einen weiteren Punkt auf ihrer gedanklichen „to do Liste" abhaken konnte.
Den übrigen Abend, von dem inzwischen wirklich nicht mehr viel übrig war, verbrachten die beiden Frauen zunächst mit einem großen Paket Eis, welches sie auf zwei Schüsseln verteilt hatten, genüsslich auf der Terrasse. Als es aber dunkel wurde, setzen sie sich mit weiteren Süßigkeiten auf die Couch, vor den Fernseher. Belinda schaffte es gerade noch, eine Folge ihrer Lieblingsserie zu gucken. Clarissa schlief bereits zehn Minuten vor dem Ende ein. Sie war es einfach nicht gewohnt, so lange aufzubleiben und dieser Tag war nun wirklich lang und ereignisreich gewesen.

Den Sonntagvormittag verbrachten die beiden Frauen ebenfalls mit Haus- und Gartenarbeiten. Allerdings legten sie zwischendurch extrem viele Pausen ein, lachten und unterhielten sich dabei und tranken im Laufe der wenigen Stunden viel zu viel Kaffee. Es war geradezu wie in alten Zeiten, als sie sich noch eine Wohnung teilten und fast ihre gesamte Freizeit miteinander verbrachten. Fast hätte man vergessen können, welchem schrecklichen Anlass sie diesen Umstand verdankten.
Gegen Mittag wählte Belinda endlich die Nummer ihrer Eltern und kündigte ihren Besuch für Dienstag an. Ihre Mutter war außer sich vor Freude und überschlug sich fast am Telefon. Es tröstete Belinda ein wenig, dass die ganze Sache nun wenigstens etwas Positives für ihre Eltern hatte. Selbstverständlich erzählte sie ihnen nicht den wahren

Grund für ihren Sinneswandel. Sie brauchten von dieser ganzen Geschichte nichts zu wissen. Das würde sie nur in Angst und Schrecken versetzten und das wollte sie in jedem Fall vermeiden.
Am Nachmittag saßen die beiden Frauen gerade wieder auf der Terrasse und schmiedeten Pläne für das Abendessen, als plötzlich Clarissas Handy klingelte. Sie sah sofort, auf dem Display, dass es ein Anruf von Andreas war. Bevor sie den Anruf entgegen nahm, schüttelte sie den Kopf, schnalzte dabei mit der Zunge und sagte übertrieben genervt: „Es wird höchste Zeit dass die mal lernen ohne mich klar zu kommen." Dann meldete sie sich mit: „Hallo Mausebär, vermisst du mich etwa schon?" Das strahlende Lächeln, das bei diesen Worten noch ihr hübsches Gesicht zierte verschwand augenblicklich, als ihr Mann, am anderen Ende der Leitung, die ersten paar Worte ausgesprochen hatte. „Clarissa, du musst sofort nach Hause kommen! Es ist etwas mit Tobias."
Einer Mutter solche Worte am Telefon zu sagen, kommt wohl etwa der schlimmsten Folter gleich, die man sich überhaupt vorstellen kann. Augenblicklich stieg Panik in der sonst so fröhlichen und ausgeglichenen Frau auf und mit Herzrasen fragte sie: „Was ist mit ihm Andreas? Sag schon!"

„Er ist hier, bei mir. Ich habe auch schon die Polizei verständigt. Er braucht dich aber jetzt. Du musst sofort nach Hause kommen. Ich erzähl es dir dann."

„Äh, okay", stotterte Clarissa. „Bin schon auf dem Weg."
Belinda hatte sie während des kurzen Telefonats beobachtet und machte sich große Sorgen um ihre beste Freundin. Bestürzt fragte sie: „Was ist denn los? Ist was mit Tobias?"
Clarissa war bereits dabei ihre Handtasche und das allernötigste einzusammeln. Ihre Sporttasche mit der Kleidung, die sie oben im Schlafzimmer stehen hatte, wollte sie jetzt

nicht mitnehmen. Sie wollte einfach nur so schnell wie möglich nach Hause.

„Ich weiß nicht genau was los ist. Aber es muss schon schlimm sein. Das konnte ich ihm deutlich anhören." Sie sah Belinda in die Augen und flehte: „Komm bitte mit. Ich möchte dich jetzt nicht allein lassen."

„Ach Quatsch! Geh schon. Ich komme allein zurecht", versuchte Belinda die Freundin zu beruhigen. „Wer weiß was da los ist. Da bin ich sicher fehl am Platz. Außerdem macht es mir gar nichts aus allein zu sein", log sie, denn sie war zur Zeit gar nicht gern allein. Aber auf keinen Fall wollte sie mit zu Clarissa, wo sie dem blöden Andreas begegnen würde.

„Du bist niemals fehl am Platz", entgegnete Clarissa empört. „Sonst versprich mir wenigstens, dass du Mara oder eine andere Freundin anrufst und herbittest, oder hinfährst."
Belinda überlegte, dass diese Option notfalls tatsächlich in Frage kommen würde und gab der Freundin nach. „Okay, mache ich. Aber halte du mich bitte auf dem Laufenden und erzähle mir später unbedingt was passiert ist."

„Ist doch klar" antwortete Clarissa. Die beiden Frauen umarmten einander zum Abschied. Dann fuhr Clarissa davon und Belinda blieb in dem großen Haus allein zurück.

Belinda machte sich große Sorgen um ihre Freundin und um deren Sohn. Was mag da wohl passiert sein, fragte sie sich und wartete sehnsüchtig auf den Anruf von Clarissa, der hoffentlich Entwarnung geben würde. Vielleicht hatte Andreas ja auch übertrieben, oder es hatte sich inzwischen alles wieder eingerenkt. Clarissa war gerade erst seit einer halben Stunde weg. Das bedeutete, dass sie wahrscheinlich eben erst zu Hause angekommen war und dass Belinda sich noch gedulden musste, bis zu ihrem Anruf.

Dann wanderten ihre Gedanken, wie so oft in den letzten vierundzwanzig Stunden, wieder zu Georg. Wo er wohl war… Sie versuchte nicht daran zu denken, denn automatisch tauchten wieder ganz furchtbare Bilder in ihrem Kopf auf. Hoffentlich würde er bald gefunden werden und zwar lebend!
Sie nahm die beiden Kaffeebecher, die noch immer draußen, auf dem Terrassentisch standen, brachte sie in die Küche und stellte sie in die Spülmaschine. Dann ging sie hinauf ins Arbeitszimmer, um sich einen Block und einen Kugelschreiber zu holen. Damit sie bis Dienstag wirklich nichts vergaß, wollte sie ihre gedankliche „to do Liste" nun doch lieber zu Papier bringen und bei der Gelegenheit könnte sie sich auch schon mal ein paar Dinge aufschreiben, die sie, auf jeden Fall, mitnehmen wollte.
Als sie, mit Block und Kugelschreiber, wieder unten im Wohnzimmer ankam und ihr Blick auf die offene Terrassentür fiel, war ihr plötzlich etwas mulmig zu mute. Die Gardine bewegte sich und obwohl Belinda wusste, dass dafür der Wind verantwortlich war, bekam sie eine Gänsehaut. Plötzlich hatte sie Angst, dass während ihrer kurzen Abwesenheit, jemand unbemerkt ins Haus gekommen sein könnte. So ein Blödsinn, versuchte sie sich zu beruhigen. Ich war doch höchstens zwei Minuten weg. Da ist niemand. Doch sie konnte nichts gegen das plötzliche Herzklopfen tun. Sie hatte einfach Angst.
Beherzt schritt sie auf die Terrassentür zu, schloss diese mit einem kräftigen „Rums" und legte die Verriegelung um. Schon besser, dachte sie und atmete einmal tief durch.
Aber was ist, wenn doch schon jemand im Haus ist? Einerseits kam sie sich albern vor, wegen dieser Gedanken, andererseits wusste sie aber auch, dass sie jetzt keine Ruhe mehr haben würde, wenn sie nicht auf Nummer sicher ging. Sie nahm das schnurlose Telefon in die Hand, wählte die Nummer 110 und legte den Daumen auf den Knopf mit

dem grünen Hörer, ohne ihn jedoch herunterzudrücken. So „bewaffnet", den Daumen quasi „am Abzug", ging sie durch alle Räume des Hauses, um sich Gewissheit zu verschaffen, dass sie noch immer allein war. Sie öffnete sogar alle Schränke die groß genug waren um sich darin verstecken zu können, selbst wenn diese dafür viel zu voll waren und der vermeintliche Eindringling sie erst einmal hätte ausräumen müssen. Sie sah auch hinter den Türen, unter den Betten, in der Dusche und hinter allen längeren Vorhängen nach. Dabei war sie die ganze Zeit bereit, sofort mit dem Daumen, den kleinen Knopf des Telefons herunterzudrücken, um die Nummer der Polizei zu wählen.

Als sie das ganze Haus gründlich abgesucht hatte und davon überzeugt war, noch immer allein zu sein, kam sie sich lächerlich vor, weil sie solche „Hirngespinste" hatte. Allerdings war sie auch sehr erleichtert, dass ihre Sorge unberechtigt gewesen war.

Sie wollte gerade das Telefon wieder auf die Ladestation stellen, als es plötzlich, noch in ihrer Hand, klingelte. Erschrocken fuhr sie zusammen und fast reflexartig drückte sie auf den Knopf, um das Gespräch entgegen zu nehmen. Obwohl sie fest damit rechnete, dass es der ersehnte Anruf von Clarissa war, meldete sie sich mit: „Marks"

Am anderen Ende der Leitung blieb es still. Sie sagte: „Hallo? Clarissa bist du es?"

Doch noch immer war alles ruhig in der Leitung. Wenn Belinda nicht plötzlich der Gedanke gekommen wäre, dass es ein Anruf aus Spanien sein könnte, früher hatte man bei Ferngesprächen ja häufiger Probleme mit der Leitung, dann hätte sie jetzt aufgelegt. Aber so brachte sie noch einmal ein langgezogenes „Hallo" hervor. Als plötzlich eine flüsternde Stimme antwortete, hatte sie das Gefühl, als würde ihr das Blut in den Adern gefrieren. Die Stimme hauchte nur einen einzigen Satz, aber der reichte aus, dass

Belinda sämtliche Haare am ganzen Körper zu Berge standen: „Du gehörst mir."
Erschrocken und angewidert warf sie das Telefon auf die Couch. Es federte zurück und knallte auf den harten Fußboden. Dabei löste sich die Klappe des Batteriefachs und die beiden Akkus kullerten über die Fliesen. Einer rollte unter das Sofa, der andere blieb in der Nähe des Sessels, in einer Fuge liegen. Noch immer fassungslos und starr vor Angst sah Belinda auf das Telefon am Boden. Was sollte sie tun? Sollte sie die Polizei rufen? Aber hier im Haus war sie doch sicher, oder? Was sollte sie ihnen sagen und was könnte die Polizei machen? Wegen eines Anrufs würde man wohl kaum eine Streife vorbei schicken, oder? Wahrscheinlich würde man ihr raten, einfach nicht mehr ans Telefon zu gehen, oder zu einer Freundin zu fahren.

Nun habe ich bereits Angst in meinem eigenen Haus, dachte Belinda verbittert. So weit ist es also schon. Was kommt als nächstes? Sie ging auf die Knie, fischte mit einem langen Arm den Akku unter der Couch hervor, hob den zweiten Akku, vor dem Sessel auf und setzte beide wieder in das Batteriefach des Telefons ein. Sie hielt den ein/aus Schalter ein paar Sekunden lang gedrückt und das Display leuchtete wieder auf. Sie war erleichtert, dass das Telefon scheinbar noch funktionierte. Ihr fiel ein, dass sie eben, als der Anruf kam, gar nicht darauf geachtet hatte, ob eine Nummer angezeigt wurde. Gespannt rief sie im Menü die Liste der eingegangenen Anrufe auf. Die Nummer des letzten Anrufes war, wie auch nicht anders zu erwarten, unterdrückt. Schade, dachte Belinda. Sie legte das Gerät auf den Wohnzimmertisch. Die Stille im Haus gefiel ihr plötzlich gar nicht mehr. Sie brauchte Ablenkung. Das war klar. Sie nahm die Fernbedienung von der Sofalehne und schaltete den Fernseher ein. Sie zappte sich so lange durch die Programme, bis sie schließlich irgendeine Sitcom fand. Nicht dass sie vorgehabt hätte die Sendung zu gucken. Nein, sie wollte einfach nur den Ton laufen lassen, um im Hintergrund eine heitere Geräuschkulisse zu schaffen. Sie drehte den Ton laut genug, so dass sie die Stimmen der Schauspieler und die Hintergrundlacher des Publikums auch noch in der Küche hören konnte. Dann griff sie sich Block und Kugelschreiber, die sie vorhin auf dem Wohnzimmertisch abgelegt hatte und ging in die Küche. Sie setzte sich an den Tisch und hoffte, dass das Erstellen der Liste, sie auf andere Gedanken bringen würde. Ihre Hände zitterten jedoch noch immer etwas.

Kaum hatte sie die ersten drei Dinge auf ihre Liste geschrieben, da klingelte das Telefon, im Wohnzimmer, erneut. Mit erhöhtem Puls stand sie auf, ging hinüber und hoffte dabei inständig, dass es diesmal Clarissa sein würde und nicht wieder so ein schrecklicher Anruf wie eben. Sie nahm sich außerdem vor, dass sie bei solch einem erneuten Anruf, das Telefon für den Rest des Tages, ausschalten würde. Sie würde dann Clarissa eine SMS senden und sie bitten, sie auf dem Handy anzurufen, wenn sie endlich Gelegenheit dazu fand.

Belinda griff zum Telefon, sah auf das Display und erkannte Maras Nummer. Erleichtert nahm sie das Gespräch entgegen und meldete sich mit den Worten: „Hallo Mara, schön, dass du dich nochmal meldest."

„Hallo Belinda, entschuldige, ich weiß ja, dass du Besuch hast", begann Mara, „und bestimmt hast du auch noch einiges zu erledigen, bevor du nach Spanien fliegst. Aber ich dachte mir…" Sie stockte einen Moment und sprach dann weiter. „… weißt du, ich bin gerade am Kochen und fürchte, dass ich viel zu viel gemacht habe. Da kam mir die Idee, ob du mit deiner Freundin nicht vielleicht vorbei kommen möchtest. Zum Essen, meine ich." Bevor Belinda antworten konnte fügte Mara schnell noch hinzu: „Ihr müsst ja nicht lange bleiben, falls du keine Zeit hast. Aber es wäre doch schade um den schönen Braten."

Belinda überlegte kurz. Diese Einladung kam ihr im Grunde wie gerufen.

„Prima, ich komme gern. Allerdings werde ich dann wohl für zwei essen müssen", scherzte Sie. „Clarissa musste leider wieder nach Hause fahren. Ich komme also allein, wenn es dir nichts ausmacht." Natürlich wusste sie, dass es Mara nichts ausmachen würde und so war auch deren Antwort: „Auch gut. Dann kommst du halt allein und isst die doppelte Portion. Soll mir auch Recht sein", witzelte die Kollegin, am anderen Ende der Leitung.

„Wann soll ich denn bei dir sein?" fragte Belinda.

„Vielleicht in einer Stunde? Dann wird das Essen auch fertig sein."

„Okay Mara, dann bin ich in einer Stunde bei dir."

Etwa eine halbe Stunde nach ihrem Gespräch mit Mara, rief Belinda in der Taxizentrale an. Meistens brauchten die Wagen zu ihr nur ein paar Minuten, da der nächste Taxistand nicht weit entfernt war. Exakt vier Minuten später, klingelte es an ihrer Tür. Gut, dass sie schon Aufbruch bereit war. Ihre Handtasche stand bereits fertig gepackt auf dem Flur und sie hatte alle Fenster, Türen und Jalousien am Haus, fest verschlossen. Vorsichtshalber hatte sie sogar eine Zahnbürste, ein paar Pflegeprodukte und Medikamente eingepackt, die sie vielleicht benötigen würde. Sie war der Möglichkeit nicht abgeneigt, die ganze Nacht bei Mara zu verbringen. Im allgemeinen schlief sie zwar äußerst ungern woanders, aber der Gedanke, die Nacht allein hier im Haus zu verbringen erschien ihr heute, ausnahmsweise mal nicht ganz so verlockend. Sie nahm sich vor, abzuwarten wie der Abend verlief und wie später ihr Gefühl sein würde. Vielleicht kam Clarissa ja sogar wieder zurück. Das wäre natürlich das Beste.

Sie setzte sich auf den Rücksitz des Taxis und erst jetzt fiel ihr auf, dass sie den Namen der Straße gar nicht kannte, in

der Mara wohnte. Sie war aber schon ein paar mal dort gewesen und so erklärte sie dem Fahrer wie er fahren sollte: „Fahren Sie doch bitte erstmal die Straße bis zum Ende und dann nach links Richtung Ortsausgang."
Sie fuhren durch das hübsche, ruhige Viertel in dem Belinda schon ihr Leben lang wohnte. Nachdem sie noch zwei mal abgebogen waren, wurden die Häuser rechts und links an der Straße deutlich weniger. Nach einem alten, etwas verfallen wirkendem Haus, auf der linken Seite und einer langen, breiten Baumreihe auf der rechten, fuhren sie auf das Ortsausgangsschild zu. Sie befanden sich auf einer kleinen Landstraße, an der auf beiden Seiten dicke, alte Bäume standen und über die man erst nach sieben Kilometern in den nächsten Ort gelangte. Dazwischen lagen etwa alle Fünfhundert bis tausend Meter, mal rechts, mal links und meistens ein ganzes Stück von der Hauptstraße entfernt, Bauernhöfe, oder das was davon übrig war. Auch Mara wohnte auf einem dieser Höfe. Belinda fand dies immer ein wenig befremdlich. Zugegeben, sie hatte dort enorm viel Platz und es war absolut ruhig, aber für Belindas Geschmack war es dann doch zu ruhig und der viele Platz wäre ihr, als alleinstehenden Frau wahrscheinlich eher unheimlich gewesen. Sie hätte sicher keine Nacht ruhig schlafen können, ganz allein auf dem Hof. Ihr wäre ständig bewusst gewesen, dass kein Nachbar und auch sonst kein Mensch weit und breit in der Nähe war, der im Falle eines Einbruchs etwas bemerken, oder gar hätte Hilfe rufen können. Selbst mitten am Tage könnte jemand Mara, zu Hause überfallen und ausrauben, ohne dass es irgendjemand mitbekommen würde. Nein, so viel Schneid besaß Belinda nicht annähernd. Mara meinte dazu nur, dass sie auf so einem Hof aufgewachsen sei und die Atmosphäre liebte. Außerdem wäre es der perfekte Ort für Tanz- und Gesangsproben. Ihr Plan war es, eines der Nebengebäude, davon gab es ganze drei Stück, zu einem Tanzstudio umzu-

bauen. Sie wollte aber erst einmal abwarten, wie sich ihre berufliche Zukunft entwickeln würde. Ob sie überhaupt an diesem Theater blieb und so weiter. Vor einem Jahr, als sie hier am Theater anfing, hatte sie zunächst in einer kleinen Wohnung in der Stadt gelebt. Belinda konnte nicht verstehen, dass sie vor etwa fünf Monaten, das schnucklige Appartement, gegen diesen großen, abgelegenen Hof tauschte.

Etwa drei Kilometer hinter dem Ortsausgangsschild, blickte Belinda auf die Uhr, genauer gesagt, auf ihr Handy. Ihr fiel auf, dass etwa erst eine dreiviertel Stunde vergangen war, seit sie mit Mara telefoniert hatte. Das bedeutete, dass sie vor der vereinbarten Zeit bei ihr eintreffen würde, denn der Hof war schon, in etwa einem Kilometer Entfernung zu sehen. Diese Tatsache gefiel ihr gar nicht, denn sie empfand es selber als sehr unhöflich, wenn Besuch, bei ihr zu Hause, zu früh auftauchte. Also bat sie den Taxifahrer an Ort und Stelle rechts ran zu fahren. „Sind Sie sicher?" fragte er verwundert.

„Ja, ich bin zu früh dran und mache auch gerne noch einen kleinen Spaziergang", antwortete Belinda und kramte bereits in ihrem Portemonnaie, um den Fahrpreis zu bezahlen, den sie vorne, auf dem Display ablesen konnte, plus entsprechendes Trinkgeld versteht sich.

Sie stieg aus dem Wagen und ging den restlichen Weg neben der Fahrstraße, auf dem schmalen geteerten Fuß-, beziehungsweise Fahrradweg. Dieser war durch einen ebenso schmalen Grünstreifen von der Straße getrennt. Sie war wirklich froh über diesen kleinen Spaziergang, denn an sich liebte sie Bewegung an der frischen Luft und sorgte normalerweise auch ausreichend für solche Gelegenheiten. Aber was war in der letzten Zeit schon normal?!

Die ganze Zeit über, hatte sie einen schönen Ausblick auf Maras Hof, da rund herum nur Felder, mit nicht allzu hohem Bewuchs lagen. Diese Felder gehörten einst zu Maras

Hof, hatte diese Belinda berichtet. Inzwischen waren sie aber an einen Bauern aus der Umgebung verpachtet, der fast alle Felder in dieser Gegend bewirtschaftete. Es lohnte sich einfach für die Bauern nicht mehr, Landwirtschaft in kleinem Stil zu betreiben. Sie konnten schon lange nicht mehr mit den Bauern mithalten, die in ganz anderen Dimensionen anbauten und dafür natürlich die entsprechend teuren Geräte, Maschinen und so weiter besaßen.
Als sie nach etwa achthundert Metern nach rechts in den Weg einbog und auf Maras Hof zusteuerte, musste sie innerlich zugeben, dass das Haupthaus schon etwas extrem idyllisches hatte. Die Vorderseite war zudem komplett mit Efeu bewachsen und das verlieh dem Haus fast schon etwas Märchenhaftes. Wirkt irgendwie verwunschen, dachte Belinda. Die anderen drei Gebäude, in unterschiedlichen Größen, machten allerdings keinen so guten Eindruck. Sie wirkten eher ein wenig verkommen. Das eine Gebäude war mal Unterstand für die Geräte und Fahrzeuge, die früher hier zum Einsatz kamen. Das andere Gebäude diente als Stall. Belinda wusste nicht genau welche Tiere man dort gehalten hatte, aber sehr viel Viehzeug konnte es wohl nicht gewesen sein, dafür war das Gebäude zu klein. Das dritte war einfach nur ein Lager gewesen, hauptsächlich wohl für Futtermittel wie Heu, oder Stroh, hatte Mara erzählt. Die Einfahrt zum Haupthaus und der Platz zwischen den Gebäuden war ebenfalls in einem sehr schlechten Zustand. Unzählige Schlaglöcher in denen wahrscheinlich ständig das Wasser stand, wenn es mal nicht gerade so trocken war wie zurzeit, erstreckten sich über den ganzen Hof. Wenn Mara das alles hier in Ordnung bringen will, dachte Belinda, dann würde sie aber einen ganzen Haufen Geld benötigen. Nach wie vor konnte sie, was das anging, die Kollegin nicht verstehen. Aber jedem das seine…

Belinda schritt auf die große, schwere Eingangstür aus Eichenholz zu und drückte auf den Klingelknopf rechts daneben. Auf einem billigen Plastikschild stand der Name: M. König

Einen Briefkasten gab es hier nicht, sondern nur einen Türschlitz. Der eigentliche Briefkasten stand vorne, an der Hauptstraße. Belinda wartete einen Moment, aber nichts tat sich. Also klingelte sie nochmal. Ein paar Sekunden später hörte sie Geräusche von drinnen und Mara öffnete die Tür. Sie trug einen dunklen Trainingsanzug und wirkte etwas abgehetzt. Belinda fragte sich, ob sie wohl während des Kochens noch trainiert hatte. So etwas Verrücktes war der ehrgeizigen Kollegin durchaus zuzutrauen. Mara sah sie erstaunt an, machte einen langen Hals und checkte den Platz, vor dem Haus ab. Dann fragte sie erstaunt: „Bist du etwa gelaufen?"

„Hallo Mara", lächelte Belinda. „Nein ich bin mit dem Taxi gekommen."

„Mit dem Taxi?" fragte Mara völlig erstaunt und ihr Tonfall klang dabei irgendwie missbilligend. „Ich habe gar keinen Wagen gehört", fügte sie hinzu und machte noch immer keine Anstalten Belinda hereinzubitten.

„Ich habe mich ein Stück die Hauptstraße hinunter absetzen lassen und bin den Rest gelaufen. Mein Wagen ist noch immer bei der Polizei. Darum das Taxi", erklärte Belinda und hatte dabei das Gefühl, als müsse sie sich für ihren kleinen Spaziergang rechtfertigen.

„Ach so, verstehe", sagte Mara langsam und schien dabei über irgendwas nachzudenken.

Dann hellte sich ihre Mine endlich auf. Sie öffnete die Tür soweit es ging, machte den Weg frei und bat Belinda lächelnd herein. „Entschuldige Belinda, ich habe dich noch gar nicht richtig begrüßt. Lass dich erstmal drücken." Dabei breitete sie die Arme aus und presste die Kollegin fest an sich.

Im Haus roch es herrlich nach gegrilltem Hähnchen und Rotkohl.
Belinda reckte die Nase in die Luft und schnüffelte ganz demonstrativ. „Wow, das riecht aber gut. Sag nicht es gibt Hähnchen und Rotkohl" und ihre Augen weiteten sich, allein bei der Vorstellung.

„Ja, ich weiß", sagte Mara entschuldigend. „Das ist ja eigentlich eher ein Gericht für den Winter. Aber ich hatte einfach mal wieder Appetit darauf."

„Ach quatsch, für den Winter", winkte Belinda ab. „Etwas so leckeres kann man doch immer essen. Ganz egal zu welcher Jahreszeit."
Mara schien sichtlich erleichtert über die Einstellung der Freundin und bat Belinda schon mal im Esszimmer Platz zu nehmen.

„Kann ich dir noch irgendwie helfen?" fragte Belinda.

„Nein danke, setz dich einfach und lass dich mal verwöhnen. Ich bin gleich bei dir. Kannst dir ja so lange Musik, oder den Fernseher einschalten, falls du magst."
Belinda setzte sich an den runden Bauerntisch, der bereits mit hübschem Porzellan gedeckt war. Die Einrichtung passte perfekt in dieses Haus. Es waren sehr alte, aber super gepflegte Bauernmöbel, die wahrscheinlich mal sehr viel Geld gekostet hatten. Mara hatte das Haus komplett möbliert übernommen. Belinda wunderte sich, wo die Kollegin all das Geld her nahm. Auch wenn sie das alles angeblich zu einem Schnäppchenpreis bekommen hatte. Aber danach fragen, würde sie Mara natürlich nie.
Die Gastgeberin tischte riesige Portionen an Rotkohl, Kartoffeln, Klößen und Soßen auf. Aber der Hammer war das große, goldbraune Hähnchen. Belinda überlegte, ob sie schon mal einen so mächtigen Vogel dieser Sorte gesehen hatte und die Antwort war nein. Erstaunt teilte sie Mara dies mit und die Lachte herzhaft. „Ja Belinda, wenn man einen solchen Vogel aus dem Supermarkt kauft, der aus

irgendwelchen Mastbetrieben stammt und dann womöglich auch noch tiefgefroren ist, dann muss man sich natürlich nicht wundern, wenn das Vieh beim garen auf die Hälfte seiner Größe zusammenschrumpft."
Beschämt fragte Belinda: „und wo hast du den hier gekauft?" dabei deutete sie auf den Herrlichen Braten in der Mitte des Tisches.
Mara lachte erneut. „Den habe ich nicht gekauft. Der stammt von drüben, aus dem Stall."
„Du hast Hühner auf dem Hof?" fragte Belinda ungläubig.
„Klar, ich habe dir doch erzählt, dass ich auf einem Hof aufgewachsen bin."
Belinda staunte mal wieder über die Vielseitigkeit der Freundin und dass sie im Laufe des vergangenen Jahres unzählige Talente an ihr entdeckt hatte. Sie war einfach bemerkenswert. „Und wer hat das Tier geschlachtet?" fragte Belinda und fürchtete sich bereits vor der Antwort.
„Na ich natürlich. Das gehört dazu, auf einem Hof. Das ist eine völlig normale Sache, wenn man so aufwächst", versicherte Mara der Freundin.
Belinda versuchte sich die Szene nicht bildlich vorzustellen, wie Mara ein Huhn erst tötete, dann rupfte und anschließend schlachtete. Sie wollte sich dieses herrliche Essen nicht verderben lassen. So etwas Gutes aß sie schließlich nicht alle Tage. Das war eindeutig besser als Tiefkühlpizza.
Da Belinda heute nicht mehr Auto fahren musste, trank sie den herrlichen Rotwein, den Mara auf den Tisch gestellt hatte, ohne Belinda vorher zu fragen, was sie gerne trinken wollte. Erst als die geöffnete Flasche bereits auf dem Tisch stand fragte sie: „ Entschuldige, du trinkst doch auch Rotwein, oder? Ich bringe dir sonst auch gerne etwas anderes. Aber da du ja sowieso ohne Auto hier bist, dachte ich…"
„Ist schon gut Mara", unterbrach Belinda. „Ich trinke gerne ein Glas mit."

Eigentlich, in der momentanen Situation, hätte sie auch gar nichts dagegen, ein paar Gläser mehr zu trinken. Vielleicht könnte sie dann ja endlich mal aufhören, an die schrecklichen Geschehnisse der vergangenen zwei Wochen zu denken und vor allem daran, was wohl mit Georg geschehen sein mochte.
Die beiden Frauen aßen und tranken eine Menge und unterhielten sich dabei sehr angeregt. Belinda vermied es allerdings über die Geschehnisse des vergangenen Wochenendes zu sprechen und über ihren Aufenthalt in der Psychiatrie. Als Mara danach fragte, bat sie sie um Verständnis, dass sie jetzt nicht wieder daran denken und sich damit nicht den schönen Abend ruinieren wollte. Sie würde ihr irgendwann später davon erzählen, vertröstete sie die Kollegin. Mara zeigte dafür glücklicherweise Verständnis. Belinda fiel auf, dass Mara sie heute noch aufmerksamer beobachtete als sonst. Wahrscheinlich machte auch sie sich Sorgen um die Kollegin. Sie war außerdem sehr darum bemüht, dass der Gast sich wirklich wohl fühlte. Auch das entging Belinda nicht. Mara goss ihr dauernd Wein nach, sobald das Glas fast leer war. Als Belinda half den Tisch abzuräumen um alles in die Küche zu bringen, bemerkte sie, dass sie bereits einen Schwipps hatte. Fast hätte sie beim Aufstehen das Gleichgewicht verloren. Sie war selber etwas erschrocken darüber und beschloss, im weiteren Verlauf des Abends langsamer zu trinken. Als sie es sich gerade im Wohnzimmer, auf dem Sofa gemütlich machen wollten, klingelte das Handy, in Belindas Handtasche. Belinda kramte es hervor und sogleich erkannte sie, dass es ein Anruf von Clarissa war.

„Oh, du hast ja ein neues Handy", sagte Mara erstaunt, noch bevor Belinda das Gespräch annahm.
Belinda war wahnsinnig gespannt was die Freundin ihr berichten würde und ob mit Tobias alles in Ordnung war.

„Clarissa, na endlich! Erzähl, was war los? Wie geht es Tobias?"

Mara saß ein kleines Stückchen weiter, am anderen Ende des Sofas und tat so, als würde sie die Fernsehzeitung studieren. Aber sie wirkte nervös und war in Wirklichkeit ebenfalls sehr neugierig darauf, was Clarissa der gemeinsamen Freundin gerade am Telefon erzählte.

„Belinda stell dir vor", schrillte die Stimme durchs Telefon, „Als Tobias heute Mittag auf dem Weg vom Spielplatz nach Hause war, wurde er auf offener Straße von einer Frau in deren Auto gezerrt. Das heißt, sie hat ihn gepackt und in ihren Kofferraum gesteckt." Unwillkürlich tauchten wieder Bilder von Georg in Belindas Kopf auf, wie er verletzt in ihrem Kofferraum lag. Doch die Freundin am anderen Ende der Leitung redete aufgebracht weiter: „Sie ist ein Stück mit ihm gefahren und an einer ruhigen Stelle hielt sie an, öffnete den Kofferraum und hat ihm gedroht. Stell dir das mal vor!" Keifte Clarissa.

„Gedroht? Womit hat sie ihm denn gedroht?" wollte Belinda wissen.

„Sie sagte, wenn sie ihn noch einmal ohne seine Mutter auf der Straße sehen würde, dann würde sie ihn umbringen und seine Eltern auch." Clarissa schluchzte laut. „Stell dir das mal vor! Wie kann jemand so verrückt sein?! Die hat sie doch nicht alle! So jemand gehört doch eingesperrt! Und das von einer Frau! Wie kann so eine überhaupt frei rum laufen! Kannst du dir vorstellen, was das mit Tobias angerichtet hat?! Wie fertig er ist und wie er geweint hat?! Die Polizei war da und wir mussten sogar einen Arzt kommen lassen, der ihm ein Beruhigungsmittel verabreicht hat. Er wird vielleicht für den Rest seines Lebens traumatisiert sein. Wie kann jemand nur so etwas machen und dann noch eine Frau", wiederholte sich Clarissa schluchzend.

Belinda traute ihren Ohren kaum und während der ganzen Zeit, die Clarissa ihr ins Ohr heulte, schüttelte sie ungläubig den Kopf und dachte nur, dass das doch alles nicht wahr sein konnte. Was passierte denn noch alles?! War denn die ganze Welt auf einmal verrückt geworden?! Wie Furchtbar!
„Konnte Tobias die Frau beschreiben? Oder das Auto?" fragte Belinda.

„Die Frau trug eine Sonnenbrille und anscheinend auch eine Perücke. Man hat Haare von einer blonden Perücke an Tobias' Kleidung gefunden. Den Wagen konnte er leider auch nicht beschreiben. Als sie ihn packte, hatte er sie und das Auto vorher gar nicht beachtet und als sie ihn hat laufen lassen, musste er sich ein paar Minuten lang umdrehen und durfte nicht gucken. Was er aus Angst natürlich auch nicht getan hat. Der Wagen soll groß und dunkel gewesen sein. Aber das hilft ja nun gar nicht. Ich hoffe, sie kriegen diese Irre möglichst bald, bevor sie noch mehr Schaden anrichtet."

„Ja Clarissa, das hoffe ich natürlich auch", pflichtete Belinda der Freundin bei. „Das Ganze ist wirklich unfassbar! Kann ich vielleicht irgendwas für euch tun? Wie geht es denn Tobias inzwischen?"

„Der schläft zum Glück, seit er das Beruhigungsmittel erhalten hat. Wir wissen im Moment selber gar nicht, was wir tun können. Es tut mir so leid, Belinda, dass ich mein Versprechen, bei dir zu bleiben, nun doch nicht halten kann."

„Um Himmels Willen, mach dir deshalb bloß keine Gedanken. Kümmere dich jetzt einzig und allein um deine Familie. Mir geht es gut und außerdem bin ich bei Mara gut aufgehoben."

Als ihr Name fiel zuckte Mara zusammen und sah Belinda erschrocken von der Seite an. Dann lächelte sie etwas unbeholfen, als wäre ihr ihre spontane Reaktion im Nachhinein unangenehm.

Belinda und Clarissa telefonierten nur noch kurz, dann verabschiedeten sie sich. Clarissa wollte wieder nach Tobias sehen, um sich zu vergewissern, dass er ruhig schlief und keine Albträume hatte.

Als sie aufgelegt hatte, war Belindas Stimmung deutlich in den Keller gerutscht. Schade, der Wein hatte zuvor gerade bewirkt, dass sie sich heiterer und entspannter fühlte. Aber diese Nachricht zog sie erneut ziemlich runter.

Sie steckte ihr Handy wieder in die Handtasche. Doch zuvor warf sie noch einen Blick auf das Display um zu sehen, wie spät es inzwischen war. Es war schon neun Uhr. Als sie das Handy ansah, fiel ihr ein, was Mara vorhin sagte, als sie es aus der Tasche zog. Sie hatte sich darüber gewundert, dass Belinda ein neues Handy besaß. Woran hatte sie das denn erkannt? Es sah doch exakt so aus wie ihr altes Gerät, welches ja auch erst einige Monate alt war und daher auch noch keine sichtbaren Gebrauchsspuren aufwies. Sie hatte ihr auch nichts davon erzählt, dass ihr altes Handy weg war. Das musste sie dann von jemand anderem erfahren haben.

„Was war denn los bei Clarissa?" fragte Mara in ihre Überlegungen hinein. Belinda erzählte ihr, was sie gerade von der Freundin erfahren hatte und Mara machte ein betroffenes Gesicht. Ungläubig schüttelte sie den Kopf, wie es Belinda vorhin, während des Telefonats getan hatte. „Komm, lass uns noch ein Glas Wein trinken. Das beruhigt und bringt uns vielleicht auf andere Gedanken." Dabei hielt sie bereits die Flasche über Belindas leeres Weinglas. Belinda fühlte sich nach dem Telefonat nicht mehr wohl und sie überlegte, ob es nicht an der Zeit wäre nach Hause zu fahren. „Ich glaube, ich habe genug Wein. Vielleicht sollte ich mir jetzt besser ein Taxi rufen", sagte Belinda unentschlossen.

„Ach Belinda, bleib doch noch. Es war doch so nett, bis zu diesem Anruf. Was willst du denn zu Hause? Da kommst du doch schon gar nicht auf andere Gedanken."

Belinda musste sich eingestehen, dass Mara wahrscheinlich Recht hatte. Wenn sie sich vorstellte, dass sie gleich allein in ihrem Haus sein würde… Wer weiß, was ihr dann wieder alles für Gedanken kommen würden. Nein, die bessere Ablenkung hatte sie sicher in Gesellschaft. Das war klar.

„Komm Belinda", versuchte Mara sie weiter zu überreden, „bleib doch heute einfach hier. Ich habe Platz genug und würde mich wirklich über deine Gesellschaft freuen. Lass uns lieber noch ein Glas Wein trinken und über etwas Schönes sprechen, oder noch besser, über die Kollegen herziehen", sagte sie grinsend, mit weit aufgerissenen Augen und gespielt aufgeregt, Kopf nickend. Es sah lustig aus und Belinda wusste, dass dieser Vorschlag in jedem Fall besser war, als die Nacht, allein zu Hause zu verbringen. Also stimmte sie lächelnd zu.

Kapitel 13
Überraschung

Nachdem Belinda sich dazu entschlossen hatte, die Nacht bei Mara zu verbringen, ließ sie sich von dieser noch ein weiteres Glas Wein einschenken und beide gaben sich fortan Mühe, alle ernsthaften und unangenehmen Themen zu vermeiden. So unterhielten sie sich hauptsächlich, scherzhaft über die Arbeit und Kollegen und dabei gab es tatsächlich sogar einiges zu lachen.
Irgendwann später war es höchste Zeit, nach all dem Wein, das Bad aufzusuchen. Belinda verließ das Wohnzimmer und zögerte kurz, als sie vor den beiden identischen Türen, auf dem Korridor stand und sich nicht mehr sicher war, ob die rechte, oder linke zum Bad gehörte. Es war schließlich schon ein Weilchen her, dass sie Mara besucht hatte und dieses Örtchen betrat. Egal, die andere Tür gehörte, soweit sie sich erinnerte, nur zu einem kleinen Abstellraum, der praktisch als Flurgarderobe diente. Im Winter hatte Mara ihre Jacken dort hinein gehängt. Sie öffnete also die rechte Tür und erschrak, als sie direkt vor sich einen schwarzen Motorradlederkombi hängen sah. Direkt darunter standen schwere, schwarze Motorradstiefel und ein ebenfalls schwarzer Motorradhelm lag direkt daneben. Im ersten Moment dachte sie tatsächlich, dass der Motorradfahrer, der sie gejagt hatte, direkt vor ihr stand. Es dauerte eine Sekunde bis sie begriff, dass es sich nur um Kleidung handelte. Trotzdem war ihr der Schreck in die Knochen gefahren. Hatte sie eben noch das Gefühl leicht betrunken zu sein, so fühlte sie sich schlagartig wieder nüchtern. Allerdings war ihr schwindlig, als sie die Tür eilig wieder schloss und die danebengelegene öffnete. Sie hätte kaum sagen können, ob das Schwindelgefühl auf den Alkohol zurückzuführen war, oder auf diesen furchtbaren Schrecken. Wahr-

scheinlich war es beides. Nachdem sie die Klospülung betätigt hatte, wusch sie sich die Hände. Sie blieb vor dem Waschbecken stehen und besah sich im Spiegel. Sie fand, dass sie furchtbar aussah. Die Gedanken rasten in ihrem Kopf und so wusch sie sich schließlich auch noch das Gesicht mit kaltem Wasser, in der Hoffnung, wieder klarer denken zu können. Na und, sagte sie zu sich selbst, dann fährt Mara eben Motorrad. Das tun Millionen andere auch. Vielleicht gehörten ihr die Sachen ja noch nicht einmal. Wer weiß das schon. Vielleicht hatte sie ja inzwischen endlich jemanden kennengelernt und vielleicht waren es seine Sachen. In jedem Fall brauche ich deshalb nicht gleich in Panik zu geraten. Ich werde sie einfach danach fragen. Sie trocknete sich das Gesicht ab und betrachtete sich weiterhin im Spiegel. Sie fand, dass sie noch immer irgendwie mitgenommen aussah und ihr störrisches Haar trug mal wieder Mitschuld daran. Sie sah sich im Bad um. Hinter ihr an der Wand befand sich ein großes Regal auf dem ein Stapel Handtücher, allerlei Pflegeprodukte und eingepackte Klopapierrollen standen. Auf der zweiten Borte von oben, lag auch eine Haarbürste. Belinda griff sie sich und wollte damit gerade versuchen ihr störrisches Haar zu bändigen, als ihr die langen, blonden Haare auffielen, die darin zurückgelassen wurden und nun auffällig herunterhingen. Mara hatte nicht ganz so langes und noch dazu fast schwarzes Haar. Sie zog eines der Haare aus der Bürste und betrachtete es eingehend, während sie es zwischen Daumen und Zeigefinger hin und her rollte. Es kam ihr auffallend dick und hart vor. Nicht wie natürliches Haar, sondern eher wie von einer Perücke. Belinda erstarrte und wieder überkam sie ein heftiges Schwindelgefühl. Das konnte doch nicht wahr sein, dachte sie. Nein, das durfte einfach nicht wahr sein! Erst war Mara über das neue Handy erstaunt, obwohl sie gar nicht wissen konnte, dass es neu war, dann die Motorradklamotten und nun auch noch diese blonden

Haare einer Perücke! Konnte sie Mara tatsächlich das alles zutrauen, wonach es gerade aussah, oder sah Belinda ganz einfach nur Gespenster? Hatte Mara heute Mittag eine blonde Perücke getragen und Clarissas Sohn bedroht, nur damit diese möglichst schnell wieder nach Hause fuhr und Belinda daraufhin Maras Gesellschaft suchte? Das alles könnte doch auch reiner Zufall sein, oder? Sie traute ihren eigenen Gedanken nicht. Plötzlich bereute sie es zutiefst, heute Abend so viel Wein getrunken zu haben. Aber auch daran war Mara mit Schuld. Sie hatte ihr den Wein von Anfang an regelrecht aufgedrängt. Zugegeben, sie hatte sich auch nicht gerade dagegen gewehrt, aber Mara hatte es immer verdammt eilig gehabt ihr nachzuschenken. Hatte Mara selber eigentlich auch so viel getrunken? Belinda war sich nicht sicher, aber hatte die Gastgeberin nicht die ganze Zeit über immer ein halbvolles Glas stehen gehabt? Wenn, dann hatte sie wohl nur zwischendurch daran genippt. Sie konnte sich jedenfalls nicht daran erinnern, dass Mara ihr Glas auch mal geleert hatte. Aber auch was das anging, war sie sich absolut nicht sicher und vielleicht bildete sie sich das alles auch nur ein. Die Frage ist, was soll ich jetzt tun, überlegte Belinda fieberhaft und sie wusste, dass sie sich nicht mehr allzu lange im Bad würde aufhalten können, ohne dass Mara nach ihr sehen würde. Soll ich so tun als ob nichts geschehen wäre? Oder soll ich sie direkt darauf ansprechen? Das wäre aber sicher ein Fehler, wenn sich die Befürchtungen bestätigten. Am besten fahre ich wohl doch nach Hause, unter irgendeinem Vorwand. Damit würde ich in jedem Fall auf Nummer Sicher gehen, dachte sich Belinda.

Als Sie zurück ins Wohnzimmer kam, saß Mara noch immer auf der Couch und sah ihr bereits entgegen.

„Ist alles in Ordnung mit dir?" fragte Mara mit forschendem Blick.

„Ja sicher", antwortete Belinda hastig, um keinen Verdacht zu erregen und dann schob sie zögerlich hinterher: „das heißt nein, eigentlich nicht so. Ich glaube, ich habe zu viel getrunken und sollte wohl doch besser nach Hause fahren." Mara regte sich nicht, sah Belinda nun aber überaus misstrauisch an.

„Und was ändert das? Du kannst deinen Rausch hier genauso gut ausschlafen, wie zu Hause. Hier könnte ich mich sogar noch um dich kümmern, falls es dir schlecht geht und morgen früh mache ich uns ein tolles Frühstück. So gut wirst du es zu Hause nicht haben." Sie sagte dies mit völlig ernster Miene und Belinda überlegte fieberhaft welche einleuchtenden Argumente sie vorbringen sollte. Die Wahrheit war, dass sie so schnell wie möglich von hier weg wollte, weil sie sich auf einmal sehr unwohl und unsicher in Maras Nähe fühlte und dieses Unbehagen von Minute zu Minute schlimmer wurde. Sie wollte einfach nur noch nach Hause.

Mara saß noch immer Regungslos auf der Couch, während Belinda noch immer in der Tür, vom Flur zum Wohnzimmer stand. Sie verspürte das Bedürfnis vorsichtshalber möglichst viel Distanz zwischen sich und der Gastgeberin zu belassen.

„Wenn es mir nicht gut geht, dann bin ich aber lieber zu Hause. Da fühle ich mich nun mal am wohlsten", sagte Belinda bestimmt. Sie wollte sich auf keine weitere Diskussion mehr einlassen.

„Es war sehr schön bei dir, Mara und ich danke dir für das fantastische Essen. Aber ich werde mir nun doch lieber ein Taxi rufen und nach Hause fahren." Belinda griff nach ihrer Handtasche, die auf der Seite der Couch stand, die Belinda am nächsten war. Doch Mara, die auf der anderen Seite des Sofas saß, schnellte blitzartig hervor und griff Belinda die Tasche vor der Nase weg. Jetzt hatte Belinda richtige Angst, aber sie wusste, dass sie sich das nicht anmerken lassen durfte. Sie musste Mara in dem Glauben lassen, dass sie keinerlei Verdacht gegen sie hegte.

„Was soll das Mara? Gib mir die Tasche!" sagte Belinda energisch.

„Aber ja, keine Sorge" sagte Mara ganz ruhig in ihrer Ecke sitzend und behielt Belinda dabei genau im Blick. „Du bekommst deine Tasche natürlich wieder. Ich fahre dich auch gleich nach Hause, keine Sorge."

„Du kannst mich nicht nach Hause fahren. Du hast Alkohol getrunken."

„Ach was!" winkte Mara ab. „Ich habe höchstens ein Glas Wein getrunken und das auf den ganzen Abend verteilt. Da kannst du dich ganz unbesorgt von mir nach Hause fahren lassen. Setz dich bitte nur nochmal kurz hin."

Das hatte Belinda befürchtet. Was sollte sie nun machen? Ihr Instinkt riet ihr wegzulaufen, so weit und so schnell wie möglich. Aber wo sollte sie hin? Bis zur Hauptstraße war es viel zu weit. Bis dahin hätte Mara sie längst eingeholt. Sie war größer, kräftiger und schneller als Belinda selbst. Und auch wenn sie es bis zur Hauptstraße schaffen würde, müsste sie noch immer darauf hoffen, dass gerade ein Auto vorbei kam, was um diese Uhrzeit nicht selbstverständlich war und dann müsste sie den Wagen auch noch zum Anhalten zwingen. Nein, das waren alles keine vielversprechenden Aussichten. Sie musste Mara entweder überwältigen, aber das schien ziemlich aussichtslos, oder sie musste sich draußen irgendwo verstecken. Dafür benötigte sie aber erstmal einen Vorsprung. Also sollte Mara ruhig glauben, dass sie sich von ihr nach Hause fahren lassen würde und schon mal wütend zum Auto vorging.

„Na gut. Wenn du darauf bestehst, noch zu fahren, dann lass uns sofort los", schimpfte sie absichtlich und drehte sich Richtung Ausgang. Ihr war bewusst, dass sie dabei schon wieder auf ihre Handtasche und deren Inhalt verzichten musste, aber anders ging es nun mal nicht. Sie hoffte, dass Mara darauf hereinfiel und einen Moment länger brauchen würde, um ihr zu folgen. Diese sah ihr erstaunt hinterher und sprang augenblicklich vom Sofa auf. „Warte Belinda! Ich komm ja schon." Mara ließ Belindas Tasche auf dem Sofa zurück, da sie eh nicht vorhatte, die Kollegin nach Hause zu fahren. Sie sah sich aber nach ihrem Autoschlüssel um. Den wollte sie in jedem Fall mitnehmen. Sie sah ihn auf dem Sideboard liegen und griff ihn sich.

Belinda, die unterdessen an der Haustür angekommen war, trat heraus und sobald sie, demonstrativ die Tür hinter sich zugeknallt hatte lief sie um ihr Leben. Sie stolperte dabei quer über den unebenen Hof und setzte sich als vorläufiges Ziel, nicht den Schuppen in dem Maras Wagen stand, sondern das Gebäude daneben, in dem früher die riesigen Heu und Strohballen lagerten. Sie wusste nicht, was sie jetzt dort vorfinden würde. Aber zum Auto laufen wollte sie auf keinen Fall, da es ja das war, was Mara annahm und der ehemalige Stall stand noch ein Stück weiter weg. Das würde sie vielleicht nicht schaffen. Es hätte auch keinen Zweck gehabt, einfach in die Nacht hinein zu laufen. Um den Hof herum und bis zur Hauptstraße gab es schließlich nur Felder mit niedrigem Bewuchs und auch sonst keinerlei Möglichkeiten sich irgendwo zu verstecken.

Doch noch bevor Belinda ihr Ziel erreichte, Stand Mara bereits in der Haustür, hatte den Braten längst gerochen und rief zu ihr hinüber: „Ach Belinda, was soll denn das Theater? Du kommst hier sowieso nicht weg, wenn ich es nicht will. Mach es uns doch nicht unnötig schwer!"

Belinda antwortete nicht, sondern öffnete die Tür zum Schuppen und verschwand darin. Mara schritt schnurstracks auf das Gebäude daneben zu, in dem sich unter anderem ihr Auto befand und kam nach weniger als einer Minute wieder heraus. Sie hatte jetzt ein Seil in der linken und eine große Taschenlampe, mit sehr langem Griff, in der rechten Hand.

Draußen war es zwar schon dunkel, aber der Mond spendete ausreichend Licht um sich zu orientieren und wenigstens noch ein bisschen was zu erkennen.

Als Belinda die Tür des Schuppens von innen geschlossen hatte, war sie zunächst erschrocken, dass sie nun rein gar nichts mehr sehen konnte. Sie wartete einen Moment und hoffte, dass sich ihre Augen an das Tiefdunkel gewöhnen würden und sie zumindest halbwegs etwas sehen konnte. Doch das wenige Licht, das von draußen durch die Ritzen der Bretterwände fiel, reichte einfach nicht aus und so tastete sie sich links, an der Wand entlang. Ihre linke Hand ließ sie dabei über die rauen Bretter der Schuppenwand gleiten und fing sich bereits nach wenigen Metern einen Splitter ein. Mit der rechten Hand fuchtelte sie vor und neben sich, um nicht irgendwo gegenzulaufen. Sie hasste komplette Dunkelheit und sie spürte wie ihr Puls immer mehr zu rasen begann. Jetzt bloß nicht in Panik geraten, dachte sie. Dann wurde die Tür aufgerissen und ein sehr schwacher Lichtschein viel in den Raum. Reflexartig duckte sich Belinda und hoffte, möglichst unsichtbar zu sein. Doch dann knipste Mara die Taschenlampe an und ein enorm heller und breiter Lichtkegel tastete das Innere des Schuppens ab. Belinda hockte noch immer zusammengekauert an der Wand, machte sich so klein wie möglich und folgte dem Lichtschein mit den Augen, in der Hoffnung, dass er vielleicht ein gutes Versteck für sie sichtbar machte und dass er sie andererseits nicht erwischte. Doch sie war unendlich enttäuscht über das, was das Licht der Taschenlampe zum Vorschein brachte: nämlich gar nichts! Der Schuppen war, bis auf ein paar herumliegende Strohballen und einer dünnen Schicht Stroh, am Boden, komplett leer. Es gab kein Gerät, keinen Stapel, keine Wand, oder sonst irgendwas wohinter sie sich hätte verstecken können. Sie war also in eine Sackgasse gelaufen. Als der Lichtkegel der Taschenlampe sie endlich erfasste, sprang sie auf und rannte auf die andere Seite des Raumes. Der Lichtschein konnte ihr nicht so schnell folgen und genau das hatte sie gehofft. Mara bewegte sich mit der Taschenlampe in die Richtung, in die Belinda losgestürmt war. Belinda hechtete erneut los und versuchte nun an Mara vorbei, Richtung Tür zu kommen, bevor der Schein der Taschenlampe sie wieder erfasste. Doch Mara war zu schnell sie sprang Belinda gerade noch rechtzeitig in den Weg und schaffte es, ihr ein Bein zu stellen, so dass diese im hohen Bogen auf die Erde fiel und dabei noch ein Stück über das Stroh schlitterte. Ihr tat alles weh. Schnell versuchte sie sich wieder aufzurichten, doch da hatte Mara sich schon auf sie gestürzt. Belinda lag bäuchlings auf dem Boden und Mara saß nun auf ihrem Rücken. Die Taschenlampe und das Seil lagen daneben. Sie drehte ihr den rechten Arm so hoch, dass Belinda aufschrie vor Schmerz.

„Muss ich dir schon wieder wehtun?" sagte Mara übertrieben genervt und schnappte sich auch Belindas linken Arm. „Das will ich doch gar nicht. Das wollte ich auch letzte Woche nicht. Aber du hast mir keine andere Wahl gelassen", sagte sie dabei.

„Du wolltest mich umbringen", stöhnte Belinda mit dem Gesicht zu Boden.

„Nein, das wollte ich nicht. Ich wollte dich – sagen wir, eine Zeit lang aus dem Verkehr ziehen, dich endlich zur Vernunft bringen und natürlich deine Gesellschaft genießen. So wie an dem Abend bei dir zu Hause, als ich dir die schönen Rosen und den Wein geschenkt hatte. Du warst zwar anfangs sehr undankbar, aber später war es dann ja doch noch ganz schön mit uns." Belinda wusste nicht wovon Mara sprach. Waren die Rosen und der Wein in ihrer Garderobe also von ihr gewesen? Mara beugte sich zu Belindas linkem Ohr hinunter und hauchte ganz nah:

„weißt du denn noch immer nicht, wie sehr ich dich begehre." Bei den Worten lief Belinda ein Schauer vor Entsetzten und Abneigung über den gesamten Körper.
Sie spürte, dass sich Maras Griff ein wenig lockerte. Sogleich ergriff sie die Gelegenheit und versuchte sich mit aller Kraft, aus deren Umklammerung zu befreien. Doch diese packte sofort umso fester zu und drehte ihr die Arme so hoch auf den Rücken, dass Belinda erneut vor Schmerz aufschrie. „Nicht Mara! Bitte! Es tut mir leid!" Sie sah ein, dass es keinen Zweck haben würde gegen Mara anzukämpfen. Körperlich hatte sie einfach keine Chance gegen sie. Belinda konnte nun höchstens noch versuchen die durchgeknallte Kollegin zu besänftigen und versuchen, das Spiel mitzuspielen. Hoffentlich war es dafür noch nicht zu spät. „Bitte Mara! Das wusste ich doch nicht! Warum hast du denn nichts gesagt?!"
Mara schien überrascht von diesen Worten und dachte kurz nach. Dann nahm sie das Seil und verknotete Belindas Hände auf dem Rücken. Während sie das tat, sprach sie mit sanfter Stimme: „Wir hätten es so gut haben können. Ich hätte alles für dich getan." Dann wurde sie plötzlich viel aggressiver: „Aber du musstest dich ja mit diesen Kerlen einlassen. Dabei haben die Schweine dich doch nur ausgenutzt!"

„Ja, du hast Recht", pflichtete Belinda ihrer Angreiferin bei, „das weiß ich jetzt auch. Hättest du doch bloß schon eher etwas gesagt."
Mara hob ihr Gesäß an und nahm so ihr Körpergewicht von Belindas Rücken. Sie kniete aber weiterhin über ihr. Belinda hoffte schon, dass sie endlich aufstehen würde, aber stattdessen packte Mara sie und drehte sie mit Schwung auf den Rücken. Dann setzte sie sich auf ihren Bauch. Diese Position war noch viel schmerzhafter, da Belinda jetzt mit ihrem eigenen Körpergewicht und dem Gewicht von Mara, auf ihren gefesselten Händen lag. Sie stöhnte auf, vor lau-

ter Schmerz. „Bitte Mara", sagte sie mit schmerzverzerrter und möglichst einschmeichelnder Stimme, „geh runter. Das tut weh."

Mara nahm etwas Gewicht von Belindas Bauch, beugte sich zu ihr hinunter und verharrte mit ihrem Mund, nur wenige Millimeter über Belindas Lippen. Diese zwang sich, nicht zurückzuzucken, oder ein angewidertes Gesicht zu machen. Sie will mich testen, schoss ihr der Gedanke noch rechtzeitig in den Kopf. Dann presste Mara ihre Lippen auf die von Belinda und gab ihr einen leidenschaftlichen Zungenkuss. Ihre Hände wanderten dabei über Belindas Schultern und Brüste. Belinda konnte es nicht mehr aushalten vor Ekel und Abneigung gegen diese geisteskranke Person. Alles in ihr sträubte sich, doch sie versuchte sich nichts anmerken zu lassen. Aber ihr war klar, dass sie es nicht mehr lange aushalten würde. Außerdem ging Mara inzwischen entschieden zu weit. Plötzlich, ohne dass sie darüber nachgedacht hatte rutschte ihr etwas heraus, was sie vielleicht besser nicht hätte sagen sollen. Aber sie musste Mara schließlich auch irgendwie davon abhalten, noch weiterzugehen. „Hast du diesen Mann getötet?"

Augenblicklich stoppte Mara ihre Küsse auf Belindas Hals und Dekolleté. Sie erhob ihren Oberkörper und setzte sich wieder auf Belindas Bauch. „Welchen Mann?" fragte sie ärgerlich, wobei Belinda auffiel, dass sie nicht das Wort „Mann" betonte, sondern das Wort „welchen". Das klang gerade so, als hätte sie mehrere Männer getötet.

„Herrn Schimmler, den Vermieter des Gasthauses, an der alten Schleuse", antwortete Belinda und hoffte, dass sie damit nicht wieder Maras Zorn auf sich gezogen hatte.

„Ach so, der", antwortete Mara gelangweilt. „Das war ein Unfall. Der Idiot! Wir waren uns schon mit allem einig gewesen und dann verlangt der alte Sack plötzlich die ganze Miete, für ein Jahr im Voraus. Das muss man sich mal vorstellen! Wer hat denn schon so viel Kohle rumliegen?

Außerdem hatte ich auch nicht vorgehabt ein ganzes Jahr dort mit dir zu verbringen. Der hätte lieber froh sein sollen, dass überhaupt jemand den alten, verrotteten Kasten mieten wollte", redete Mara sich in Rage.

„Und da hast du ihn getötet?" fragte Belinda vorsichtig.

„Ich habe doch gesagt, es war ein Unfall. Er ist bei unserem Streit die Treppe heruntergefallen."
Belinda wollte es lieber dabei belassen und nicht nachharken. Mara begann damit die obersten Knöpfe, von Belindas Bluse, zu öffnen. „Lass uns lieber von was anderem sprechen", säuselte sie dabei.

„Was ist mit Georg Bergmann?" entfuhr es Belinda erneut und sie zuckte zusammen und schloss die Augen, weil sie dachte, dass Mara ihr ins Gesicht schlagen würde. Diese riss wütend die Arme hoch und keifte: „Was interessiert dich dieser blöde Mistkerl?! Der hat doch alles kaputt gemacht! Hätte er nicht rumspioniert und wäre bei der Schleuse aufgetaucht... Seinetwegen musste ich meinen ganzen Plan ändern und die ganzen Vorbereitungen waren völlig umsonst!"

„Was hast du mit ihm gemacht?" konnte Belinda sich die Frage nicht verkneifen und wusste im selben Moment, dass sie damit einen großen Fehler begangen hatte. Mara wurde noch wütender. Sie ohrfeigte Belinda, stand auf, zerrte an ihr. „Du Schlampe interessierst dich noch immer für diesen Kerl!" Sie war völlig außer sich. „Du hast es nicht anders gewollt. Es ist sowieso alles zu spät. Ich kann dich jetzt eh nicht mehr hier behalten. Du musstest ja deiner widerlichen Freundin erzählen, dass du hier bist und hast dich außerdem noch von einem Taxi herbringen lassen. Du kannst also nicht mehr hier bleiben. Die würden dich hier suchen und das würde eine Menge Ärger geben." Sie entfernte sich etwa zwei Meter nach links, schob einen herumliegenden Strohballen beiseite, wischte mit dem Fuß auch noch das herumliegende Stroh weg und bückte sich. Sie zog an einem Metallhaken, der in der Erde eingelassen war und hob einen, sehr schwer aussehenden, Deckel an. Es war eine Tür. Belinda wusste nicht, was dort unten war und sie wollte es auch gar nicht wissen. Sofort überkam sie Panik, bei dem Gedanken, dass Mara vorhatte, sie dort hinunter zu schicken. „Was hast du vor, Mara?" fragte sie weinend, denn sie war sich sicher, dass sie die Antwort bereits kannte.

„Wie gesagt, wir können jetzt nicht mehr zusammenbleiben. Das wird mir hier langsam zu heiß. Zeit, dass ich weiterziehe."

„Bitte Mara", flehte Belinda, „ich möchte doch so gerne bei dir bleiben. Das kann uns doch keiner verbieten. Ich verspreche, ich werde alles tun, was du willst."

„Verarschen kann ich mich allein. Du wirst mich nie wieder verlassen. Das habe ich mir geschworen." Dabei funkelten ihre Augen hasserfüllt. Sie hob die Taschenlampe auf, packte Belinda an den Beinen und schleifte sie zu dem schwarzen Loch, im Boden. Belinda fragte sich noch warum Mara sagte „nie wieder", aber ihr blieb keine Zeit zu fragen. Stattdessen bettelte und flehte sie Mara an, sie nicht da runter zu schicken.

„Du kannst entweder freiwillig die Treppe runtergehen, oder ich werfe dich hinunter. Dabei würdest du dir wahrscheinlich mindestens die Arme brechen."
Es half nichts. Belinda heulte und flehte immer weiter. Sogar noch, als sie bereits vorsichtig, mit noch immer gefesselten Händen, die steile Treppe hinunterstieg. Sie konnte einen hellen Zementboden erkennen und gab sich alle Mühe, nicht darauf zu fallen. Mara ließ sich nicht erweichen. Belinda war inzwischen unten, in dem Loch angekommen und blickte heulend in den Schein der Taschenlampe über ihr. „Ach Belinda", sagte Mara und die Gefangene konnte zwar ihr Gesicht nicht sehen, da die Taschen-

lampe sie blendete, aber sie hörte, dass Mara lächelte als sie sagte: „du hast noch einen Wunsch frei." Sie machte eine kurze Pause und Belinda wagte nicht zu hoffen. Dann sprach Mara weiter: „Du kannst dir aussuchen, ob du lieber verhungern oder ersticken möchtest." Belinda schrie und heulte nun noch hysterischer, während Mara in schallendes Gelächter ausbrach und sagte: „Keine Sorge, ich weiß, dass das eine zu schwere Entscheidung ist. Also werde ich sie dir doch lieber abnehmen. Du darfst ersticken. Das geht schneller. Ich bin ja schließlich kein Unmensch. Ich werde gleich die Frischluftzufuhr abstellen. Dann schläfst du irgendwann ein und wachst nicht wieder auf."
Belinda starrte die ganze Zeit nach oben in das blendende Licht der Taschenlampe und schluchzte so sehr, wie noch nie zuvor in ihrem Leben. Sie wusste, dass sich die Tür, über ihr gleich schließen würde, dass es anschließend so dunkel um sie herum sein würde, dass sie vor lauter Panik wahrscheinlich sowieso einen Herzinfarkt erleiden, oder wenigstens ohnmächtig werden würde und dass dies die letzten Stunden ihres jämmerlichen Lebens waren. Das schlimmste daran waren allerdings die Gedanken an ihre Eltern und an Clarissa. Sie würden wahrscheinlich ewig nach ihr suchen und den Rest ihres Lebens völlig verzweifelt sein.

„Schlaf gut, Belinda." Damit schloss sich die Tür über ihr.

Nachdem Mara die schwere Tür geschossen hatte, sammelte sie die herumliegenden Strohballen ein und platzierte sie direkt über dem Eingang zum ehemaligen Bunker. Anschließend ging sie in das Gebäude daneben, wo sich auch ihr Auto befand und machte sich an einem versteckten Rad, in der doppelten Wand zu schaffen. Von hier aus konnte man die Frischluftzufuhr, für den Raum unter der Erde, der noch aus dem zweiten Weltkrieg stammte, regeln. Auch unten, im Bunker, befand sich ein solches Rad.

Es war möglich von dort aus ebenfalls die Frischluftzufuhr ein-, oder auszuschalten. So konnte man im Falle eines Gasangriffs das Versteck Luftdicht verschließen. Der Sauerstoff reichte dann, je nachdem wie viele Leute sich im Bunker befanden, für ein paar Stunden. Wenn die Luft, unten, knapp wurde, war die Frischluftzufuhr wieder zu öffnen, in der Hoffnung, dass sich das Gas inzwischen verzogen hatte. Wenn die Zufuhr oben allerdings abgestellt war, dann konnte man von unten leider nichts mehr regeln. Die Bauern, die hier zu Beginn des zweiten Weltkrieges gelebt hatten, bauten diesen Bunker zunächst zu ihrer eigenen Sicherheit und um ihr Hab und Gut vor Plünderungen zu schützen. Später erwies sich der Raum aber auch als prima Versteck für Juden und andere verfolgte des Naziregimes. Auf diese Weise hatten die Bauern dieses Hofes so einigen Menschen das Leben gerettet. Möglich war dies allerdings nur, weil sie damals niemandem aus der gesamten Umgebung irgendetwas von ihrem Bunker erzählten. Die Familie hatte dieses großartige Versteck ganz allein gebaut und dieses Geheimnis über viele, viele Jahre für sich behalten. Erst die nächste Generation erzählte davon und obwohl nie wieder ein offensichtlicher Anlass dazu bestand, hielten sie den Lebensrettenden Raum stets in Schuss. Über all die Jahre wurde er regelmäßig überprüft und war mit allem ausgestattet, was man im Notfall brauchen würde.

Nachdem Mara die Frischluftzufuhr abgedreht hatte, setzte sie sich in ihren Wagen und fuhr ihn direkt vor den Eingang des Wohnhauses. Sie ging ins Haus und packte alles zusammen, was sie mitnehmen wollte. Sehr viel war es nicht, aber sie hatte auch keine Lust, alles über den Hof zu tragen. Sie hatte es dabei nicht eilig. Vielmehr versuchte sie an alles zu denken und nichts Wichtiges zu vergessen. Als sie alle Sachen im Wagen verstaut hatte, von denen sie sich nicht trennen wollte, ging sie erneut rüber in den Schuppen und schleppte von dort, einen zwanzig Liter Benzinkanister, ins Wohnhaus. Sie goss den Inhalt über die Möbel und den Fußboden, wobei sie versuchte, möglichst nichts von der brennbaren Flüssigkeit abzubekommen. Es gelang ihr aber nicht. Das Benzin pultschte nur so aus der Öffnung und so sehr sie sich auch bemühte, sie bekam trotzdem jede Menge dicke Spritzer der stinkenden Flüssigkeit ab. Vor allem ihre Schuhe, die Hände und der untere Teil ihrer Hosenbeine waren inzwischen voller Benzin. Sie würde sich also nochmal umziehen müssen, bevor sie alles in Brand steckte. Eine geringe Menge des Brandbeschleunigers behielt sie für die Scheune übrig. Die würde selbstverständlich auch so prima brennen. Aber mit Benzin ging es eben schneller. Sie hatte erst überlegt, die Scheune nicht abzufackeln. Bis man dort suchen würde, wäre im Bunker sowieso keiner mehr am Leben. Aber dann kam sie zu der Überzeugung, dass es wahrscheinlich länger dauern würde, bis man den Eingang zum Bunker fand, wenn das Gebäude darüber in Schutt und Asche liegen würde und das wiederum verschaffte ihr zusätzlich Zeit. Sie würde sich sowieso bei nächster Gelegenheit auch einen anderen Wagen beschaffen müssen, um ihre Spuren zu verwischen.

Nachdem sie den restlichen Inhalt des Kanisters gegen die Wände der Scheune und über das Stroh gegossen hatte, ließ sie den leeren Kanister dort zurück. Sie ging wieder hinüber zum Wohnhaus, setzte sich aber zuvor in ihren Wagen und fuhr ihn zur Sicherheit mindestens zwanzig Meter vom Haus weg, damit er nicht versehentlich Feuer fing. Dann ging sie nochmal ins Haus um sich zu waschen und umzuziehen. Der Gestank im gesamten Gebäude, war kaum auszuhalten und ihr war bereits nach wenigen Minuten speiübel und furchtbar schwindlig. Sie musste sich beeilen und das Haus nun möglichst schnell wieder verlassen.

Belinda stand regungslos im Stockdunkeln. Ihr Kopf war noch immer nach oben, Richtung Ausgang gerichtet. Leise wimmernd und mit Todesangst senkte sie ihn. Es roch sehr unangenehm hier unten, aber sie konnte nicht definieren wonach. Sie wagte es nicht, sich auch nur ein kleines Stückchen zu bewegen. Es war so dunkel, als wäre sie blind und leider waren ihre Hände noch immer auf dem Rücken gefesselt. So war es ihr also noch nicht einmal möglich, sich durch den Raum hindurch zu tasten. Sie musste unbedingt die Fesseln losbekommen. Aber wie zum Teufel sollte sie das anstellen?! Sie war zutiefst verzweifelt und die Angst war so heftig, dass sie fürchtete gleich ohnmächtig zu werden. Warum hatte sie bloß eben, als die Luke über ihr noch offen war, die ganze Zeit nach oben, in den Schein der Taschenlampe geblickt, statt die Gelegenheit zu nutzen und sich lieber in diesem Raum umzusehen. Sie zitterte am ganzen Körper. Ihr Herz raste wie wild und sie hatte nicht die geringste Ahnung, wie es um sie herum aussah und wie groß dieser Raum überhaupt war. Wie konnte sie mal wieder nur so dumm gewesen sein!? Es kam ihr jetzt bereits furchtbar stickig vor, in diesem Raum. Aber selbst wenn sich hier die frischeste Luft befunden hätte, die Belinda je eingeatmet hat, so hätte sie wohl trotzdem das Gefühl gehabt, gleich zu ersticken. Ein völlig geschlossener Raum und dann auch noch stockdunkel, das war einfach der schlimmste Alptraum, den sie sich vorstellen konnte.

Es war noch nicht einmal eine Minute voller Todesangst und Panik vergangen, die Belinda natürlich wie eine Ewigkeit erschien und in der sie sich nicht sicher war, ob sie gegen die drohende Ohnmacht ankämpfen sollte, oder nicht, als plötzlich, ein paar Meter entfernt von ihr etwas klickte und im selben Moment der Schein einer Taschenlampe, den Raum ein wenig erhellte. Sie schrie auf, vor Schreck, denn damit hatte sie nun wirklich nicht gerechnet.

„Sch...", machte jemand sofort. „Belinda, beruhige dich. Ich bin es, Georg." Er drehte die Taschenlampe so, dass der Lichtschein sein Gesicht und seinen Oberkörper erhellte.

Belinda stand wie angewurzelt da und starrte auf den Mann, in der hinteren Ecke des Raumes, der auf einem Feldbett saß und mit dem Oberkörper gegen die Wand lehnte. Seine Beine lagen ausgestreckt auf dem Bett und um das Linke hatte er irgendwas herumgewickelt. Sein Hemd war zerrissen und voller dunkler Flecken. Wahrscheinlich getrocknetes Blut, vermutete Belinda richtig. Sein langes, leicht lockiges Haar war ziemlich zerzaust und klebte schweißgetränkt an seinen Schläfen und in seinem Nacken. Belinda konnte ihn, bei dem schwachen Licht und aus dieser Entfernung, es waren etwa fünf Meter, nicht als den Mann, den sie als Georg kannte, identifizieren. Noch immer am ganzen Körper zitternd vor Angst, ging sie langsam und ungläubig auf ihn zu. Die Hoffnung, dass er es tatsächlich war, verschlug ihr noch immer die Sprache und auch fast den Atem.

Durch den kräftigen Bartwuchs, den Schmutz und das ganze getrocknete Blut, sah er mindestens zehn Jahre älter aus und erst als sie direkt vor ihm stand erkannte sie, dass es tatsächlich dieser sonst so gutaussehende, sympathische und athletisch wirkende Mann war, mit dem sie vor gerade erst zwei Wochen, ein paar so unglaubliche Stunden am See verbracht hatte. Als sie ihn jetzt zum ersten mal, nach diesem außergewöhnlichen Erlebnis wiedersah, konnte sie kaum glauben, dass es derselbe Mann war. Auch, dass sie sich gerade vor zwei Wochen zum ersten mal begegnet waren, war schwer zu glauben. Es war einfach so unglaublich viel passiert, in der Zwischenzeit, so dass es Belinda viel, viel länger vorkam.

Er musste wirklich Schlimmes durchgemacht haben. Zumindest sah er so aus und wurde ja immerhin auch schon seit einer Woche vermisst.

„Du meine Güte, Georg!" brachte Belinda nun endlich mit Tränen erstickter Stimme hervor. Dabei hockte sie sich auf den Rand seines Feldbettes. Sein starker Körpergeruch entging ihr dabei keineswegs, aber das war ihr in diesem Moment völlig egal. Ihm selbst war es aber sehr unangenehm und sofort entschuldigte er sich für seinen schlechten Zustand. Belinda lächelte ihn an, unter Tränen. Sie erkannte deutlich, dass er starke Schmerzen haben musste, die er versuchte tapfer zu unterdrücken. Seine Stirn war voller kleiner Schweißperlen.

„Was ist mit deinem Bein?" fragte Belinda und versuchte dabei die Tränen an ihren Schultern abzuwischen.

„Ich fürchte es ist gebrochen", antwortete er mit heiserer Stimme.

„Oh Gott!" sie war entsetzt und mochte sich gar nicht vorstellen, wie sehr das wohl wehtat. „Du musst ja entsetzliche Schmerzen haben."

„Es geht schon", sagte er mit schmerzverzerrtem Gesicht. „Ich habe zum Glück viel geschlafen, seit ich hier bin. Kommst du an den Dosenöffner, dort drüben?" Er deutete dabei mit dem Kopf auf das Regal an der gegenüberliegenden Wand. Belinda begriff sogleich was er vorhatte und ging zum Regal hinüber. Es blieb ihr nichts anderes übrig, als den Öffner mit den Zähnen zu ergreifen, wobei sie mit der Nase den staubigen Boden des Regals berührte. Sie brachte Georg den Dosenöffner und setzte sich wieder auf den Rand seines Feldbettes, dabei drehte sie ihm den Rücken zu, so dass er sich an ihren Fesseln zu schaffen machen konnte. Es dauerte ein paar Minuten, bis er sie davon befreit hatte. Währenddessen unterhielten sie sich weiter.

„Bist du etwa die ganze Zeit hier unten gewesen?" fragte Belinda ungläubig und hoffte, dass er dies verneinen würde.

„Ja, seit letzten Sonntag. Ich bin dir zur alten Schleuse gefolgt. Das heißt, bis in die Gegend. Ich hatte dich allerdings ein Stück vorher, im Wald verloren und habe dich dann gesucht, bis ich schließlich deinen Wagen auf dem Parkplatz des Gasthauses entdeckt habe."

„Aber warum bist du mir gefolgt?" fragte Belinda nun etwas beunruhigt.

„Eigentlich hatte ich deine Kollegin beschattet."

„Du meinst Mara?" Belinda war erstaunt.

„Ja", bestätigte Georg. „Das ist aber nicht ihr richtiger Name und leider konnte ich sie auch nur in meiner Freizeit beschatten."

„Warum?" wunderte sich Belinda. „Wie heißt sie denn richtig und woher wusstest du, dass mit ihr was nicht stimmt?" Sie hätte ihm am liebsten hundert Fragen auf einmal gestellt.

„Ich kenne sie schon seit einigen Jahren", erklärte Georg, „aus meiner Zeit in Düsseldorf. Das ist eine etwas längere Geschichte, befürchte ich."

Belinda sah sich in dem Raum um. Er war vielleicht sechs mal sechs Meter groß. Auf der anderen Seite befand sich ein kleiner Verschlag. „Das ist die Toilette", sagte Georg, als ihr Blick darauf viel. Wenn er schon seit einer Woche hier unten war, dann hatte es sicher keinen Zweck nach einem weiteren Ausgang zu suchen, oder sich gegen die schwere Tür, über ihren Köpfen zu stemmen. Das wird er alles schon versucht haben, dachte Belinda frustriert und ließ sich ihre Überlegungen von Georg bestätigen. Die gegenüberliegende Wand, war komplett mit einem großen Regal verbaut, in dem sich alles Mögliche befand. Belinda entdeckte haufenweise Konserven, Wasserkanister, Wolldecken, Batterien und so weiter. Außerdem standen noch ein paar zusammengeklappte Feldbetten unter der steilen Treppe. Alles in allem wirkte der Raum sehr beengt, denn die Decke war sehr niedrig, vielleicht höchstens zwei Meter, schätzte Belinda. Ihr Blick fiel nun auf das kleine Gerät, neben Georgs Feldbett. „Du hast ja ein Radio", bemerkte Belinda erstaunt.

„Ja, zum Glück", entgegnete er mit bitterem Tonfall, „sonst wüsste ich ja noch nicht einmal welchen Tag wir heute haben. Aber der Empfang ist ziemlich schlecht und da ich nicht wusste, wie lange diese Verrückte mich hier unten lassen würde, habe ich mir die Batterien von Anfang an, so gut es ging, eingeteilt. Da sie uns jetzt aber sowieso die Luft abgedreht hat, kannst du es von mir aus ruhig einschalten." Der letzte Satz war ihm nur herausgerutscht und er ärgerte sich darüber, als er selbst in diesem schwachen Lichtschein, die Tränen in Belindas Augen sah.

„Vielleicht hat sie es ja auch nur so gesagt, dass sie die Frischluftzufuhr ausschalten wird. Nur um mir Angst zu machen", sagte Belinda um sich selbst zu beruhigen und versuchte dabei krampfhaft die Tränen zurückzuhalten. Doch es gelang ihr nicht.

„Ja vielleicht", antwortete Georg ebenfalls, um Belinda zu beruhigen und griff nach ihrer Hand. Aber er wusste, dass es nicht so war. Es war eindeutig. Das leise Rauschen der Lüftung und auch der leichte Luftzug, den er die Tage vorher stets verspürte, waren nicht mehr da. Die Lüftung war aus. Aber das brauchte Belinda nicht zu wissen. Sollte sie doch die Hoffnung behalten. Auch wenn er davon überzeugt war, dass sie jetzt gemeinsam ihre letzten Stunden erleben würden. Zwar hatte er noch vor wenigen Tagen davon geträumt, den Rest seines Lebens, mit einer so tollen Frau wie Belinda, zu verbringen, aber in jenem Traum war der Rest seines Lebens nicht so verflucht kurz gewesen.

„Ich brauche kein Radio", unterbrach Belinda seine Gedanken. „Erzähle mir lieber, warum du Mara, oder wie auch immer sie heißen mag, beschattet hast."
Georg stützte sich mit den Händen auf dem schmalen Feldbett ab und versuchte eine aufrechtere Sitzposition einzunehmen. Dabei stöhnte er auf, vor Schmerz. Die Schweißperlen auf seiner Stirn bewegten sich bereits Richtung Schläfe und Augenbraue. Belinda konnte kaum mit ansehen, wie dieser wunderbare Mann so furchtbar leiden musste. „Warte noch mit der Geschichte", sagte sie und griff sich die Taschenlampe, die er auf seinem Bauch abgelegt hatte. Dann ging sie rüber ans Regal und leuchtete die einzelnen Borten ab. Sie griff sich etwas, dass einem Handtuch ähnelte. Vielleicht war es aber auch nur ein Putzlappen. Es war leicht staubig, aber schien unbenutzt. Anschließend nahm sie den Wasserkanister, der neben Georg stand und bereits zur Hälfte geleert war und goss Wasser in den Becher daneben. „Du musst unbedingt was trinken", sagte sie, während sie ihm das Gefäß unter die Nase hielt. Er nahm den Becher und leerte ihn. Belinda trank ebenfalls einen halben Becher Wasser. Erst jetzt fiel ihr auf, dass sie sehr durstig war. Die Luft hier unten war nicht nur sehr warm und stickig, sondern auch extrem trocken, hatte Belinda den Eindruck. Vielleicht kam es ihr aber auch nur so vor. Dann goss sie vorsichtig etwas Wasser über den Lappen und versuchte dabei möglichst wenig zu verschütten. Sie schloss den Kanister und stellte ihn zurück auf den Boden. Dann wusch sie Georg vorsichtig das Gesicht und den Hals. Das kühle Wasser tat ihm unwahrscheinlich gut und er war Belinda dankbar für ihre Fürsorge. Aber es war ihm auch peinlich in so einem erbärmlichen Zustand vor dieser Frau zu liegen, die er so bewunderte. Er griff nach ihrer Hand und sagte: „Ist schon gut Belinda. Ich danke dir." Dabei nahm er ihr das Tuch ab und legte es über den Rand seines Feldbettes. Sie ging zur Treppe und holte sich eben-

falls ein Feldbett, was sie direkt neben seinem Aufbaute. Sie ließ nur so viel Abstand, dass sie gerade noch mit ihren schlanken Beinen dazwischen passte. Sie setzte sich darauf und beugte sich zu ihm hinüber. Eigentlich war es noch immer unglaublich, dass er jetzt direkt vor ihr lag, nach allem was sie in den letzten zwei Wochen über ihn gedacht- und dann, gestern Morgen erst, über ihn erfahren hatte. Trotz dieses furchtbaren Zustandes, in dem er sich momentan befand, sah er einfach umwerfend aus. Belinda hätte absolut nicht sagen können, was es war, aber irgendwas an ihm übte eine unglaubliche Anziehungskraft auf sie aus. Eben noch hatte sie hysterisch um ihr Leben gewinselt und hatte panische Angst vor dem Ende, was nun wahrscheinlich auf sie zukam. Natürlich war sie noch immer totunglücklich bei dem Gedanken an ihre Eltern, wie sehr sie leiden würden, wenn sie ihr einziges Kind verloren. Aber ansonsten verspürte sie fast eine gewisse Ruhe in sich. Zum einen war es sicher das Licht, was sie ein wenig beruhigt hatte. Dass sie ihre Umgebung nun sehen konnte, war natürlich eine enorme Erleichterung für sie. Aber es war auch Georgs Anwesenheit die sie beruhigte. Nun würde sie wenigstens nicht ganz alleine sterben. Am liebsten hätte sie sich zu ihm, in seinen Arm gelegt. Aber das ging nicht. Das Feldbett war viel zu schmal und auf keinen Fall wollte sie Georgs gebrochenes Bein berühren und ihm dadurch womöglich noch mehr Schmerzen zufügen. Sie blieb also auf ihrem Bett sitzen und rückte so nah es ging an ihn heran. Sie nahm seine Hand und er drückte sie ganz fest. Sie blickte ihm tief in die Augen und er erwiderte ihren Blick. Eine Zeit lang sagten sie nichts, sondern genossen nur das Kribbeln, das ihre Körper durchfuhr, allein durch die Berührung ihrer Hände. Dann sagte Georg, ohne den Blick von ihr abzuwenden: „Es tut mir so leid, dass ich dich nicht beschützen konnte. Dabei hatte ich es mir so fest vorgenommen." Sein Gesicht wirkte völlig gequält und schuldbewusst.

„Aber wieso? Das verstehe ich nicht. Erzähl mir alles", forderte Belinda ihn auf. Sie wusste nicht, wie viel Zeit ihnen noch bleiben würde. Wenn Mara tatsächlich die Frischluftzufuhr ausgeschaltet hatte und so langsam schwand ihre Hoffnung, dass es nur ein Bluff war, dann hätten sie wahrscheinlich nur noch ein paar Stunden. Belinda spürte sofort wieder einen dicken Kloß im Hals, bei dem Gedanken. Sie war verzweifelt, traurig, wütend und vor allem hilflos. Ihr war klar, dass sie keine Chance mehr hatten, ihr Schicksal selbst zu bestimmen. Es war seltsam, aber wenn einem das erst einmal klar war, dann brachte auch diese Erkenntnis eine gewisse innere Ruhe. Ganz anders wäre es gewesen, wenn Mara die Luft nicht abgedreht hätte und sie mit der Angst leben müssten zu verhungern, oder zu verdursten. Dann hätte man das Gefühl gehabt, dass es an einem selbst läge, wie lange man noch leben würde. Je nachdem, wie gut man sich die Lebensmittel einteilte. Natürlich wäre dann auch die Hoffnung gewesen, dass die Polizei nach ihnen suchte und sie irgendwann finden würde. Aber jede Stunde, in der das nicht geschah, wäre auch zu einer schmerzhaften Enttäuschung geworden. Nun waren die Dinge so, wie sie nun mal waren. Belinda und Georg hatten keinen Einfluss mehr darauf und die Hoffnung, noch rechtzeitig gefunden zu werden, spukte höchstens noch ganz schwach in Belindas tiefstem Inneren.

Georg kam Belindas Aufforderung nach und berichtete, dass Mara, die in Wirklichkeit Susanne Rieben hieß, tatsächlich auf einem Hof wie diesem aufgewachsen war. Ihre Eltern kamen aber bereits ums Leben, als sie gerade neun Jahre alt war und so steckte man sie in eine Pflegefamilie. Es sah so aus, als wären die neuen Eltern ein Glückstreffer. Sie schickten sie auch zum Ballettunterricht und legten stets großen Wert darauf nach außen die perfekte Familie abzugeben. Später behauptete Mara aber, dass sie in Wirklichkeit dort die Hölle erlebte. Das war wahrscheinlich auch der Grund dafür, dass sie bereits sehr früh heiratete. Leider war sie dabei an einen kriminellen und gewalttätigen Mann geraten, der sie in den Sumpf von Drogen und Kriminalität hinein zog. Der Mann kam nach ein paar Jahren gewaltsam ums Leben. „Kein großer Verlust für die Menschheit", sagte Georg. Es sah alles nach einem Auftragsmord aus. Aber weder der Täter, noch der Auftraggeber konnten damals ermittelt werden. Natürlich gab es den einen oder anderen Verdacht. Ganz besonders, hatte man Mara, oder besser gesagt Susanne Rieben im Visier, den Mord in Auftrag gegeben zu haben. Aber man konnte es ihr nicht nachweisen. Nachdem sie den Kerl los war, führte sie ihre kriminelle Karriere alleine fort. War sie, mit ihrem Mann, mehr in Sachen Drogen und Prostitution tätig gewesen, so gingen ihre Interessen anschließend mehr in Richtung Betrug. Doch es kam, wie es kommen musste. Sie landete für eineinhalb Jahre im Gefängnis. Dort lernte sie eine gewisse Sibille Lorenz kennen. Aus den beiden wurde ein Paar, sowohl beruflich, als auch privat. Sibille war Expertin in Sachen Fälschung, hauptsächlich amtliche Dokumente und Wertpapiere. „Betrug und Fälschung das passte gut zusammen", meinte Georg sarkastisch. „Vermutlich haben sie noch das eine oder andere Ding gemeinsam gedreht, aber das wissen wir nicht genau, da sie nach ihrem Gefängnisaufenthalt für zwei Jahre nach Frankreich gingen und ihre Aktivitäten nicht weiter von den deutschen Behörden verfolgt wurden", erzählte er weiter. Georg war überhaupt erst auf das Pärchen aufmerksam geworden, nachdem Sibille aus Frankreich zurückkam und ein paar Wochen später bei einem mysteriösen Autounfall ums Leben kam. Er hatte damals in dem Fall ermittelt und war erst dann auf die Akten der beiden Frauen gestoßen. Er war damals überzeugt gewesen, dass Susanne Rieben für den tödlichen Unfall verantwortlich war. Im Laufe seiner Ermittlungen hatte sich ganz klar herausgestellt, dass Sibille schon seit längerem versucht hatte sich von Susanne zu trennen und dass diese alles daran gesetzt hatte, dies zu verhindern. Sie schien wie besessen von der Partnerin. Doch obwohl Georg damals davon überzeugt war, dass Susanne die Schuld am Tod von Sibille trug, war es ihr nicht nachzuweisen. Er gab sich damals alle Mühe den Mord aufzuklären und wich kaum noch von Susannes Seite, was allerdings zur Konsequenz hatte, dass sie Beschwerde gegen ihn einreichte und dass er von seinem Vorgesetzten zurückgepfiffen wurde. Susanne fädelte damals noch ein paar ziemlich listige Sachen ein, so dass Georg plötzlich als besessener Spinner dastand. Sie war überhaupt unglaublich wandlungsfähig und auch damals schon eine gute Schauspielerin. Eben ein echtes Naturtalent. Schließlich ging es so weit, dass man ihn beurlaubte. Er konnte es nicht ertragen, dass er eine Mörderin frei rumlaufen lassen musste, die wahrscheinlich schon zum zweiten mal für den Tod eines Menschen verantwortlich war. Doch man ließ ihn in dem Fall nicht mehr ermitteln. Ihm waren die Hände gebunden. Als er mitbekam, dass sich Susanne Rieben Richtung Norddeutschland verzogen hatte und er sich sowieso, seit der Geschichte mit der Beurlaubung, nicht mehr wohl fühlte auf seiner Dienststelle, beschloss auch er Düsseldorf zu verlassen und wieder in seine alte Heimat zu ziehen. Schließlich hatte er vor etwa acht Jahren, nur aus Liebe zu einer Frau, seine Heimatstadt verlassen und sich im Grunde nie wirklich zu Hause gefühlt, im Rheinland. Die Beziehung war längst in die Brüche gegangen und nun war der Zeitpunkt gekommen, wieder zurück zu gehen.

„Aber wie hast du Mara, ich meine Susanne Rieben", verbesserte sich Belinda, „dann hier gefunden? Hast du etwa die ganze Zeit nach ihr gesucht?"

„Nein, überhaupt nicht. Im Gegenteil. Ich habe mir sogar alle Mühe gegeben, den Fall endlich abzuharken und nicht mehr daran zu denken und es ist mir auch ziemlich gut gelungen, würde ich sagen. So ein Umzug bringt einfach so viel Ablenkung mit sich, dass es mir gar nicht schwer fiel, den ganzen Mist aus Düsseldorf zu vergessen. Aber dann kamst du ins Spiel, Belinda und dann war es eben Zufall."

„Wie meinst du das?" fragte Belinda erstaunt.

„Ganz einfach", erklärte er, „als ich dich am See getroffen habe, wollte ich dich nun mal nicht so plötzlich wieder aus den Augen verlieren. Als du einfach abgehauen bist, bin ich los und habe geguckt, wo du geparkt hast. Es war ja außer deinem und meinem Wagen kein anderer, weit und breit, zu entdecken. Ich habe mir also dein Kennzeichen notiert und anhand dessen, deinen Namen herausgefunden."

„Also genauso wie Kommissar Ahrend es vermutet hat", unterbrach ihn Belinda kopfschüttelnd.

„Du hast mit Arni, ich meine Kommissar Ahrend, über unsere Begegnung am See gesprochen?" fragte Georg erstaunt und es schien ihn irgendwie aufzuwühlen.

„Ja", gestand Belinda. Es war ihr peinlich. „Ich musste ihm davon erzählen. Aber ich habe natürlich ein paar entscheidende Details verschwiegen." Sie räusperte sich und hoffte, dass es dunkel genug war, damit er nicht sehen konnte, wie sie errötete.

„Nein, Belinda, das ist sogar ausgesprochen super, dass du ihm von uns erzählt hast." Inzwischen klang er richtig aufgeregt. „Wenn er nicht ganz dumm ist, dann kann er vielleicht zwei und zwei zusammenzählen und findet die richtigen Zusammenhänge heraus."

Belinda sah ihn verständnislos an. Ihm war klar, dass sie nicht verstand wovon er redete. Er konnte ihr seine Gedankengänge jetzt auch nicht auf die Schnelle erklären, also

fuhr er mit seiner eben begonnenen Erzählung, wie er auf Susanne gestoßen war fort: „Ich weiß, das klingt schon ziemlich krank. Du musst denken, ich sei verrückt und wäre eine Art Stalker. Aber so ist es nicht. Ich wollte dich einfach nur gerne noch einmal wiedersehen. Wenigstens ein einziges mal, unter anderen Umständen. Also habe ich dich gegoogelt und schon wusste ich, dass du am Theater arbeitest."
Belinda hörte ihm aufmerksam zu und wollte ihn möglichst nicht mehr unterbrechen.

„Ich war also den Mittwoch, nach unserer Begegnung am See, im Theater. Ich war so neugierig auf deine Arbeit."
Also doch, dachte sich Belinda. Dann hatte sie ihn also tatsächlich während der Aufführung gesehen. „Und ich dachte, die Blumen, der Wein und die Karte seien von dir gewesen", unterbrach sie ihn nun doch, entgegen ihres Vorsatzes.

„Nein, ich weiß nicht wovon du redest."

„Ist schon gut. Vergiss es. Erzähl einfach weiter", forderte sie ihn auf. Inzwischen wusste sie ja auch, dass Mara ihr die Blumen und den Wein hatte zukommen lassen.

„Eigentlich hatte ich mir vorgenommen, dich nach der Vorstellung zum Essen einzuladen. Aber dann, auf einmal dachte ich, ich sehe Gespenster. Plötzlich stand Susanne Rieben auf der Bühne. Ich konnte es selbst nicht glauben. Sie trug ihr Haar zwar völlig anders und es hatte auch eine andere Farbe, aber das Gesicht und die Figur waren unverkennbar. Es gibt nicht so viele, so große Frauen, mit diesem Gesicht. Um mich zu vergewissern, bin ich sofort, noch während der Vorstellung los, um Nachforschungen anzustellen. Ich war mir sicher, dass sie es war und da ich ihre Vorgeschichte kannte, war mir ebenfalls klar, dass sie wenigstens durch falsche Zeugnisse und Empfehlungen an diesen Job gekommen sein musste. Noch dazu unter falschem Namen. Das machte mich natürlich erst Recht misstrauisch. Von da ab habe ich sie beschattet, wann immer es mir möglich war. Allerdings ging das nur in meiner Freizeit. Ich wäre in Teufelsküche geraten, wenn jemand herausgefunden hätte, dass ich schon wieder an ihr dran bin. Leider hatte ich ausgerechnet in der Woche auch noch Nachtdienst, so dass ich sie immer wieder aus den Augen lassen musste und nur am Tage beschatten konnte. Als ich bemerkt habe, dass sie scheinbar ein besonderes Interesse an dir hat, fiel mir auch endlich die Ähnlichkeit zwischen dir und Sibille Lorenz auf. Das beunruhigte mich sehr. Von da an habe ich versucht, in jeder freien Minute, die ich die Möglichkeit hatte, entweder sie, oder dich zu beschatten. Dich natürlich nur, um dich vor ihr zu beschützen", fügte er schnell hinzu, als er Belindas erschrockenes Gesicht sah. „Den Rest kennst du ja", seine Stimme klang fast traurig. „Ich war einfach zu blöd, als ich dir zur Schleuse gefolgt bin und mich von ihr habe überrumpeln lassen. Ich kann noch immer nicht fassen, wie mir das passieren konnte." Er war sichtlich verärgert über sich selbst. Belinda lächelte ihn an und sagte: „Ärgere dich nicht. Das hätte jedem anderen auch passieren können. Du konntest ja nicht wissen, dass sie ebenfalls dort war."

„Ja, das stimmt schon" sagte er noch immer verärgert. „Ich war ihr zunächst gefolgt, als sie von zu Hause losfuhr. Aber mit dem Motorrad hat sie mich keine drei Straßen weiter abgehängt. Daraufhin bin ich zu dir gefahren, um wenigstens dich im Auge zu behalten und sicher zu gehen, dass sie dir nichts antat und dann sind wir ihr beide in die Falle gegangen. Bis heute wusste ich nicht einmal, ob du ihr vor einer Woche entkommen bist, oder ob sie dich auch die ganze Zeit über irgendwo anders festgehalten-, oder dich vielleicht schon getötet hat. Aber daran habe ich gar nicht zu denken gewagt."

„Nein, ich bin ihr bei der Schleuse entkommen. Es war verdammt knapp. Sie hätte mich beinahe umgebracht."

Belinda berichtete Georg genauestens von allem, was in der Zwischenzeit passiert war. Sie erzählte, von der Verfolgungsjagd am Fluss, von ihrem Aufenthalt in der Psychiatrie, von ihrem Gespräch mit Kommissar Ahrend und wie es dazu kam, dass sie nun hier unten eingesperrt war. Georg hörte ihr aufmerksam zu und war besonders daran interessiert, was die Polizei inzwischen wusste. Er stellte viele Fragen, die Belinda gerne beantwortete. Sie waren so sehr in das Gespräch vertieft, dass sie zwischendurch fast vergessen hätten, dass dies ihre letzten Stunden waren. Aber eben nur fast. Denn Georgs Schmerzen waren viel zu stark, als dass sie sich hätten entspannen können und außerdem hatten mittlerweile beide das Gefühl, dass die Luft immer schlechter Wurde. Ein paar mal noch begann Belinda zu weinen, wenn ihr dies bewusst wurde und immer wieder versuchte Georg sie zu trösten und zu beruhigen.

„Guckt euch die Fotos an", forderte Kommissar Ahrend seine Kollegen, Mirco Brandt und Thomas Strunz, auf. Ahrend hatte die beiden Kollegen zuvor, mitten in der Nacht aus ihren Betten geklingelt und sie aufgefordert, sofort zu ihm, in sein Büro zu kommen. Da er selber die meisten Nächte sowieso auf dem Sofa in seinem Büro verbrachte, hockte er meistens noch die halbe Nacht lang über irgendwelchen Unterlagen. Ein Privatleben hatte er schon lange nicht mehr. Im Gegensatz zu seinen beiden Kollegen, die nur widerwillig ihre warmen Ehebetten verlassen hatten und nun müde in Ahrends Büro standen.

„Das ist sie doch. Ihr müsst euch nur die Haare anders vorstellen", hielt Ahrend die beiden jüngeren Kollegen an.
Er hatte am Computer alte Fälle von Georg Bergmann durchgesehen und deutete nun begeistert auf den Monitor, auf dem ein Foto von Susanne Rieben zu sehen war.

„Die ganze Zeit habe ich mir den Kopf zermartert, warum mir diese Frau so bekannt vorkommt. Dabei ist sie doch aus Düsseldorf." Er machte eine Pause, in der er seine beiden Kollegen triumphierend ansah. Abwechselnd blickte er von einem zum anderen.

„Und?" fragte Mirco Brandt mit hochgezogenen Augenbrauen. „Was ist denn mit ihr?"

„Sie erinnert euch also nicht an jemanden?" fragte Kommissar Ahrend ganz erstaunt.

„Nein", antwortete Kollege Brandt ohne weiter zu überlegen. Thomas Strunz hingegen machte ein nachdenkliches Gesicht und legte den Kopf schief. Er schien sich nicht ganz sicher zu sein.

„Na, dann schaut mal hier", sagte Kommissar Ahrend und öffnete dabei ein weiteres Bild, welches er auf der Homepage des hiesigen Theaters gefunden hatte. Strunz und Brandt erkannten sofort, dass Kommissar Ahrend Recht hatte und klopften ihm anerkennend auf die Schulter. Es handelte sich tatsächlich um ein und dieselbe Person.

Von nun an herrschte allgemeine Aufregung auf dem gesamten Polizeirevier. Dies war die erste heiße Spur, im Fall des vermissten Kollegen, Georg Bergmann. Ahrend trommelte sein Team zusammen, um den Kollegen die Neuigkeiten mitzuteilen und die weitere Vorgehensweise zu besprechen. Es dauerte etwas, bis sie Maras Adresse herausbekamen. Da diese unter ihrem falschen Namen, gar nicht offiziell gemeldet war. Es war noch immer früh, am Montagmorgen und das Theater machte Sommerpause. So musste man leider, ein paar der Mitarbeiter aus ihren Betten klingeln, um an die gewünschten Informationen heranzukommen. Aber weder Kommissar Ahrend, noch einer der übrigen Kollegen, war gewillt noch weitere, vielleicht kostbare Stunden, auf der Suche nach Georg Bergmann, zu verschwenden. Als man Maras Adresse endlich herausgefunden hatte, riss sich praktisch die gesamte Abteilung darum, mit zum Hof von Mara König, beziehungsweise

Susanne Rieben hinaus zu fahren. Die Möglichkeit, vielleicht dort den vermissten Kollegen zu finden oder auch nur entscheidende Hinweise auf dessen Verbleib zu erhalten, wollte sich keiner entgehen lassen. Kommissar Ahrend wollte zunächst nur mit dem Kollegen Strunz, für eine Befragung, zum Hof hinausfahren. Natürlich würden sie sich die Papiere von Mara König zeigen lassen. Sollte sich bei der Gelegenheit herausstellen, dass sie gefälschte Dokumente besaß und davon ging Ahrend aus, dann würden sie die Dame mit auf das Polizeirevier nehmen. Zu diesem Zweck sollte ein Streifenwagen, mit zwei Beamten, die beiden Kommissare begleiten. Es dauerte keine Stunde bis das Briefing abgehalten war und die vier Männer am Einsatzort ankamen, obwohl auf der Landstraße, die zu Maras Hof führte, mittlerweile ziemlich viel Verkehr herrschte. Die zwei Beamten, im Streifenwagen bekamen zunächst die Anweisung an der Zufahrt zur Hauptstraße stehen zu bleiben, um einen eventuellen Fluchtversuch zu verhindern und zu kontrollieren, wer den Hof in der Zwischenzeit vielleicht noch aufsuchen wollte.

Als der Wagen von Ahrend und Strunz langsam auf den Hof rollte, viel ihnen sofort der dunkle SUV auf, der mitten auf dem Hof parkte, etwa zwanzig Meter vom Haupthaus entfernt. Die Fahrertür stand weit offen. Auf Höhe des Fahrzeugs angekommen, hielt Ahrend an. „Guck mal nach", forderte er den Kollegen Strunz auf und deutete dabei auf den verlassenen Wagen neben ihnen. Während der Kollege das verlassene Fahrzeug unter die Lupe nahm und dabei feststellte, dass es voll beladen war, fuhr Ahrend die paar Meter weiter zum Haupthaus. Er behielt dabei die offene Haustür im Auge und rechnete damit, dass jeden Moment jemand heraustreten würde. Doch es war niemand zu sehen. Er stellte seinen Wagen fast direkt vor der Haustür ab und stieg aus. Sobald er die offene Tür erreicht hatte, schlug ihm der beißende Geruch von Benzin entgegen. Er begriff sofort und winkte seinem Kollegen hektisch zu. Dieser hatte sich gerade sowieso von dem verlassenen SUV entfernt und kam in seine Richtung. Ihm war auf der Stelle klar, dass irgendwas nicht in Ordnung sein musste und legte daher einen kleinen Sprint ein, bis zum Haus. Auch er vernahm sofort den beißenden Benzingeruch. Kommissar Ahrend hatte bereits sein Handy am Ohr und verständigte schon mal vorsorglich die Kollegen der Feuerwehr. Er sprach dabei sehr leise und gab auch seinem Kollegen Zeichen ruhig zu sein, um noch nicht auf ihren Besuch aufmerksam zu machen. Als er das Gespräch beendet hatte, flüsterte er Strunz zu: „Bleib hier und behalte das Haus und den Wagen im Auge und verständige die beiden Kollegen von der Straße. Sie sollen herkommen." Während er seinem Kollegen die Anweisungen gab, zückte er vorsichtshalber seine Pistole. Dann schlich er ins Haus. Er kam an der offenen Küchentür vorbei und vergewisserte sich, dass keiner darin war. Gegenüber der Küche, gab es zwei weitere Türen, die allerdings verschlossen waren. Die eine gehörte zum Bad, die andere zu dem kleinen Abstellraum. Aber das konnte er natürlich nicht sehen. Er horchte einen Moment lang, ob irgendwas aus diesen Räumen zu hören war, doch alles blieb still. Dann entschloss er sich, zu rufen: „Frau König? Sind Sie zu Hause? Ist alles in Ordnung?" Er rief ganz bewusst den falschen Namen, um die Verdächtige möglichst in Sicherheit zu wiegen.

Mara erschrak. Sie war im Schlafzimmer, im hinteren Teil des Hauses und zog gerade eine andere Jeans über. Der Inhalt ihrer Hosentaschen lag noch vor ihr auf dem Bett. Verflucht, wer ist das denn? Dachte sie und beeilte sich nun ihre Schuhe anzuziehen und den Inhalt ihrer Hosentaschen wieder einzupacken. Dabei war auch der Autoschlüssel. Noch bevor sie darüber nachdenken konnte, ob sie antworten sollte, vernahm sie erneut die Männerstimme, die aus dem vorderen Teil des Hauses kam: „Frau König, ich habe ein paar Fragen zu einem ihrer Kollegen am Theater", log der Kommissar. „Ich bin von der Polizei. Kann ich Sie kurz sprechen?"

Mara fiel nicht darauf rein. Ihr war klar, dass wer auch immer in ihrem Haus sein mochte und egal warum, er hatte in jedem Fall das Benzin gerochen. Das würde Fragen aufwerfen, die sie lieber nicht beantworten wollte. Sie überlegte, wie sie unbemerkt zu ihrem Auto kommen konnte. Hoffentlich war dieser blöde Bulle allein, dachte Mara. Die Schlafzimmertür stand weit offen. Gerne hätte sie diese geschlossen, aber sie hatte Angst, dass der Polizist es hören könnte. Also lehnte sie sie nur ein Stück weiter an. Zum Glück hatte sie wenigstens schon das Feuerzeug eingesteckt. Sie nahm ein T-Shirt aus dem Schrank und kletterte aus dem Fenster. Draußen schlich sie erst mal, in geduckter Haltung, bis zur Hausecke, um sich ein Bild von der Lage zu verschaffen. So ein Mist, dachte sie, als sie den Streifenwagen sah, der in der Nähe ihres Wagens stand und die zwei Polizisten, in Uniform. Ob vielleicht sogar noch weitere Autos, oder Beamte vor dem Haus standen, konnte sie von hier aus, leider nicht sehen. Sie sind also mindestens zu dritt, überlegte Mara und das bedeutet, dass sie mich wahrscheinlich mitnehmen wollen. Sie konnte sich nicht erklären, wieso die Polizei ihr plötzlich auf den Versen war. Belinda konnte doch jetzt noch nicht als vermisst gelten und wenn sie sie bisher nicht mit Georgs Verschwinden in Zusammenhang gebracht hatten, warum jetzt auf einmal? Sie hätte früher abhauen sollen. Warum hatte sie bloß so lange gewartet?! Wäre Belinda nicht die Tage eingesperrt gewesen, dann hätte sie sich diese längst geschnappt und wäre wohl auch schon über alle Berge. Aber der Versuch, sie aus dieser Klinik zu entführen war kläglich gescheitert. Im Nachhinein betrachtet, war es auch eine ziemlich unüberlegte und schlecht ausgeführte Aktion gewesen, musste sie sich selbst eingestehen. Aber das

Verlangen, Belinda endlich in ihrer Nähe und unter Kontrolle zu haben war zu groß gewesen. Sie hatte einfach nicht richtig nachgedacht und viel zu emotional gehandelt. Die ganze vorherige Planung, die so viel Zeit und Mühe gekostet hatte, war am Ende ja auch völlig umsonst gewesen. Nur weil dieser widerliche Bergmann dazwischenfunkte. Jetzt hatte sie nichts mehr zu verlieren. Würde man sie jetzt schnappen, dann würde sie sicher wieder im Knast landen. Also musste sie nun alles daran setzen, dies zu vermeiden. Sie schlich zurück zum offenen Schlafzimmerfenster und warf nochmal einen vorsichtigen Blick hinein. Alles schien noch so, wie sie es vor einer Minute verlassen hatte. Sie zündete das T-Shirt an und warf es durch das offene Fenster. Sofort breitete sich das Feuer auf den gesamten Raum aus. Selbst hier draußen, vor dem Fenster, konnte sie die Wärme des Feuers spüren. Sie duckte sich wieder und schlich nochmal zur Hausecke. Mal abgesehen davon, dass sie noch immer alle Beweise vernichten musste, wollte sie nun auch möglichst viel Verwirrung stiften, um zu entkommen. Mit dem Wagen würde sie wohl nun nicht mehr fliehen können. Der stand einfach zu sehr auf dem Präsentierteller und vielleicht hatten die Beamten sogar die Luft aus den Reifen gelassen, damit sie nicht damit abhauen konnte. Wer weiß... Es war sehr ärgerlich, dass sie nun auf all die wichtigen Sachen verzichten musste, die sich in ihrem Auto befanden und mindestens genauso ärgerlich war es, dass der Inhalt des Wagens Unmengen an Beweisen und Aufschlüsse für ihre Zukunftspläne liefern würde. Eigentlich durfte sie das alles nicht zurücklassen. Wenn dann musste sie den Wagen auch noch in Brand stecken. Ansonsten würde ihre Zukunft noch deutlich schwieriger aussehen, als ursprünglich geplant.
Sie brauchte nicht lange warten, bis der Tumult vor dem Haus losbrach, nachdem Kommissar Ahrend das Feuer auf sich zukommen sah, das sich inzwischen in Windeseile,

dank des Benzins, im Haus ausbreitete. Er rief laut „Feuer" und stürmte Richtung Ausgang. Das war der Moment, in dem die anderen Kollegen alle nur auf ihn achteten und den Rest des Hofes kurz außer Acht ließen. Mara nutze die Gelegenheit und sprintete hinter dem Haus, zu dem von hier aus gesehenen, nächsten Gebäude. Das war der Stall. Sie schlich auf der Rückseite des heruntergekommenen Gebäudes lang und beobachtete wie zwei der Polizisten zu ihren Wagen liefen und Feuerlöscher herausholten. Doch sie sahen sofort ein, dass es gar keinen Sinn hatte, selber zu versuchen das Feuer zu löschen, denn dank des Brandbeschleunigers loderten die Flammen bereits im ganzen Haus. Mara beobachtete auch, wie nun einer der Männer in Zivilkleidung rechts und der andere links herum, um das Wohnhaus gingen. Wahrscheinlich suchten sie nach ihr, oder wollten sehen, welches Ausmaß der Brand inzwischen angenommen hatte, vermutete Mara. Als sie den Moment für günstig hielt, hechtete sie zum Schuppen, der sich nur wenige Meter neben dem Stall befand und in dem auch ihr Motorrad stand. Zum Glück hatte sie noch einen Ersatzschlüssel dort versteckt. Als sie durch die Tür hindurch gehuscht war, begann sie hektisch danach zu suchen. Sie angelte ihn aus einem kleinen Loch heraus, welches sich in der hinteren, doppelten Bretterwand befand. Inzwischen konnte man von weitem mehrere Martinshörner hören. Ob die wohl auch auf dem Weg hier her waren, fragte sich Susanne, die sich Mara nannte. Sie war sich außerdem nicht sicher, ob man sie nicht doch gesehen hatte als sie im Schuppen verschwand. Hektisch nahm sie den Schlüssel und schnappte sich einen verdreckten Putzlappen aus der Ecke. Dann schwang sie sich auf das geländegängige Motorrad, zündete den Lappen an und startete mit lautem Knattern den Motor. Sie gab Gas und fuhr so heftig gegen die angelehnte Brettertür, dass diese aufflog und mit einem lauten Knall gegen die Außenwand des Schuppens schlug.

Sofort sah sie die beiden uniformierten Beamten, mit gezückten Pistolen, auf sie zustürmen. Sie waren aber noch einige Meter entfernt. Sie riefen ihr etwas zu, das sie aber nicht richtig verstehen konnte, da das Motorrad zu laut war und die nahenden Martinshörner ebenfalls immer lauter wurden. Ihr war aber klar, dass man sie wohl dazu aufforderte sich zu ergeben, was sie auf keinen Fall tun würde. Mara war sich völlig im Klaren darüber, dass man sie ganz sicher nicht erschießen würde, so lange Georg noch vermisst wurde. Man brauchte sie schließlich lebend um ihn zu finden. Sie fuhr zunächst einen Bogen, weg von den Beamten, Richtung Straße. Dann machte sie einen Schlenker, denn sie musste ja noch ihr Auto anzünden, wenn sie denn schon nicht damit fliehen konnte. Noch immer ärgerte sie sich sehr darüber, dass sie nun alles Wichtige zurücklassen musste. Geld war nicht ihr Problem. Davon hatte sie an einem sicheren Ort mehr als genug. Aber die ganzen Papiere... Sicher, man konnte im Prinzip alles ersetzten. Aber das würde dauern und sie kostbare Zeit auf der Flucht kosten. Plötzlich, kurz bevor sie ihren Wagen erreichte, gaben die Beamten Warnschüsse ab. Die beiden Kommissare in Zivilkleidung rannten nun ebenfalls hektisch auf dem Hof herum und sprangen in ihren Wagen, um eine eventuell notwendige Verfolgung aufzunehmen. Mara geriet ins Schlingern. Die Flammen, die hungrig an dem schmutzigen Lappen, in ihrer rechten Hand knabberten, hatten sie erwischt und der brennende Schmerz hatte sie erschreckt und sie für den Bruchteil einer Sekunde unaufmerksam werden lassen. Es hätte nicht viel gefehlt und sie wäre mit dem Motorrad gestürzt. Aber gerade noch rechtzeitig korrigierte sie, behielt das Gleichgewicht und war auch schon an ihrem Wagen. Sie überlegte noch ganz kurz, ob sie vielleicht doch das Zweirad gegen das Auto tauschen sollte. Aber sie wusste, dass ihre Chance, der Polizei mit dem Wagen zu entkommen, wesentlich geringer war, als mit dem Motorrad. Also holte sie weit aus und warf den brennenden Lappen durch die, noch immer offenstehende, Fahrertür. Sie hoffte, dass der gesamte Inhalt des Autos, auch ohne Brandbeschleuniger möglichst schnell abfackeln würde. Ihr blieb keine Zeit mehr sich davon zu überzeugen, denn jetzt hieß es nur noch Gas geben und möglichst schnell weg von hier. Sie wusste, dass die Beamten ihr folgten, auch ohne sich umzudrehen. Ihr fiel ein, dass sie den Schuppen, unter dem sich der Bunker befand, nun nicht mehr angezündet hatte. Das war natürlich ebenfalls ärgerlich. Aber dafür hätte sie wirklich keine Zeit mehr gehabt. Im nu war sie auf der schmalen Zufahrtsstraße, die von der Hauptstraße zu ihrem Hof führte. Dieser Weg war etwa hundert Meter lang. Als sie die Hauptstraße fast erreicht hatte, bog direkt vor ihrer Nase, der erste Löschzug in die schmale Zufahrtsstraße ein. Ihr blieb nichts anderes übrig, als mit dem Motorrad, die letzten Meter über das holprige Feld daneben auszuweichen. Das wäre mit dem Wagen schon mal nicht möglich gewesen, dachte sie erleichtert, dass sie sich richtigerweise für das Zweirad entschieden hatte. Als sie die Hauptstraße endlich erreicht hatte, drehte sie sich noch einmal nach ihren Verfolgern um und sah zu ihrer großen Zufriedenheit, dass diese rückwärts Richtung Hof fuhren. Sie hatten keine andere Wahl, denn sie mussten den drei Löschzügen der Feuerwehr Platz machen. Das verschaffte ihr einen enormen Vorsprung. Sicher, sie musste damit rechnen, dass inzwischen alle Einsatzkräfte der gesamten Umgebung informiert waren und leider fiel sie auch dadurch auf, dass sie keinerlei Motorradkleidung trug. Dies galt es auch möglichst schnell zu ändern. Aber diese Verfolger hatte sie erst mal abgehängt und alles weitere würde sich schon finden…

„Wir waren so nah dran", ärgerte sich Kommissar Ahrend und zeigte dabei mit Daumen und Zeigefinger einen

Abstand von etwa zwei Zentimetern. Nachdem er und Kollege Strunz zunächst die Verfolgung aufgenommen hatten, dann aber einsehen mussten, dass Susanne Rieben längst über alle Berge war, kehrten sie um.

„Ich verstehe gar nicht wie sie uns trotz der Straßensperren und aller sofort eingeleiteten Maßnahmen doch noch durch die Lappen gehen konnte", bestätigte Strunz kopfschüttelnd.

„Ich habe den Eindruck, wir dürfen die Dame nicht unterschätzen", meinte Ahrend nachdenklich, nachdem sie auf den Hof zurückgekehrt waren. Schon von weitem sahen sie, dass vom Wohnhaus kaum noch etwas übrig war.

„So ein Mist! Da werden wir bestimmt keine Hinweise mehr finden", vermutete Strunz pessimistisch.

„In dem Haus wohl nicht mehr", pflichtete Kommissar Ahrend seinem Kollegen bei. „Aber vielleicht findet sich in ihrem Wagen noch was brauchbares. Der sieht zumindest von weitem noch ganz gut erhalten aus. Mal sehen wie es um den Inhalt steht. Außerdem müssen wir uns noch das ganze übrige Grundstück vornehmen. Ich werde die Hundestaffel anfordern. Sicher ist sicher."

„Hast du ihre Akte schon genau durchgesehen?" fragte Strunz seinen Kollegen.

„Nein, ich habe nur einen kurzen Blick da rein geworfen. Aber die ist so umfangreich, da sollten wir uns lieber nochmal in Ruhe dransetzen."

Auf dem Hof wimmelte es nur so von Feuerwehr und Polizeibeamten und deren Einsatzfahrzeuge. Das Feuer loderte zwar noch immer an einigen Stellen des Hauses, aber es war so weit unter Kontrolle, dass zumindest keine Gefahr mehr für die übrigen Gebäude bestand, erfuhren die Kommissare vom Einsatzleiter der Feuerwehr.

Die Spurensicherung hatte alle Hände voll zu tun, mit dem angebrannten SUV. Die Kollegen verkündeten freudestrahlend, dass sich noch sehr viel Brauchbares in dem Wagen befand und dass sie sicher noch eine ganze Weile mit der Auswertung der vielen Spuren beschäftigt sein würden. Sie versicherten Kommissar Ahrend aber auch, dass man ihn selbstverständlich auf dem Laufenden halten würde.

Während Strunz sich auf den Weg zurück zum Revier machte, um Susanne Riebens Akte zu durchforsten, blieb Kommissar Ahrend auf dem Hof. Der furchtbare Gestank nach Verbranntem machte ihm zu schaffen und immer wieder musste er zwischendurch husten. Mittlerweile hatte sich eine dünne Schicht aus Ruß und Asche über den gesamten Hof gelegt. Aber er wollte hier bleiben und abwarten, ob die fast zwanzig Kollegen, die inzwischen den ganzen übrigen Hof auf den Kopf stellten, irgendwas Brauchbares fanden. Am sehnsüchtigsten wartete er allerdings auf das Eintreffen der Hundestaffel, denn er wusste, dass sie mit den Vierbeinern die größte Chance hatten, etwas, oder besser gesagt jemanden, zu finden. Es dauerte über zwei Stunden bis die pelzigen Kollegen endlich eintrafen. Inzwischen hatte sich schon allgemeine Enttäuschung unter den verbliebenen Kollegen breit gemacht, da sie keinerlei Hinweise auf den Aufenthaltsort von Georg Bergmann gefunden hatten.

Dann wurde auch Kommissar Ahrend zunächst enttäuscht, als nämlich der Einsatzleiter der Hundestaffel, ihn darauf aufmerksam machte, dass die Hunde, auf Grund des starken Brandgeruchs vielleicht nichts finden würden. Zwar war das Feuer inzwischen gelöscht, aber noch immer roch alles um sie herum stark verbrannt. Der Kommissar versuchte sich seine Enttäuschung nicht anmerken zu lassen und sagte stattdessen: „Ihr seid unsere letzte Hoffnung. Ich zähle auf euch."

Dann ging die Suche los. Zunächst wollten sie sich die drei übrigen, unversehrten Gebäude vornehmen. Die Hunde schnüffelten als erstes in dem ehemaligen Stall, in dem sich auch jetzt noch vier lebende Hühner befanden. Der Ge-

stank in diesem Gebäude war wirklich furchtbar und als Kommissar Ahrend den alten Stall betrat, musste er zugeben, dass er durchaus Verständnis dafür gehabt hätte, wenn die Hunde hier nichts fanden. Der beherrschende Gestank von verbranntem, mischte sich hier drinnen mit dem von Hühnerkot und was auch immer sonst noch, registrierte Kommissar Ahrend. Es war kaum auszuhalten. Doch dann schlugen die Hunde tatsächlich an. Die Hundeführer machten sogleich betroffene Gesichter, denn alles deutete darauf hin, dass sie eine Leiche aufgespürt hatten. Sofort wurden ein paar Kollegen mit dem Graben beauftragt. Dies dauerte sehr lange, denn sie mussten dabei äußerst behutsam vorgehen. Man wollte schließlich alle brauchbaren Spuren, auch an einer Leiche, möglichst gut erhalten. Es kam Ahrend vor, wie eine Ewigkeit und kostete ihn unglaublich viel Nerven. Schließlich musste er damit rechnen, dass es sich bei der Leiche, um den vermissten Kollegen Bergmann handelte. Natürlich versuchte er sich damit zu beruhigen, dass es ja auch eine andere Person sein könnte. Genauso wie es auch alle übrigen, ungeduldig wartenden Kollegen taten.
Die Hundestaffel hatte inzwischen die Suche, in diesem Gebäude beendet und nahm sich den Schuppen daneben vor. Dann überschlugen sich die Ereignisse. Endlich war man auf den toten Körper gestoßen und stellte sofort fest, dass diese Leiche auf jeden Fall schon einige Monate hier liegen musste. Es konnte sich also keinesfalls um Georg Bergmann handeln. Im selben Moment, als das den umherstehenden Kollegen klar wurde und sich zwei jüngere Beamte auf der Stelle übergeben mussten, war plötzlich lautes Rufen aus dem Nachbargebäude zu hören und etwa zwei Sekunden später erschien ein Beamter in der Tür zum Stall und rief ganz aufgeregt: „Wir haben was gefunden! Kommissar Ahrend, schnell, kommen Sie!" und damit war er auch schon wieder verschwunden. Der Kommissar folgte

der Aufforderung des Kollegen und beeilte sich. Dabei fiel ihm auf, dass ihm etwas schwindlig war und er ein verdammt flaues Gefühl in der Magengegend verspürte. Der Fund der Leiche hatte auch ihm ganz schön zugesetzt und die Erleichterung, dass es nicht Bergmann war, schien seinen Kreislauf ebenfalls irgendwie beeinträchtigt zu haben.

Als Ahrend im benachbarten Schuppen ankam, stand die Tür zum Bunker bereits offen und der erste Beamte stand auch schon mit einer Taschenlampe bereit, um die steile Treppe hinabzusteigen. Er sah dem Kommissar erwartungsvoll entgegen. Der nickte nur und der Beamte stieg die Treppe hinunter. Inzwischen waren auch die Kollegen der Feuerwehr wieder zur Stelle, denn schließlich waren sie besser ausgerüstet. Sogleich hörten sie, wie der Kollege von unten rief: „Zwei leblose Personen, einer Männlich, eine weiblich." Kommissar Ahrend hatte es sich nicht nehmen lassen, dem Kollegen direkt zu folgen und so sah er nun, das gleiche, was dieser eben ausgesprochen hatte. Oben machten sich bereits die Rettungsassistenten auf den Weg, die vorsichtshalber während des gesamten Einsatzes, auf dem Hof, in ihrem Rettungswagen gewartet hatten. Sie wurden allerdings zwischenzeitlich ausgetauscht, da einer der Polizeibeamten eine leichte Rauchvergiftung erlitten hatte und ins Krankenhaus gebracht werden musste. Dies war also die zweite Crew. Etwas schroff schuppste Ahrend den Kollegen beiseite. „Lass mich mal sehen." Er stürzte auf die beiden Personen zu. Zunächst fühlte er Belindas Puls am Hals und stellte fest, dass sie noch lebte. Er war erleichtert. Noch bevor er auch Georgs Puls fühlen konnte, waren die Sanitäter vor Ort und kümmerten sich um alles Weitere. Ein zweiter Rettungswagen und der Notarzt waren inzwischen ebenfalls auf dem Weg und als die Nachricht verkündet wurde, dass man Georg Bergmann soeben lebend gefunden hatte, brach ein regelrechter Jubel unter den Kollegen aus.

Gleich nachdem man ihnen die Sauerstoffmasken aufgesetzt hatte, noch bevor sie sich im Rettungswagen befanden, hatten Belinda und Georg das Bewusstsein wiedererlangt. Die Fahrt zum Krankenhaus, mit dem eingeschalteten Martinshorn, erschien Belinda wie ein Traum. Waren sie wirklich gerettet worden? Oder war sie am Ende eingeschlafen und träumte jetzt nur von ihrer Rettung? Erst viel später konnte sie sicher sein, nicht zu träumen. Nämlich als sie sich bereits erstaunlich gut erholt hatte und ein ziemlich fertig, aber auch glücklich aussehender Kommissar Ahrend seinen Kopf vorsichtig durch ihre Zimmertür streckte. Ihm folgte eine etwas mürrisch wirkende Schwester, die zu Belinda ans Bett trat, sich ein Bild von ihrem Gesundheitszustand machte und sie auch danach fragte und erst nachdem Belinda ihr versicherte, dass es ihr nichts ausmachen würde mit dem Kommissar zu sprechen, ließ sie die beiden allein. „Aber nicht so lange", ermahnte sie den Kommissar noch, bevor sie die Tür hinter sich schloss.

Der Kommissar stellte Belinda sehr viele Fragen, unter anderem auch, ob sie wisse, um wessen Leiche es sich wohl handeln könnte, die man im Stall gefunden hatte. Belinda hatte nicht die geringste Ahnung. Am Ende dieses langen Gespräches und nachdem die grimmige Schwester den Kommissar schon zwei mal aufgefordert hatte zu gehen, bat Ahrend Belinda noch darum, in den nächsten Tagen auf dem Revier vorbeizukommen, um ihre Aussage zu protokollieren.

„In den nächsten Tagen?" fragte Belinda mit einem Lächeln. „Da bin ich aber schon in Spanien. Ich fliege morgen Nachmittag."

„Ach ja", sagte der Kommissar. „Sind Sie denn sicher, dass man Sie morgen schon entlassen wird?" Er machte ein erstauntes Gesicht.

„Das ist mir ganz egal. Wenn nicht, dann gehe ich auf eigene Verantwortung. Ich werde morgen Nachmittag auf jeden Fall fliegen und bis dahin habe ich noch sehr viel zu erledigen. Also werde ich spätestens morgen früh nach Hause fahren."

„Gut, das kann ich verstehen", meinte der Kommissar. „Dann werde ich das Protokoll soweit vorbereiten und dann kommen Sie bitte morgen kurz zur Durchsicht und Unterschrift vorbei."

Belinda willigte ein, unter der Voraussetzung, dass Ahrend ihr so schnell wie möglich ein Telefon besorgen würde. Sie begründete dies damit, dass sie noch viel organisieren musste und es sonst morgen nicht zu ihm auf das Revier schaffen würde. Er ließ sich lachend auf den Handel ein und sie verabschiedeten sich. Etwa eine halbe Stunde später kam eine Polizeibeamtin und brachte ihr ein fast schon antik wirkendes Mobiltelefon. Egal, dachte Belinda. Nun konnte sie wenigstens Clarissa um den Ersatzschlüssel für ihr Haus bitten und erneut den Schlüsseldienst beauftragen, um mal wieder das Schloss an ihrer Haustür auszutauschen. Sie wusste schließlich nicht, ob Mara ihren Schlüssel mitgenommen hatte, ob sie noch immer Interesse an Belinda hatte und so weiter. Aber sie wollte auf jeden Fall auf Nummer sicher gehen.

Nachdem sie lange mit Clarissa gesprochen und ihr alles erzählt hatte konnte sie die Freundin gerade noch davon abhalten, sie sofort, im Krankenhaus zu besuchen. Das Gespräch mit der besten Freundin hatte ihr sehr gut getan und Clarissa hatte ihr auch zugesichert, dass sie Belinda noch einiges an Erledigungen abnehmen würde. Natürlich war Clarissa entsetzt, als sie erfuhr, dass Mara die Verrückte Frau war, die ihren Sohn kurzzeitig entführt und bedroht hatte. Aber irgendwie war sie ganz klar auch erleichtert, dass man nun wusste wer es war und dass sie bereits fieberhaft von der Polizei gesucht wurde.

Belinda schlief noch eine Stunde, denn sie war noch immer sehr müde. Das Abendessen war inzwischen auch schon lange vorbei und eigentlich ging es so langsam auf die Nachtruhe zu. Doch es gab noch eine Sache, die Belinda sehr beschäftigte und die sie nicht los lassen wollte. Es war die Sorge um Georg. Sie hatte sich bereits am Nachmittag nach seinem Befinden erkundigt und hätte ihn auch zu gerne besucht. Aber zu dem Zeitpunkt wurde er noch am Bein operiert und lag noch dazu auf einer anderen Station. Ihr aber, hatte man ganz klar verboten, die Station zu verlassen. Was sollte sie nun machen? Sie konnte nicht aufhören an ihn zu denken.

Kapitel 14
Hasta La Vista

„Belinda! Dein Handy klingelt!" rief ihre Mutter von der Terrasse, wo sie nur mit einem Bikini bekleidet unter einem Sonnenschirm aus langen, hellen Bastfasern, am Pool saß. Belinda hatte dort selber, bis vor wenigen Minuten auf einer Liege gelegen und die frühabendliche Sonne genossen. Am Tage war es dort, vor Hitze kaum auszuhalten. Zur Zeit wurde es erst ab siebzehn Uhr langsam wieder erträglicher. Das Haus ihrer Eltern lag zwar nicht in erster Reihe, am Strand, sondern befand sich so zu sagen in dritter Linie. Aber da es auf einem kleinen Hügel lag, hatte man trotzdem einen herrlichen Blick auf das tiefblaue Meer. Der Pool eignete sich nicht wirklich zum Schwimmen, dazu war er zu klein. Aber für eine erfrischende Abkühlung reichte er allemal. Manchmal, wenn Belinda sich gerne sonnen wollte, es ihr aber zu heiß war, dann nahm sie die hellblaue Luftmatratze mit in das Becken, legte sich darauf und ließ Arme und Beine dabei im Wasser hängen. So konnte sie es stundenlang aushalten. Das kleine Grundstück wirkte wie eine Oase aus tausend und einer Nacht. Ihre Eltern hatten auch hier wieder sehr viel Geschick bei der Gestaltung bewiesen. Auch wenn dieser Garten wesentlich kleiner war, als der in Deutschland, so hatten sie aber sicher nicht weniger Zeit und Liebe darin investiert. Belinda hatte sich inzwischen an das bequeme Leben, bei ihren Eltern, unter Spaniens Sonne gewöhnt. Seit zwei Wochen war sie nun schon hier und genoss es von Tag zu Tag mehr. Denn je mehr Zeit verging, umso mehr verblassten auch die Erinnerungen an die schrecklichen Ereignisse, in den Wochen vor dieser Reise. Jetzt war sie gerade in der typisch mediterran gestalteten Küche, um für sich und ihre Mutter einen weiteren Fruchtcocktail zuzubereiten und ihre größte Sorge bestand darin, dass sie sich nicht entscheiden konnte, ob sie dem Cocktail diesmal Limonen-, oder Orangensorbet zumischen sollte. Sie entschloss sich für Orangensorbet und tat ein paar Löffel davon in die zwei großen, bauchigen Gläser. Dann schaufelte sie die Ananas- und Melonenstückchen die sie gerade geschnitten hatte, sowie die kernlosen Weintrauben in die Gläser und füllte sie anschließend mit Sekt auf. Als sie nun die Stimme ihrer Mutter von der Terrasse her hörte, streckte sie den Kopf zur Tür hinaus und rief zurück: „Geh mal bitte ran. Ich bin sofort da." Sie räumte noch schnell die Obstabfälle weg, wischte mit einem feuchten Lappen über die Arbeitsfläche und schnappte sich die zwei großen Gläser, in denen jeweils ein langer, bunter Strohhalm und ein langer Plastiklöffel für die Früchte steckten. Dann balancierte sie die vollen Gläser zum Pool. Belinda konnte sich schon denken, wer da am anderen Ende der Leitung war, denn sie erkannte es bereits an der Art wie ihre Mutter mit dem Anrufer sprach und ins Telefon kicherte.

„Es ist Clarissa", sagte ihre Mutter, wobei ihr Gesicht strahlte. Mit ausgestrecktem Arm hielt sie ihrer Tochter das Telefon entgegen.

„Ach", antwortete Belinda grinsend als sie ihrer Mutter das Gerät aus der Hand nahm. Auch diese mochte Clarissa sehr, kam prima mit ihr aus und war glücklich darüber, dass ihre Tochter eine so liebe Freundin hatte. Und das schon seit so vielen Jahren. Jetzt gab die Mutter ihr ein Zeichen und flüsterte: „Ich lass' euch mal allein." Dann ging sie, mit ihrem Cocktail in der Hand, ins Haus.

„Was gibt's Clarissa? Konntest du die paar Tage nicht mehr abwarten, bis ich wieder zu Hause bin?" fragte Belinda scherzhaft und bei dem Gedanken, dass es wirklich nur noch ein paar Tage waren, wurde sie etwas traurig. Schnell schüttelte sie den Gedanken an die Heimreise ab und machte es sich wieder auf ihrer Sonnenliege bequem. Dabei versuchte sie möglichst nichts von dem klebrigen Cocktail zu verschütten.

„Hätte ich schon", erwiderte die Freundin schlagfertig, „aber dann hättest du die Neuigkeiten ja noch nicht erfahren, die ich dir jetzt mitteilen wollte."

„Was denn für Neuigkeiten?" fragte Belinda und war sich gar nicht so sicher, ob sie wirklich hören wollte, was Clarissa ihr zu berichten hatte. In den vergangenen zwei Wochen hatte sie es sehr genossen, fast gar nichts aus Deutschland, genauer gesagt etwas dass ihr Leben in Deutschland betraf, zu erfahren. Je weniger sie davon hörte, desto besser. Sie wusste aber auch, dass Clarissa wahnsinnig enttäuscht sein würde, wenn, sie ihr das sagen und auf die Neuigkeiten verzichten würde. Also ließ sie sie berichten.

„Ich habe heute Morgen bei Kommissar Ahrend angerufen", begann Clarissa. „Ich wollte einfach mal wissen, ob es inzwischen irgendwelche Neuigkeiten gibt. Wegen Mara und so", fügte sie hinzu.

„Ja und?" fragte Belinda automatisch.

„Stell dir vor, er hat gefragt, ob ich kurz Lust hätte, auf einen Kaffee im Präsidium vorbeizukommen. Dann könnte er mir etwas erzählen."

„Und wie ich dich kenne", flachste Belinda nun, „bist du bestimmt sofort, aus lauter Neugier, zu ihm gefahren."

„Ich hatte sowieso was, in der Nähe, zu erledigen", entschuldigte sich Clarissa und klang dabei etwas beleidigt. „Auf jeden Fall hat er mir erzählt, dass sie inzwischen die Leiche identifiziert haben. Die von Maras Hof, meine ich."

„Sie heißt Susanne", korrigierte Belinda die Freundin. „Und wer ist der Tote?" wollte sie nun aber doch wissen.

„Sein Name ist Harald Klober. Er war der Erbe des Hofes. Vor einem Jahr war die Besitzerin verstorben. Da sie und ihr Mann, der erst ein halbes Jahr vor ihr verstorben ist, keine Kinder hatten und auch sonst so ziemlich nichts mehr an Familie, blieb nur noch dieser Klober übrig. Er war wohl ein Neffe der beiden und lebte selber irgendwo in Ostdeutschland. Nachforschungen haben ergeben, dass er ursprünglich nur her kam, um den geerbten Hof möglichst schnell zu verkaufen. So hatte er es zumindest an seinem Arbeitsplatz erzählt. Familie hatte der arme wohl auch nicht. Nach etwa drei Wochen hat sein Arbeitgeber dann aus heiterem Himmel eine schriftliche Kündigung von ihm erhalten. Er ist einfach nicht mehr wiedergekommen. Sein Chef war total sauer. Alles Weitere lief nur noch per Schriftverkehr. Dann ließ sein Boss es aber auf sich beruhen und man hat nie wieder etwas von diesem Klober gehört. Es steht inzwischen fest, dass er ermordet wurde", beendete Clarissa ihren Bericht. Das hatte sich Belinda sowieso schon gedacht. Warum hätte man seine Leiche sonst im Stall verbuddeln sollen?!

„Die Polizei vermutet natürlich, dass es Mara, ich meine Susanne Rieben war", verbesserte sich Clarissa. „Wahrscheinlich hat sie sogar anschließend die Kündigung und alles weitere geschrieben, damit man nicht nach ihm suchte."

„Mann oh Mann! Dann geht also noch einer auf ihr Konto." Belinda wusste nicht was sie weiter dazu sagen sollte. Sie bereute es bereits, dass sie überhaupt dieses Gespräch mit Clarissa führte. Das machte ihr nur nochmal deutlich, wie gefährlich und verrückt ihre ehemalige Kollegin doch war und was sie für ein großes Glück gehabt hatte.

„Aber das beste kommt noch", fuhr Clarissa fort und wollte es scheinbar möglichst spannend machen. „Vor drei Tagen ist eine Motorradfahrerin, in der Nähe von Hannover verunglückt. Sie konnte noch nicht eindeutig identifiziert werden. Aber das Motorrad, ist das, von Susanne. Deshalb vermutet man, dass sie es war." Clarissa wartete gespannt auf die Reaktion der Freundin, am spanischen Ende der

Leitung. Aber die wusste nicht so recht was sie dazu sagen sollte. Sie war die ganze Zeit davon ausgegangen, dass diese Verrückte keine Gefahr mehr für sie darstellte. Die war bestimmt damit beschäftigt vor der Polizei zu fliehen und war wahrscheinlich schon wer weiß wo, auf dieser Welt. Deshalb wunderte es Belinda nun, dass sie sich in der Nähe von Hannover aufgehalten haben soll. Das wäre dann doch nicht so weit wie sie vermutet hatte. Aber vielleicht würden ihre Alpträume endlich weniger werden, wenn sie die Gewissheit hätte, dass diese Irre Person nicht mehr existierte. Belinda wollte nicht mehr über dieses Thema sprechen. Ihr graute sowieso schon davor, wie sie sich fühlen würde, wenn sie erstmal wieder allein in ihrem Haus war. Ihren Eltern hatte sie noch immer nichts von der ganzen Geschichte erzählt. Ihre schlechte nervliche Verfassung, in der sie sich während der ersten Woche hier noch befand, erklärte sie mit dem Stress am Theater. Ihre Eltern wunderten sich zwar sehr darüber, dass die Arbeit ihr inzwischen so zusetzte, aber wenn sie dies behauptete, dann mussten sie ihr wohl glauben. Für die vielen kleinen Blessuren an ihrem Körper, machte sie einen erfundenen Fahrradunfall verantwortlich.

„Dann warten wir besser mal ab, bis die endgültigen Ergebnisse da sind", wollte Belinda das Thema, Susanne Rieben, nun vom Tisch wischen und erzählte schnell von etwas anderem: „Heute ist Mittwoch. Am Samstag komme ich schon zurück. Ich muss sagen, ich könnte es gut und gerne noch ein paar Wochen hier aushalten. Nur schade, dass du nicht hier bist." Belinda fügte den letzten Satz absichtlich hinzu, weil sie wusste, dass Clarissa sehr enttäuscht darüber war, dass sie nicht begeisterter auf ihre Neuigkeiten reagiert hatte.

„Freust du dich denn wenigstens auf die Arbeit?" fragte Clarissa.

„Nein, freuen nicht gerade. Aber ich bin natürlich froh, dass ich Carlos nicht mehr begegnen werde." Belinda hatte vor einer Woche mit ihrer Kollegin Sandra telefoniert, um ihr zum Geburtstag zu gratulieren. Bei der Gelegenheit hatte die ihr die „Neuigkeit" über Carlos' Weggang erzählt. Belinda war wirklich erleichtert darüber und wenn sie jetzt so darüber nachdachte, dann würde diese Tatsache bestimmt auch zur Folge haben, dass sie wieder viel mehr mit den anderen Kollegen und Kolleginnen unternehmen würde. Wer weiß, vielleicht würde sie in der kommenden Saison tatsächlich wieder viel mehr Spaß am Theater haben. Eben so wie in den Jahren vor Carlos. Sie könnte wieder viel ungezwungener sein und diese ewige Heimlichtuerei war nun ja auch endlich vorbei. So gesehen, konnte wirklich alles nur besser werden. „Ich muss aber gestehen, dass ich mich schon sehr auf Georg freue", gestand Belinda nun zur großen Freude von Clarissa.

Sie erzählte ihr, dass sie Georg noch heimlich, nachts im Krankenhaus besucht hatte, in der Nacht bevor sie nach Spanien flog und dass es ein sehr gefühlvolles Treffen war. Er hatte sich so wahnsinnig gefreut sie zu sehen, obwohl es ihm nach der Operation natürlich noch nicht so gut ging. Sie hatten außerdem schon ein paar mal telefoniert, seit sie in Spanien war und er beteuerte, dass er sich schon riesig darauf freute, sie bald wiederzusehen.

Clarissa blieb glatt die Spucke weg, angesichts dieses Geständnisses der Freundin. Sie war fast ein wenig sauer auf Belinda, weil diese ihr nicht schon vorher davon erzählt hatte. Sie unterhielten sich noch eine ganze Weile, bis Belindas Mutter rief, dass sie das Abendessen bereits fertig hatte. Daraufhin beendeten die beiden Frauen das Gespräch und Belinda ging ins Haus um sich umzuziehen und mit ihrer Mutter zu Abend zu essen. Ihr Vater war seit dem Nachmittag mit einem guten Freund, auf dessen Yacht unterwegs. Sie wollten auch die Nacht auf dem Boot verbringen und angeln. Morgen früh, spätestens um zehn, wollten sie zurück sein. Solche Alleingänge, ohne seine Frau, machte er normalerweise nie, da er sie nicht so lange allein lassen wollte und schon gar nicht über Nacht. Deshalb nutze er die Gelegenheit, dass Belinda gerade da war. So konnte er ausnahmsweise mal einen richtigen Männerabend verbringen und die Frauen genossen die Zeit für sich.

Als Belinda an diesem Abend endlich im Bett lag, sie hatte nach dem Essen noch lange mit ihrer Mutter auf der Terrasse gesessen und sich unterhalten, war es bereits komplett dunkel. Nur der fast volle Mond spendete noch ausreichend Licht, so dass die Umrisse sämtlicher Gegenstände in dem hübschen Gästezimmer deutlich zu erkennen waren. Die Zimmertür war geschlossen, aber das Fenster stand weit offen. Ihre Eltern hatten vor den Fenstern des Schlafzimmers und auch des Gästezimmers Fliegengitter angebracht. Sie dachte an Georg, während sie dem gleichmäßigen Geräusch der Wellen lauschte, welches sie, dank der günstigen Windrichtung, ganz leise aus der Ferne hören konnte. Sie liebte dieses Geräusch und wusste jetzt schon, dass sie es furchtbar vermissen würde, wenn sie erstmal wieder in Deutschland war. Im Grunde hatte sie nicht die geringste Lust wieder nach Hause zu fahren. Zum ersten mal beneidete sie ihre Eltern total und wäre am liebsten ebenfalls hier geblieben, wenn...
Ja, wenn Georg nicht gewesen wäre. Sie mochte sich gar nicht ausmalen, wie schwer ihr der Abschied von ihren Eltern und von diesem wunderschönen Land diesmal fallen würde, wenn da nicht die Vorfreude auf ihn wäre. Er war im Moment wirklich ihr einziger Lichtblick in Deutschland. Sie dachte noch eine Weile über ihn nach und unwillkürlich musste sie auch an die schrecklichen Stunden, mit ihm, im Bunker denken. Als sie davon überzeugt war, dass sie das

Ende ihres Lebens erreicht hatte. Irgendwann schlief sie über diese Erinnerungen ein und hatte mal wieder einen ihrer furchtbaren Alpträume. Doch mitten in der Nacht wachte sie plötzlich auf. Hatte ein Geräusch sie geweckt, oder warum war sie so abrupt wach geworden? Sie konnte es nicht sagen und fühlte sich noch fix und fertig durch den Traum. Sie hatte noch immer die schrecklichen Bilder daraus im Kopf, als sie ihren Blick zur Tür richtete. Sie war jetzt offen. Sofort fing ihr Herz schneller an zu schlagen. Sie tastete nach der Nachttischlampe, stieß dabei fast die kleine Wasserflasche um und spürte, dass irgendwas in diesem Raum nicht stimmte. Endlich ertastete sie den Schalter der Lampe. Sie drückte darauf und es war ein klicken zu hören, doch es tat sich nichts. Es blieb dunkel. Belinda spürte, wie Panik in ihr aufstieg und sie versuchte sich damit zu beruhigen, dass sie wahrscheinlich noch immer träumte. So etwas war ihr schon öfter passiert, dass sie einen Alptraum hatte, träumte, dass sie daraus erwachte, aber in Wirklichkeit noch immer träumte und dann noch irgendwas horrorhaftes erlebte. Das waren überhaupt die allerschlimmsten Alpträume und richtig fies. Sie war sich fast sicher, dass es mal wieder so sein musste, aber ihr Herz hörte trotzdem nicht auf zu rasen. Dann sah sie die Gestalt in der offenen Tür stehen. Instinktiv wollte sie schreien, doch dann fiel ihr ein, dass sie damit ihre Mutter in Gefahr brachte. Wenn die sie schreien hörte, dann würde sie sofort herkommen und wer weiß was dann passiert, dachte sich Belinda und presste sich beide Hände vor den Mund. Hoffentlich war der Mutter noch nichts geschehen, betete sie in Gedanken. Was sollte sie jetzt tun? Sie saß noch immer in ihrem Bett. Wo war ihr Handy? Es lag doch vorhin noch auf dem Nachttisch. Belinda wagte nicht sich zu bewegen, so lange die Gestalt ebenfalls regungslos in der Tür stand. Es war so, als lauerte sie nur darauf, dass Belinda irgendeine Bewegung machte, nur um sich dann auf sie zu stürzen. Das sonst so beruhigende Rauschen der Wellen, kam ihr jetzt völlig absurd vor. Es passte einfach nicht zu dieser Szene. Ihr war übel vor Angst und noch immer saß sie wie versteinert, die Hände auf den Mund gepresst in ihrem Bett.

„Belinda", flüsterte die Gestalt. Belinda lief ein Schauer über den Rücken. Sie hatte sich auch vorher schon gedacht, dass es sich bei dem Eindringling um Susanne Rieben handeln musste. Jetzt aber, war sie sicher. Die Gestalt kam nun langsam auf sie zu. Belinda überlegte zu welcher Seite ihres Bettes, sie herausspringen sollte. Die Verrückte würde sie sicher so, oder so erwischen. Sie entschloss sich für die rechte Seite. Doch ihre Füße hatten gerade den Boden berührt, da stürzte Susanne sich auch schon auf sie und hielt sie fest. Ihr Gesicht befand sich nur wenige Zentimeter von Belindas entfernt. Selbst bei dieser Dunkelheit, konnte sie das irre Funkeln in den Augen der Angreiferin sehen. Sie hielt ihr ein Messer an die Kehle und Belinda spürte, wie sich die scharfe Klinge bereits durch ihre Haut bohrte und ihr eine warme Flüssigkeit am Hals hinunter lief. Diesmal gibt es kein Entkommen, schoss es Belinda durch den Kopf. Doch dann gab es einen lauten Knall, der von der Tür her kam. Susanne riss erschrocken die Augen auf und fiel dann mit ihrem ganzen Gewicht auf Belinda. Diese konnte so schnell gar nicht fassen, was geschehen war und noch ehe sie begriff, war sie auch schon bewusstlos.

Sie wachte erst ein paar Stunden später auf, als es bereits Taghell war. Man hatte ihr vorsorglich ein Beruhigungsmittel gespritzt und das war auch gut so. Als sie nun in diesem hellen Krankenhauszimmer lag, umgeben von lauter freundlichen und auch besorgten Gesichtern, erschien ihr die letzte Nacht wie ein Alptraum und im ersten Moment dachte sie wirklich, dass sie alles nur geträumt hatte. Aber dann würde sie ja nicht hier liegen und ihre Mutter säße nicht an ihrem Bett. Eine Krankenschwester lächelte ihr zu.

Sie tastete nach ihrem Hals und spürte den Verband. Es war also alles wirklich geschehen. Nahm das denn nie ein Ende?! Ihre Mutter griff nach ihrer Hand und blickte sie besorgt an. Belinda erkannte sofort, dass sie geweint hatte und noch immer mit den Tränen kämpfte. Was hatte man ihr erzählt? Wie viel wusste sie inzwischen von der ganzen Geschichte, die Belinda so sorgsam vor ihren Eltern geheim gehalten hatte?
Sie wollte so schnell wie möglich hier raus. Sie hatte Krankenhäuser inzwischen so satt. Aber ihre Mutter bestand darauf, dass sie sich noch etwas ausruhe und sie wollte unbedingt erst die Meinung des Chefarztes abwarten, der aber erst am Nachmittag Zeit für Belinda haben würde. Es blieben ihnen also noch ein paar Stunden, in denen Belinda ihrer Mutter, beziehungsweise ihren Eltern, ihr Vater war inzwischen ebenfalls im Krankenhaus eingetroffen, alles erzählen musste, was in den vergangenen vier Wochen passiert war. Ihre Eltern ließen nicht locker, bis sie die ganze Geschichte kannten und stellten mehr Fragen als die Polizei, fand Belinda. Gegen vierzehn Uhr öffnete sich ihre Zimmertür und ein gutaussehender Mann auf Krücken kam ins Zimmer gehumpelt. Belinda traute ihren Augen nicht. Nachdem sie Georg ihren Eltern vorgestellt hatte, verzogen die sich diskret um „einen Kaffee trinken zu gehen". Belinda war ihren Eltern sehr dankbar, dass sie sie mit Georg allein ließen. Nun erfuhr sie auch endlich, wie es dazu kam, dass man Susanne Rieben, im Haus ihrer Eltern gefasst hatte. Es war Georgs und Kommissar Ahrends Hartnäckigkeit zu verdanken, dass die spanischen Kollegen besonders wachsam waren. Der Rest war einfach Glück und der Aufmerksamkeit einer Mitarbeiterin der nahegelegenen Autovermietung zu verdanken. Am gestrigen Nachmittag war eine verdächtige Person, bei besagter Autovermietung aufgetaucht. Die Angestellte hatte den Eindruck, dass mit der Frau und eventuell mit ihren Papieren etwas nicht stimmte.

Sie vermietete ihr zwar das gewünschte Fahrzeug, aber verständigte anschließend die Polizei und zeigte ihnen das Foto des kopierten Führerscheins. Es dauerte nicht lange, bis man sich ziemlich sicher war, dass es sich um die gesuchte Susanne Rieben handelte. Der Mietwagen wurde zur Fahndung ausgesetzt und auch bald darauf gefunden. Dann folgte man ihr so lange bis man sie, so zu sagen, in flagranti ertappte.

Als man die deutschen Behörden über die Festnahme informierte, beschloss sich Georg sofort nach Spanien zu fliegen und er flehte die spanischen Kollegen an, dass man Belinda möglichst in Ruhe lassen und ihr ein wenig Zeit zum Durchatmen gönnte.

Er saß auf ihrer Bettkannte und hielt ihre beiden Hände fest in seinen. „Ich bin so froh, dass es endlich vorbei ist", sagte er und man sah ihm die Erleichterung an.

„Ist sie tot?" fragte Belinda.

„Nein, sie ist außer Lebensgefahr und sobald sie transportfähig ist, wird man sie wohl nach Deutschland überstellen. Ich schätze, sie wird für viele, viele Jahre hinter Gittern verschwinden."

„Das hoffe ich sehr, damit endlich wieder Ruhe einkehrt", Belinda sah Georg ins Gesicht und war unendlich erleichtert darüber, dass er sich inzwischen so gut erholt hatte. Kein Vergleich mehr mit seinem Zustand, vor zwei Wochen.

„Ich möchte raus hier, Georg. Bitte lass uns gehen", flehte sie ihn an.

„Bist du dir sicher? Was ist mit der Wunde an deinem Hals?" erkundigte sich Georg besorgt.

„Die Wunde kann ich auch ambulant versorgen lassen, wenn es denn nötig ist", versicherte Belinda. „Es geht mir gut. Wirklich!" sagte sie bestimmt und als Georg sie noch immer skeptisch ansah fügte sie hinzu: „... Jetzt wo du da bist." Sie lächelte ihn an und er strahlte über das ganze

Gesicht, als sie ihn außerdem fragte: „Würdest du mich denn begleiten?"

„Na klar. Darum bin ich doch hier", erwiderte er ohne zu zögern. „Ich habe eingesehen, dass man dich einfach nicht alleine lassen kann. Besser, ich bleibe auch in Zukunft an deiner Seite", grinste er. Dann strich er zärtlich über ihre Wange und sofort verspürte Belinda wieder dieses seltsam elektrisierende Gefühl, wie schon damals, am See. Sie spürte, wie ihr plötzlich ganz warm wurde. Dann näherten sich seine Lippen ihrem vor Aufregung trocken werdenden Mund. Es war das erste mal, dass sie sich küssten, seit jenem Tag am See, vor mehr als vier Wochen. Aber es fühlte sich so unglaublich vertraut und richtig an und erzeugte solche Glücksgefühle, wie Belinda sie schon ewig nicht mehr erlebt hatte. Sie mochte gar nicht daran denken, wie die Geschichte wohl ausgegangen wäre, wenn sich damals nicht seine Angelschnur in ihrem Höschen verfangen hätte und sie sich also gar nicht erst begegnet wären...